光のない海

無光之海

白石一文

1

社長室的櫃子換新了，這幾天都在整理放在櫃子裡的東西。其實原本使用的鐵力士層架也就堪用了，是總務部長積極勸說既然要換就一起換掉吧，反正業者也說社長辦公室內的用具算他們送的。

震災之後，公司開始將置物櫃、櫥櫃、辦公桌和椅子等事務家具換新。總公司大樓十年前改建過，防震度不用擔心，只是事務機和收納用品等用具一直沿用舊有的，沒有換過。趁著這個機會，陸續替換成安全性較高也較耐用的產品。

這次輪到總務、人事部門以及社長室所在的七樓更換新用具，已按照計畫買來了新的桌子、櫥櫃和置物櫃了。

長久以來景氣一直不好，換新的事務家具對公司來說負擔絕對不算小。得花上幾年才能更換完整個公司的用品，光從這點就知道公司現在的狀況稱不上游刃有餘。

櫃子裡清出了好幾本名片簿，決定銷毀。

十年、二十年前拿到的名片已不值得留下。這幾年與人交換名片後，如果有需要留下的，一定當天輸入電腦裡的通訊錄。已輸入電腦的名片雖然也可以丟掉，要把寫有人名的紙片放進碎紙機總有一股罪惡感，結果就是讓櫃子裡的名片簿繁殖到現在這麼多。

這次豁出去決定全部銷毀。

決定是決定了，實際做起來還挺麻煩。得先從塑膠套裡把名片一張一張抽出來，暫時丟進紙箱，累積一定程度後再放進碎紙機碎掉。畢竟累積了三十年，一整疊的名片數量驚人，重複處理了幾次還銷毀不完。

雖然也可以讓做我祕書工作的源田幫忙，但因為裡面還摻雜了一些年輕時常去的店裡拿到的名片，想想還是低調點吧。這麼一來，只能找時間一點一點處理了。

把向總務借來的小型碎紙機放在辦公桌旁，一次放入一張或兩張名片裁碎。碎紙機發出特有的嘰嘰嘎嘎聲，吸入各式各樣的人名。即使沒有時間一一沉浸在懷舊的情緒裡，仍難免產生一股愧疚之情。

結果，直到新櫃子進駐辦公室後，還繼續處理了這批名片將近一星期。

當時我發現了一件事。

這麼說起來，損毀別人的名片明明這麼不忍心，撕毀或裁碎有自己名字的東西時卻毫不留情。信件也好，舊名片也好，一旦不需要了，立刻撕碎丟棄。

——高梨修一郎。

看到這個名字被碎紙機碾得粉碎時，反而有種快感。有時也會親自拿剪刀剪碎，每當這種時候——

「你這個、你這個……」

嘴裡都會這麼嘀咕。這裡的「這個」約莫是「你這個混蛋」的意思吧。說得誇張一點，已經相當接近「去死吧、去死吧，你這個混蛋」的情緒。

——你這個混蛋，去死吧！你這個混蛋，怎麼不死了算了！

我總是像這樣把自己的名片撕得粉碎。

這已是長年以來的習慣，幾乎可以說是下意識。這次正好有機會處理掉這麼多的名片，才讓我發現口中嘀咕「你這個、你這個……」舉動的背後含意。

果然啊，我想。

我果然很討厭「高梨修一郎」這男人。

那張名片是在最後一本名片簿中找到的。

剛開始處理時，原本按照年代抽出名片，後來發現這樣眼光會忍不住停在懷念的名字上。為了提高效率，處理到一半時就換成不按照順序抽選名片簿，好讓自己不帶感情地動手。

最後處理的這本，是差不多兩年前的名片。畢竟年代尚淺，抽出來的速度也快上許多。我俐落地抽出名片，陸續丟進腳邊的紙箱，也不再一張一張檢視名片上的字了。

因此，那張名片是在即將放進碎紙機前發現的。如果拿起時背面朝上的話，或許不會發現。右手拇指和食指挾著名片，正要插進碎紙機投入口的瞬間，目光注意到上面的字。

「琉球尚古堂 筒見花江」。

我心頭一驚，停下手上的動作。

雖然不記得收過這張名片，筒見花江這名字映入眼簾的當下，我立刻想起沒錯，就是跟這個人買的。

抽回手，仔細端詳名片。

「琉球尚古堂」的地址位於大阪市都島區，「筒見花江」名字上方有個小小的頭銜「銷售員」。

名片背面寫著手機號碼。看到那行手寫數字，收下名片時的情景在腦中復甦。

我想都沒想，立刻決定打花江的手機，而不是公司電話。

「如果破了，或是味道變了都可以換新，請不用客氣，直接打這個號碼給我。因為我常在全國各地跑，打手機才找得到人喔。」

兩年前，她用原子筆在名片背面寫下手機號碼時說得很清楚。

我從西裝外套中掏出iPhone，按下花江的電話號碼。

響了幾聲後，耳邊傳來女人的聲音。「喂？」的語氣裡帶有一絲狐疑。

「抱歉突然打電話給妳。我叫高梨，兩年前的春天在新宿日鐵百貨跟筒見小姐買了一個陶製水壺……」

接到兩年前的顧客聯絡恐怕不是常有的事，再說，就算報上「高梨」的姓氏，她一定也不知道是誰吧。

「我想妳大概不記得了……」

於是我再加上這句話。

「記得記得。」

然而，筒見花江卻發出恍然大悟的聲音。

「您是在水道橋開公司的那位社長吧？」

她的話令我大吃一驚。

「沒錯。」

姑且一邊回答，一邊趕緊回溯記憶。收下她的名片後，難道我也給了她自己的名片嗎？實在是記不清楚了。

「是這樣的，那時買的水壺打破了，我想買一個新的……」

說不出忘了有這張名片的事，沒告訴她水壺其實是兩個月前打破的。

「真抱歉。」

花江說。

「那間公司去年倒閉了。」

「倒閉了？」

「是的。雖然因為我自己的關係，現在已不太從事銷售工作，聽以前的工作夥伴說，那間公司差不多半年前破產了喔。所以，我想應該到處都買不到他家的商品了。」

「原來是這樣啊。」

「真的非常抱歉。」

花江再次道歉。

打破水壺後，我用電腦上網想找相同的商品，難怪怎麼找也找不到。曾在某間網路商店看到類似的水壺也試著訂購，可惜收到的商品令我大失所望。

「這麼說來，大阪這間叫琉球尚古堂的公司已經不在了？」

我看著名片上的地址低喃。

「好像是。當時我也只是百貨公司外包的現場示範操作銷售員，對那間公司的事一點也不清楚。」

這麼說來，她根本不是「琉球尚古堂」的員工。

什麼嘛，原來是這麼回事……

「我認識日鐵百貨負責這項商品的人，要不要幫您聯絡看看？」

似乎察覺我的想法，她這麼問。

「如果還有庫存的話，我再請他打電話給社長您。」

那只是個容量兩公升，外觀看來平凡無奇的陶製水壺，價格卻要將近兩萬日圓，定價應該超過三萬。因為是百貨公司裡賣的商品，我認為可信，就衝動購買了。

那是兩年前五月連休剛結束，送走岳母美千代隔沒幾天時的事。就這層意義來說，那個水壺對我而言意義格外不同。

去年年底，裝完自來水，正拿餐巾紙擦拭側面渾圓隆起的那個四角壺時，一個手滑給摔了。底部一角撞上廚房地板，發出劇烈聲響，整個水壺輕而易舉裂成兩半。

靠著燒進內側的特殊礦石之力，全國各地無論何處的自來水，只消裝入壺中半天，味道就會變得驚人好喝。

「威士忌也好，燒酌也好，只要兌這種水來喝，三多利角瓶喝起來就像 Old Parr 威士忌，可不是三多利的Old喔！還有，IICHIKO喝起來不只是變成吉四六，一轉眼就變得像百年孤寂一樣美味呢。」

花江這番推銷使我停下腳步，在她大力推薦下試喝比較。依序喝了用眼前水壺裡的水兌過的「IICHIKO」和用市售礦泉水兌過的「中中」，「IICHIKO」喝起來真的醇厚得不輸「中中」，我大吃一驚。很長一段時間，生活中唯一的樂趣只有在家喝燒酌或威士忌。抱著就當被騙的心情買了水壺，實際上用裝進那個陶壺的水兌酒試喝時，味道同樣明顯轉變了。

後來不管是用來兌酒還是煮咖啡泡紅茶，我一定都用水壺裡的水。

除了改變滋味外，這種水還發揮了另一個功效。

我比從前更容易入睡，醒來時那種憂鬱沉重的心情也減輕許多。

和妻子分開後，失眠及上午狀況不佳幾乎成了第二天性，只能偶爾靠安眠藥和鎮定劑與這些症狀好好相處。或許因為我也已經看開了，發現不到半個月身體狀況就改善那麼多，著實相當吃驚。雖然感覺有點像遇上了狐仙，怎麼想都是那水壺的功勞。

「真的可以麻煩妳嗎？」

如果能買到新的水壺自然再好不過，我壓抑不住內心的欲望。如果她真能幫忙問問百貨公司的負責人，就是厚著臉皮也想拜託她。

「當然當然，沒問題。那個甕壺的評價確實很好，我也賣了好多個呢。」

花江回答的語氣聽來像是小事一樁。

「那就請妳幫忙聯絡百貨公司的人看看了。我一直都有在用那個水壺，也很中意，摔破時真的是大受打擊。」

「這樣啊。要是百貨公司還有庫存就好了。」

她給人的感覺非常輕鬆自在。

「要麻煩妳了，萬事拜託。妳知道怎麼聯絡我嗎？」

「當然當然。客人給的名片，我都收得好好的。」

「這樣啊。」

「如果沒有庫存的話，也只能請您放棄了。到時候我不會再打電話給您喔。」

「了解。我會以不期不待的心態等妳回覆。」

「好的，那就這樣。」

說完，花江主動掛上電話。

2

在社長室內整理董事例會要用的資料時，桌上電話響了起來。時間剛過上午九點。

「您早。」

電話那頭是櫃台小姐島田富士子精神抖擻的聲音。她已經在公司服務超過十年，率領幾位女性派遣員工打點公司的門面櫃台。和我差不多時間進公司的她，年紀也只大我一歲。

「雖然沒有事先預約，但有位姓筒見的客人說有東西想交給社長您，現在正在櫃台這邊等。」

「筒見？」

「是的，是一位小姐。」

這時，電話那端傳來一個慌張的聲音：「沒關係、沒關係，只要把這交給他，他就知道了。」我這才想起筒見花江的事。

上次通話之後已過了三天，沒接到日鐵百貨公司的聯絡，我已呈半放棄狀態。但是，為什麼花江會特地來找我呢？

「這樣的話，請帶筒見小姐到樓上來。」

「好的。」

聽到島田小姐這麼回應後，我放下話筒。

我們公司沒有祕書室。負責祕書工作的源田雖然會幫我管理行事曆，其實不是我的專屬祕書，而是隸屬總務部的員工。岳母美千代還是董事長時，曾僱用一名女性擔任董事長祕書。當時業界團體活動和對外活動都由美千代一手包辦。現在董事長席還空著，業界內的交際應酬改由我出面參加。話雖如此，建材業界的市場依然慘澹，每間公司光是拚命維持業績就忙不過來了，誰還有空考慮業界整體的繁榮。

尤其像我們公司這種中型企業，在這波嚴苛的淘汰浪潮中處於受正面衝擊的立場，每年一到決算季節，就會發出宛如胃穿孔般的呻吟。當上社長這十年來，沒有一年能鬆口氣。

敲門聲響起，櫃台的年輕女孩說聲「打擾了」便走進來。

身穿制服，身材高瘦的她背後站著一位個頭嬌小的女性。身上穿著羽絨外套和厚重的長褲，頭上戴了毛線帽，這身打扮令她有些顯胖。今年冬天比往年嚴寒，進入二月之後已下了兩場大雪。第二場雪正好是一星期前下的，至今路面還殘留有積雪，新聞節目說今天早上的氣溫是今年入冬以來的最低溫。

「打擾您了。」

說了同一句話後，櫃台小姐再次走出辦公室。

獨自留下的花江似乎有點不知所措，愣愣地站在關起的門前。

「好久不見。」

我一邊這麼說著，一邊帶她走向沙發。

「我原本打算把這放下就走……」

花江把手中提的白色塑膠購物袋舉到胸口，隔著半透明的袋子，看得見裡面的報紙。

「妳趕時間嗎？」

她說不定正要去上班。若是這樣就不好耽擱人家的時間了。

「今天只要中午前到事務所就行了，不是時間的問題。」

「既然如此，那就喝杯茶再走吧。我接下來也只有中午有個會要開。」

我再次請她坐下。

「外套也請脫下來吧。」

花江戰戰兢兢地走向待客用的沙發區，放下購物袋，拿下帽子，脫掉羽絨外套。把捲起來的外套放下後，再次提起購物袋，朝四人座沙發正中央的位子坐下，抱起購物袋放在大腿上。

「我現在泡杯熱茶給妳。還是想喝咖啡或紅茶？也有普通茶葉。」

社長室角落有個小廚房。我經常在那邊自己泡茶或沖咖啡招待客人。

「呃，那咖啡好了。」

走進小廚房，用手沖咖啡專用壺燒開水。壺嘴細長的HARIO牌是我愛用的手沖咖啡壺，直到兩個月前還會用那種水沖咖啡。我會把裝進壺裡放置一個晚上的水裝進寶特瓶，帶到公司來使用。現在則在水龍頭上加裝了淨水器。

走回沙發邊。

「等水燒開需要一點時間，請等一下。」

我這麼說。

花江好奇地環顧室內。

「後來我雖然打了電話去日鐵，可是一直找不到當初負責的那個人。昨天好不容易聯絡上了，結果庫存果然沒了。」

一見我在對面坐下，花江就這麼說。

「然後，其實我家還有一個，所以就帶來了。」

她將手上的購物塑膠袋遞給我。

「雖然想說您可能不喜歡別人用過的東西，畢竟只是裝過水的水壺，也不是用舊了的東西……」

我接過袋子。原本也想到她應該是幫我找到了，卻沒想到花江帶來的是她自己的東西。

取出袋中物，打開包住的報紙，出現久違了的陶壺。

「不介意的話，請用這個吧。」

「這怎麼好意思。」

「為什麼不？」

花江露出疑惑的表情。我們只在兩年前的五月見過一次面，看到名片上的文字時，腦中立刻清晰浮現她的臉。不過，像這樣實際上面對面，才發現她的個頭比記憶中嬌小，年齡也比印象中的輕。應該還不到三十歲吧。

「要是我收下了這個，筒見小姐不就傷腦筋了？」

「這倒是完全不會。」

花江說得很乾脆。

「這原本就只是我拿回家的試用品，最近也幾乎沒在用了。」

「話是這麼說……」

話說到一半，耳邊傳來熱水燒開的聲音。

「不好意思，請等一下。」

我站起來。

我每星期都會去附近的「神田咖啡」買咖啡豆。每天到公司，第一件事就是磨豆。將那個搖桿裝在側邊的大型磨豆機放在辦公桌上，磨好一天所需的豆子。我在公司一天要喝五杯，加上待客用的三杯，將這些為數不少的豆子慢慢磨好。

這星期喝的是曼特寧。

把一杯份的手沖咖啡濾杯與濾紙分別架在兩個杯子上，倒入偏多的咖啡粉。交替著往兩個杯中沖入少量熱水，屋內開始飄散咖啡濃厚的香氣。

我在香氣中端著兩杯咖啡回到沙發區。

「請喝。」

其中一杯放在她面前。

「哇，好香。」

花江拿起杯子，露出笑容。

「真的可以收下妳的水壺嗎？」

剛才沖咖啡時，我一邊想。

如果已經不可能買到的話，這是唯一擁有那水壺的方法。這水壺對我而言是非常特別的東西。失去水壺將近兩個月，目前身體狀況還沒有什麼變化，只是，必須承認我確實很焦慮，擔心很快就會回到過去失眠憂鬱的狀態。這麼想來，多少有些任性也是可以原諒的吧。

「當然，不然我何必帶來呢。」

花江啜飲一口咖啡。

「這樣的話，我有個想法……」

我將剛才一邊沖咖啡一邊想的事說出來。

「就當作筒見小姐暫時把水壺放在我這，由我統一連妳家要用的水都製作好，隔一段時間便送去給妳怎麼樣？接下來還是繼續尋找庫存品，如果找到了，那個新的就歸妳。這個水壺暫放我這裡的這段期間，請讓我付費。一個月三千圓，今天姑且先付一年份，也就是三萬六千圓。」

聽完我的提議好半晌，花江一直沒有開口。

再喝一口咖啡，將杯子放回去後：

「社長先生，您是瞧不起我嗎？」

她忽然這麼問，我不明白她這麼問的用意。

「我只是家裡剛好有個不用了的水壺，想說您不嫌棄的話就拿來，如此而已。不是為了要您送水來，更不用說拿您的錢了。可是，社長先生您好像認為我是上門來推銷的？」

這次輪到我無言盯著花江的臉。

「從我這幾分鐘的態度和語氣看來，筒見小姐真的認為我瞧不起妳或把妳當成是來賣東西的嗎？」

頓了一頓之後我又說：

「對筒見小姐來說，那或許是個沒什麼了不起的水壺，對我來說卻是很重要的東西。自從開始用這水壺裝水，以前困擾我的失眠改善了許多，早上起來之後就一路持續到中午的憂鬱情緒也減輕不少。上次我沒告訴妳，其實打破水壺是去年底的事，我在網路上找了半天也找不到一樣的，無可奈何之下也曾買過類似商品。但是，喝起來味道完全不一樣。三天前整理名片時偶然找出筒見小姐的名片，打電話給妳的心情就像溺水的人拚命抓住稻草。結果，妳說會幫我跟百貨公司的人聯絡。我還讚嘆地心想，只不過是兩年前做過一次生意的對象，妳對顧客竟然這麼親切。最後是今天早上，妳甚至帶著自己的東西特地來訪。站在我的角度，真的是不知道該怎麼答謝妳才好。」

我這麼說完後。

「非常對不起。」

花江對我低下頭。

「我、我不太知道該怎麼說話。」

她這麼說。

「可是，這個水壺我完全沒在用，昨天晚上為了確認是否還在，才特地從廚房櫃子裡挖出來的。答謝什麼的真的不需要，兩年前也說過，您是願意花兩萬圓買高價商品的寶貴客人啊。東西壞了或想找新的時，盡可能為客人服務就是我們銷售員的工作，這麼做並不是為了博取社長先生您的感謝。」

花江的話使我聽了內心苦笑。尤其是「我不太知道該怎麼說話」這句話更是形容得恰到好處。從三天前跟她講電話時起，心裡就一直忍不住有種突兀感。該怎麼形容才好呢，她給人的印象就像把在攤位上銷售東西時獨特的抑揚頓挫、開場白和說話語氣直接帶到日常生活中一般。

「這咖啡真好喝。」

再次拿起杯子，啜飲一口咖啡後，花江笑了起來。

「那妳儘管喝，別客氣。不過，不答謝妳還是說不過去，不如讓我請妳吃頓飯吧。」

「不用了，這麼客氣。」

花江慌忙搖手。

「別這麼說嘛，如果妳不想跟我這種男人單獨吃飯，帶朋友一起來也行。」

「不是這個意思，完全不是。」

花江正色回答。

「什麼時候好呢。今天或明天都可以。」

「真的好嗎？」

「當然。」

「總覺得不太好意思。」

「沒這回事。筒見小姐，妳有想吃什麼嗎？」

「我對食物不挑，吃什麼都可以。不過，可以的話請不要去太拘束的地方。」

「那，附近有間美味的義大利餐廳，去那裡好嗎？是大廚一個人經營的小店，東西保證好吃。」

「義大利菜嗎？不錯喔。」
花江終於表現出一點興趣了。
「明天也只要去事務所露個臉就好，沒問題。」
「明天會忙嗎？」
「事務所在哪裡？」
話說回來，事務所指的是什麼啊，我一邊想一邊這麼問。
「在秋葉原。」
從秋葉原到水道橋，搭總武線只要兩站。
「這樣的話，明天傍晚六點左右在敝公司櫃台會合好嗎？」
「真的可以嗎？」
花江問了和剛才一樣的問題。
「對。如果妳臨時有事或會遲到的話，請打手機給我。」
我探頭去看她的杯子。
「要不要再喝一杯咖啡？」
然後追加了這句話。

3

「海蛇的血？」

我一邊在盤子裡分裝牛肚，一邊這麼反問。

「不知道是不是真的就是了，我拿到的功效書上是這麼寫的。不過，再怎麼說是沖繩製的陶器，要是真的跟客人說是在陶土裡混了海蛇的血燒成的陶壺，恐怕會嚇到客人吧。所以銷售時我通常不提這件事。」

「難怪那個壺上有白蛇的圖案。」

水壺整體來說是深群青色，正中央部分畫著S型的扭曲白蛇。

「我想應該就是了。」

花江一副不感興趣的語氣。

傍晚，看到花江來電時，還以為她是打來取消的。雖說已經約定好，但才隔一天又要跟我這年紀大得可當她父親的男人吃飯，或許提不起勁了吧。一定是臨時打來拒絕的……不料，一接起電話——

「對不起，我已經到了。」

才五點半。

急忙關掉電腦，稍微整理儀容後下到一樓時，她已站在櫃台前。

「最近事務所很清閒。」

她露出羞赧的笑容。

我們直接離開公司，往神保町的方向走。

目的地在走下白山通後，從神保町十字路口前一個巷子左轉進去的地方。距離我公司「德本產業」走路不到十分鐘。

店名是「貝尼尼」。會知道這間店，是有生意往來的坂崎工務店社長坂崎先生告訴我的。東西好吃，價錢又不貴，這幾年無論招待客人或和員工聚餐，都經常來這裡。

儘管比預約時間早到了超過三十分鐘，拉開店門時，吧檯後方的大廚看到是我這個熟客，依然露出歡迎的笑容。

女店員帶領我們到位於店內後方的桌位，彼此面對面坐下。

花江看來似乎能喝，於是我先點了一瓶紅酒。鱸魚冷盤、油封雞和包心菜沙拉端上桌後，就著這些菜先互敬一杯。

接著聊聊彼此的工作，蕃茄燉牛肚也端上來了。燉牛肚是這裡的招牌菜。

「這道菜是什麼？」

花江這麼問。

「妳聽過蜂巢胃嗎？就是牛肚，義大利菜裡的燉牛肚叫做trippa。」

「就像日本料理裡的燉牛腸嗎？」

「對對對。」

就在這時，花江忽然提起海蛇的話題。

「您好像說過失眠症狀改善了的事。」

一邊從我手中接過裝了燉牛肚的盤子，花江一邊這麼問。

「還有憂鬱症狀也減輕了。」

「對。」

我把重口味的牛肚放進嘴裡，點點頭。

「這麼說來，社長先生您有憂鬱症？」

花江問得一副理所當然的表情。

「可以這麼說吧。只是沒到工作必須休息的程度。」

「多久了？」

「不確定耶，大概有十年了。」

和妻子淳子分開正好是十年前的事。當時我四十歲，比我小八歲的淳子才三十二歲。

「還滿久了耶。」

花江輕聲嘟噥，吃了一口牛肚。

「好好吃。」

然後這麼說。

「或許海蛇的血真的有療效。」

我半開玩笑地說。

「畢竟蛇就像是生命力的集合體。」

花江也點頭。

「尤其海蛇更給人這種印象。」

「也有會飛天的蛇喔。」

「飛天的蛇？」

「對。上次在電視上看到的，那種蛇住在樹上，會從一棵樹飛到另一棵樹上。」

「怎麼飛？」

「這就厲害了，先把細細的身體壓得像帶子一樣平，再左右擺動身體，像竹蜻蜓那樣滑翔。」

「是像鼯鼠那樣嗎？」

「對對對。」

「有點想看看呢。」

「在YouTube上找一下可能有。」

「說的也是。」

花江一邊聊天，一邊津津有味地掃平食物。不愧是做現場示範販售工作的人，嘴巴和手的動作似乎很協調。嘴上跟我說話的同時，手上也靈巧地使用叉子。

吃完牛肚，又加點了鯷魚醬培根綠花椰菜。店家手工燻製的培根是絕品美味。

「再開一瓶紅酒如何？」

我這麼建議。

「紅酒已經喝夠了，比較想來一點生啤酒。」

一人喝了半瓶紅酒，她仍面不改色。看來酒量極佳。過去一喝就醉的我，現在也算是個酒豪了。

我很開心。

很久沒像這樣把工作拋在腦後和年輕女孩一起吃飯了。

「其實，我外婆也有憂鬱症。」

兩杯生啤酒端上桌時，花江用幾分落寞的聲音這麼說。

「最近的事就是了。」

「剛才說的骨折之後？」

「對，整整兩個月不能走動，想說好不容易養好傷了，卻變得有時候會悶悶不樂。」

「這樣的話，我還是送水過去吧。」

我試著重提昨天的建議。

「畢竟拜那水之賜，我的症狀確實改善了。」

「不用啦。外婆她有好好吃藥，悶悶不樂的情形也是偶爾而已。再說，搞不好那種水只對社長先生您特別有效。」

花江揮了揮雙手，一臉不好意思的表情。

從事現場示範銷售工作的她，原本在全國各地百貨公司和商店街到處跑，前年夏天外婆從自家樓上摔下來，導致腰部骨折，她也因此趁機脫離各地奔波的生活。現在在隸屬的事務所幫忙行政工作，偶爾才會去東京都內的購物中心或百貨公司做示範銷售。

「妳說的事務所是做什麼的？」

我試著問。

「簡單來說，我們這種示範銷售員很像演藝人員，事務所就像經紀公司，會幫我們爭取工作。」

聽說這種做示範銷售工作的人稱為「實演販賣士」。

「原來如此，那筒見小姐也隸屬那裡就是了。」

「對對對，那是我師父開的事務所。」

「師父？」

「您聽過一條龍鳳齋嗎？」

我疑惑地歪了歪頭。

「那查理一條呢？在電視購物頻道出現時都叫這名字。」

「我不太看電視。」

「已經六十多歲了，在我們這行是像天神一樣的存在，而我是這位龍鳳齋大師最後的入門弟子。」

「最後的入門弟子？」

「對。師父收留高中輟學的我，把一身絕活都傳授給我了。」

原本以為不到三十歲的花江，今年其實已經三十二歲。

「我父母雙亡，和外婆相依為命。今年七月滿三十二歲，單身。當然也沒結過婚。」

坐下來乾了一杯後，她立刻在「我先自我介紹喔」的開場白後這麼說。

離開餐廳時已過九點。

昨天說是今年冬天最冷的一天，今天卻從白天就一直溫暖得像是春天。

「感謝招待。」

今晚她穿牛仔褲、喀什米爾毛衣，上面再罩一件藍色風衣外套。脫掉外套後坐在對面的她看起來甚至稱得上清瘦。脖子和手臂都很纖細，只是胸部頗為豐滿，加上臉型有些圓潤的緣故，昨天又穿得多了，看起來才會顯胖吧。

「吃得好飽。」

我率先朝白山通的方向走去。

「今天真暖和。」

我仰望沒有星星的天空說。

結果各自喝掉一杯啤酒後，我們又喝乾了一瓶白酒，現在稍微有點醉意。花江的臉頰也微微泛紅。

「真的呢。」

花江抬起臉龐，張開雙臂深深吸一口夜晚的空氣。

「要是能保持這種心情死掉該有多好。」

她這麼低喃。

「如果現在心臟可以馬上停止跳動，我可能會非常高興。」

朝我轉過頭，花江按壓著胸部這麼說。

「世事哪可能如此順心。」

我笑了。

「是嗎。」

花江再次低喃，轉過身去。

4

在辦公室的小廚房裡沖咖啡時，耳邊傳來直昇機的聲音。一架飛遠了又來一架。螺旋槳迴轉的啪啪聲盤旋不去，聽起來飛在相當低空的位置，而且有好幾架交替來回。

我端著今天早上的第二杯咖啡走向窗邊，打開窗戶往天上看。雖然看不到飛機的影子，螺旋槳的聲音聽得更清楚了。

難道是哪裡發生火災了嗎？

時間剛過上午九點。

正好幫我做祕書工作的源田走進來。

「好像有很多直昇機飛來，發生了什麼事嗎？」

地方法院或高等法院對轟動社會的大事件做出判決的日子，有時各新聞採訪單位會出動直升機在上空盤旋。

源田歪了歪頭。

「不知道耶，我下去看看好了？」

現在是每星期一固定和他對行事曆的時間，但這反正也不是什麼急事。

「好啊。」

源田立刻走出辦公室，他的優點就是很有行動力。

差不多十分後回來了。

「好像發生火災呢。神保町附近開來好幾輛消防車和救護車。」

聽到直昇機的聲音時，我早有這樣的預感。

「地點是哪裡？」

「聽說是專大前的十字路口附近。」

沒聽到警笛的聲音，消防救護車輛可能是走靖國通過去的。

「行事曆我等一下再確認，你影印一份放在我桌上吧，我要出去一下。」

聽見我這麼說，源田大概一頭霧水吧。畢竟我從來沒有這樣過。我是個對事先決定的事項遵守到近乎嚴苛地步的人。身為率領超過五百名員工的企業經營者，那麼做是天經地義的事。

「您要上哪去？」

源田問。

「這還用問嗎？當然是去看火災的狀況。」

我一邊走向衣帽架一邊這麼說。

「影印的事就麻煩你了。」

急急披上大衣，圍上圍巾，無視源田一臉不知所措的表情，走出社長辦公室。

公司位於JR水道橋車站東口出來後，往神保町方向走兩百公尺左右的白山通上。三崎町十字路口就在前方不遠處，地址也是三崎町二丁目。隔著白山通，對面是日大經濟學部的校舍。

日大是我的母校。話雖如此，我是先進公司後，才去念法律系的夜間部。

走出戶外，反而聽不到直昇機的聲音了。

過馬路往神保町十字路口走。

上星期五，我和花江曾一起沿著這條馬路另一邊走。

離開「貝尼尼」，走到白山通上時，我問了花江家的地址。因為我住的公寓位於兩國，打算搭計程車先送她回家。

「我家很快就到了，在這邊解散吧。」

那時花江是這麼說的。

「很快就到？」

「專大前的十字路口那邊，不是有個城南信金嗎？」

「對。」

「我家就在那後面。」

「那就是集英社隔壁囉？」

「對對對，以前外婆在那裡開了一間洗衣店。雖然早就收起來不做了，現在我們還是住在一樓店面。當然，是租來的房子。」

「這樣啊。」

沒想到她住得這麼近，我也有點錯愕。

「去秋葉原的事務所時都從水道橋站搭車，經常從德本產業前面經過呢。當初拿到您的名片時還嚇了一跳。」

說到這裡，花江露出有點難為情的表情。

「老實說，後來我還在車站看到社長先生您好幾次。」

「難怪妳記得我。」

她能輕易找到公司也是因為這樣吧。

「話說回來，很少客人會在我遞上名片後也給我自己的名片。當時我就覺得社長先生您真多禮，一看原來是那間公司的社長先生，想不記得也難。」

「原來如此。」

結果，星期五我們當場道別，我也從水道橋搭電車回兩國了。當然，我們並沒有約定下次見面的時間，和花江可能從此再也不會見面。然而不知為何，我就是覺得今後也會和她繼續來往。

走到專大前的十字路口，氣氛顯得很緊張。

周遭瀰漫一股焦臭味，警察和消防隊的車子整排停放在城南信金前，暫時封鎖了單側車道。許多人站在雉子橋通另一側朝火災現場方向觀望，不過沒看到火光或濃煙。我擠進人群，目光隨人們的視線朝信金與左邊集英社大樓中間的小巷望去。細窄的巷子入口停了好幾輛紅色的消防車。右側是一排老房子，前面一棟兩層樓建築燒得一片焦黑，連對面大樓牆壁都被燻黑了，起火點大概在二樓吧。無論是火或水，肯定都波及到比鄰而建的左右兩邊住宅。

沒看到消防隊在注水，火大概已鎮住了。

說到城南信金後方，集英社大樓旁，就只有那條巷子。

這麼說來，筒見花江住的那間原本是洗衣店的房子，一定在受到水火波及的幾棟房子之中。從燒得焦黑的兩層樓建築上掛的「御好燒」招牌看來，起火點大概不是花江家。

我站在成群看熱鬧群眾中豎起耳朵傾聽。

「清水屋的阿婆好像被救護車送走了。森三的店員也都逃出來了，聽說都沒事。」

背後傳來女性交談的聲音。

「不好意思。」

我回過頭，詢問正在交談的中年二人組。

「請問清水屋的阿婆，指的是原本開洗衣店的筒見太太嗎？」

我試著問。

「是啊，起火的森三店裡人好像都沒事，反倒是隔壁的筒見奶奶昏倒了。」

「我聽說筒見奶奶和外孫女住在一起？」

我只是隨便猜猜，沒想到直覺這麼準。

「對對對，花江也跟著上救護車了。」

「您知道是送到哪家醫院嗎？」

「這就不知道了耶。」

她們歪了歪頭這麼說。

我離開人群，沿著雉子橋通走過一個街區，越過十字路口。

老鰻魚店門口站著一個穿制服的年輕警察，我開口向他詢問。再往前就禁止進入了。

「不好意思，請問您知道被救護車載走的清水屋婆婆送到哪間醫院嗎？我是她的朋友。」

我以謙恭的態度這麼問。

「我想應該是南大，詳細情形請直接跟向醫院方面確認。」

「南大是指駿河台的南邦大嗎？」

警察說：「應該是。」

道過謝後，我再次橫越十字路口。天空微陰，溫度倒是沒有想像中低，風停了之後就不冷了。我拿出iPhone，查詢駿河台南邦大醫院的電話。找到之後，就撥了綜合服務台的號碼。

「請問剛才神保町火災中受傷的筒見太太是否被送往貴院……」

「不好意思，請問您是？」

聽來肯定是送到南大醫院沒錯了。

「我是筒見太太外孫女花江小姐的朋友，因為聽說花江小姐陪她一起到院了……」

說到這裡，對方也解除了警戒心。

「筒見太太的話，是在我們這裡住院了。」

「這樣啊，謝謝您的幫忙。」

我掛上電話。

房號和是否能會客，就等實際到了醫院再確認吧。

我走到離十字路口稍遠處，伸手攔了一輛路過的計程車。

5

筒見絹江的病房在六號內科病棟最裡面。是個四人房，我進去時，注射了鎮定劑的她已經睡著了，只見筋疲力盡的花江坐在病床旁的圓板凳上。

看到我，花江並不怎麼驚訝。甚至像是看到等待許久的人似的，露出放心的表情。

「外婆沒事吧？」

我小聲問。

「走到屋外，一聽到消防車的警笛就忽然昏倒了。」

她用低落的聲音這麼說，也難怪她。

「檢查了嗎？」

「送來醫院後立刻做了大腦斷層掃描，說沒有異常，大概是被火災嚇暈了吧。」

「這樣啊。」

在病房裡沒法說得那麼詳細，約莫十分鐘後我們走出了病房。

往御茶水車站方向走，這時已快要十一點了。

御好燒店「森三」大約八點左右起火。突然聽到劇烈敲門聲，睡在二樓的花江猛地跳起來。

「外婆總是睡到近中午，我昨天也一直醒著到三點才睡。嚇了一跳，下樓開門一看，森三的老闆臉色大變地跑來說瓦斯爐的火燒到窗簾，整間店都燒起來了，要我們快逃。我急忙進屋叫醒外婆，把能穿的衣服全部穿上，牌位、存摺和印章類的東西塞進包包就衝出來了。走出玄關往隔壁一看，火苗從窗戶竄出來，冒出漆黑濃煙，嚇得我腿都軟了。」

花江好不容易恢復平常說話的口氣。

「不過，幸好妳們兩人都沒有受傷。」

「可是我家也被燒掉一半了。消防隊的人說，如果沒地方可過夜，會介紹我們去都營公寓，就算這樣還是得住幾天飯店吧。連換洗衣物都沒有，到底叫我們該如何是好。」

也難怪她一籌莫展。

「肚子餓不餓？」

看到電車軌道旁成排的建築物時，我這麼問。

「餓是不餓，不過，好像還是得吃點東西。」

花江輕聲嘟噥。

這條路走到底，有沾麵店、拉麵店和沖繩料理店。

「要不要從中選一間吃？」

「吃什麼都行喔。」

只有沖繩料理店在二樓，我們決定去那裡。因為是中午剛開始營業的時段，二樓的店應該還有位子。

踩著狹小的階梯往上，拉開上半部是鑲嵌玻璃的拉門，進入之後發現店內意外寬敞。還沒有其他客人，年輕店員走出來，帶我們坐靠窗的四人桌。接過菜單，從中選了兩份宮古麵，一份苦瓜炒蛋。

「要不要喝點啤酒？」

我問。

「不了，還要回醫院。」

花江搖搖頭。

「社長先生想喝的話就喝啊。」

算起來這是第三次見面，或許火災造成的情緒激動混雜了疲倦，和先前比起來，今天花江說話的語氣沒那麼拘泥多禮了。

我搖搖頭。

「絹江女士能一直住院到決定新住處嗎？」

店員一走我就這麼問。

「這個應該可以的。不過外婆最討厭醫院，得在兩三天內找到新的落腳處才行。」

我將在前往醫院的計程車中想到的事提出來。

「我公司在淺草橋有個員工宿舍，如果是那裡的話，今天就能入住喔。」

「員工宿舍？」

「對。雖然位於一個老舊的小社區，三年內重新裝潢過內部，住起來倒是挺舒適的。」

「可是我又不是德本產業的員工。」

「這個就請別介意了。我記得還有幾間空房，有困難時互相幫助本來就是應該的。」

說到這裡，宮古麵端上桌了。

「苦瓜炒蛋馬上就好。」

說完，店員又離開了。柴魚高湯的香氣刺激鼻腔，我才發現自己餓了。

「今天晚上有地方住嗎？」

儘管覺得這問題有些冒犯，我還是問了。

花江迅速分開免洗筷，吃了一口麵。

「有喔。」

抬起頭。

「可是，一想到外婆就……」

表情黯淡下來。

如果只是花江一個人，應該有不少朋友或至少戀人家可以借住吧。然而，多了外婆一起，不管是住小公寓還是大樓，總得另外租個住處才行。怎麼想她們都不可能再回神保町那個燒毀一半又泡在水裡的家了。

再說，寢具、換洗衣物和櫥櫃家電等生活必需品也必須趕緊買齊。帶著今年八十一歲的外婆逃出火災現場的花江，今後勢必會過得很辛苦。

「不考慮看看嗎？我們員工宿舍反正也是空著沒在用，屋裡有櫃子和衣櫥，冰箱、洗衣機、電視也是現成的，應該很適合暫住。」

地點在淺草橋，就在花江隸屬事務所的秋葉原隔壁站。

「問你喔。」

花江停下手中筷子，望著我的臉。

「為什麼要對我這麼好？」

她的眼神彷彿能看透人心。和淳子生活在一起那幾年，我也總是覺得她用這種眼神看我。

「我沒有對妳好到稱得上好的地步吧。」

「可是，你專程到醫院來探望已經夠奇怪了。我們只不過是上星期五吃過一頓飯而已耶。再說社長先生，你這時間應該在工作才對吧？」

「三天前才剛一起吃過飯的人家裡遇到火災，任誰都會擔心，更別說我總覺得和筒見小姐很有緣。」

「很有緣？什麼意思？」

「妳把那個海蛇的水壺送到我手中，還不只一次，是兩次。」

重新使用水壺才第四天，睡眠品質明顯變好了。我再次體認到，那「驚人功效」不單是自己的心理作用。

「一開始是把水壺賣給你，上次帶去給你的也只是試用品，我沒做什麼特別了不起的事啊。」

因為苦瓜炒蛋正好上桌了。

「這件事等一下再說，先吃吧。」

我打斷了話題。

「說的也是。」

花江也直率地表達贊同。

吃完飯，走出店外時還不到十二點。走到聖橋十字路口，攔下一輛計程車。這裡離淺草橋的員工宿舍搭車不用十分鐘。

「妳不必那麼提防我。」

我在車內重複了一次離開餐廳前說的話。

「我連一點邪念都沒有，剛才也說過了，我對女人沒興趣。」

計程車從本鄉通右轉進外堀通。經過昌平橋、萬事橋和秋葉原站前後，沿著神田川邊開，很快就到淺草橋了。

一說自己對女人沒興趣，大部分人都會以為我是另一種性向的人。講話大剌剌的花江，大概會直接問「這麼說來，社長先生您喜歡的是男人？」

「喔，是喔。」

然而，她和在店裡時一樣，對這件事沒表現出太大反應。

「總之，說那麼多不如親自看一眼，現在就去員工宿舍看看如何？」

我半帶強迫地建議花江。

讓計程車停在江戶川通旁的淺草橋站東口前，我們下了車。穿過這條有久月、秀月和吉德等知名人偶總店林立的路，就能看到下島淺草橋五號館那棟大樓。德本產業的員工宿舍在這棟大樓正後方。

這是前前任社長德本京介當初買下的幾棟不動產之一。

那些不動產幾乎是跟公司進建材而有生意往來的建設公司或地產商拜託而買下的人情房產，泡沫經濟後一口氣淪為不良資產。京介死後，繼任社長的妻子美千代一邊觀察市況，一邊花時間慢慢脫手，現在剩下的只有淺草橋這棟員工宿舍了。

這棟五層樓建築雖是三十五年歷史的老大樓，打從蓋好到現在一直都當作員工宿舍使用。三年前全面重新裝修的主要目的並非耐震補強，而是原本單身式公寓與家庭式公寓各半的房數分配已經不符合時代需求。

搭乘總武線只要三站就能到水道橋。除了交通方便之外，徒步就能走到淺草一帶，地利之便也堪稱吸引人。然而，從好久以前開始就幾乎不再有舉家入居的員工了。單身員工的入居申請則總是超過定額房間數，工會再三要求公司取消家庭房，增加單身房的數量。

蓋好超過三十年，管線和裝潢也差不多該更新了，於是下定決心，乾脆全面整修。

十年前和淳子離婚後不久，我自己也曾住進員工宿舍一陣子。

不過，由於幾乎同一時期也從董事升任社長，以這樣的身分住在員工宿舍說不過去，住不滿一年就搬到現在位於兩國的公寓大樓了。話雖如此，其實我自己很想繼續住在淺草橋。

儘管氛圍與和淳子及舜一生活時的千駄谷一帶完全不同，對幼年時期始終住在川崎賽馬場附近的我來說，更習慣淺草橋的環境，住起來也更舒適。

當時忽然接手社長大任，使我沒有餘力留戀過去，只能向前看，除此之外，在淺草橋這塊留有舊市街氛圍的土地上展開新生活，或許也成為了一股助力，推著當時軟弱到極點的我往前走。

走到下島大樓，彎進左邊那條路，再從有蕎麥店的街角右轉。走不到一百公尺，就能看見位於左側的員工宿舍。

「就是那裡。」

我指向建築物。

「真的離車站好近！」

花江發出讚嘆聲。

「剛才從大馬路邊就能看到的下島大樓就蓋在右邊，所以採光不算特別好。不過白天還是會有陽光照進室內。」

「不愧是社長先生，對這裡很熟悉嘛。」

「因為我自己十年前也住在這裡過喔。」

「是喔？」

「對啊。」

交談之間，兩人已走到宿舍門口。外牆在重新裝修時漆成明亮的奶油色，窗框和陽台欄杆也換新了，外觀給人頗為時髦的印象。

「哇喔。」

仰望建築物的花江再次發出讚嘆聲。

「我們進去吧。」

我率先拉開玄關的玻璃門。

6

帶花江去看淺草橋房子的兩天後，二月二十六日星期三。

結束下午一點開始的常務董事會，回到社長辦公室時，手機響了。看到螢幕上顯示的「坂崎社長」，我立刻按下通話鍵。

大約兩星期前，我和坂崎社長才在「日本建設業協會」的春酒上見過面。

「喂？高梨先生？我是坂崎。」

她原本就是個急性子，今天更給人一股上氣不接下氣的急迫感。

「妳好。」

「噯，能不能儘快碰個面？」
連寒暄都省略，一上來就這麼說。
「怎麼了？」
「別問那麼多了，總之這件事最好趕緊讓高梨先生你知道。」
話說回來，今天坂崎社長的聲音比平常更激動。
「讓我知道？是什麼事？」
「細節電話裡不好說，不過，你知道瑟拉爾陷入經營危機的事嗎？」
「怎麼可能？」
「是真的。我也是剛才從大和的窗口那邊打聽出來的，下巴都要掉了。」
「騙人的吧。」
「騙你幹嘛。」
「坂崎小姐，妳現在人在哪？」
「公司、在公司。」
「我馬上過去。」
「知道了，那我等你。」
我掛掉電話，匆匆披上大衣。坂崎悅子剛才說了「瑟拉爾陷入經營危機」。她雖然是個急性子，但不是會隨便說那種話的人。身為經營者，她是我十二分信任的對象。上一任坂崎社長是她的父親，從父親手中接下社長位子後，在這麼嚴苛的不景氣下，她確實帶領了坂崎工務店這間中型承包建商一路成長。她也是業界少見ＭＢＡ留學組的其中一人，聽說自美歸國後曾在都銀工作過一陣子。三十歲後進入坂崎工務店，十年前，因上一任坂崎社長猝逝而接任社長。或許因為彼此扛起公司重責大任的時期相近，對我來說，和她的交情格外不同。對德本產業來說，坂崎工務店也是從以前到現在的老客戶。

開公司車出發，三十分鐘後就開進位於日本橋的坂崎工務店總公司大門了。一走向櫃台，已經有位隸屬祕書室的女性在那裡等我。在她的帶路下走進十六樓的社長會客室。

才剛在沙發上坐下，裡間的門就同時打開，身穿灰色套裝的坂崎悅子走了出來。她比我小三歲，所以今年是四十七歲，但外表看來頂多四十左右。十年前，才三十七歲的她接任社長時，因為年輕又貌美，還引起業界一陣不小的騷動。

一在我斜對面的沙發上坐下，她立刻湊上臉來。這是她的老毛病了，還記得第一次見面時，著實被這舉止嚇得不知所措。熟悉之後，我曾問過為什麼。結果她說：

「我一直有很嚴重的近視，卻直到高中都沒有戴隱形眼鏡，不知不覺就養成這種習慣了。」

她笑著這麼解釋。

「沒戴眼鏡嗎？」

我反問。

「把那種東西掛在臉上太噁心了，我會發瘋。」

得到了很有她風格的答案。

「大和的窗口剛剛才走。是他不小心說溜嘴的，說瑟拉爾好像很不妙。」

我默默注視她的大眼睛。

「我逼問他，你剛說那是什麼意思？結果他先說一定要保密，才跟我講了很多事。」

每次看到她，我總是會想，外表和內在差這麼多的人也真罕見。

瑟拉爾和坂崎工務店一樣是中型承包商。話雖如此，瑟拉爾的經營危機對坂崎工務店不會產生太大影響。大概是因為這樣，銀行的業務窗口才會輕易對她說出業界內的風聲傳聞吧。

然而，對我們建材公司來說，瑟拉爾的經營危機將可能造成難以衡量的影響。因此，坂崎悅子才會以朋友的身分第一個通知我。

「經營危機是怎麼回事？」

首先，危機的內容就是個問題。過去三年瑟拉爾獲利呈現正成長，今年的預估決算數字很不錯，股價也不斷攀升。說發展這麼順利的公司陷入經營危機，我能想到的原因只有碰了不該碰的金錢遊戲，導致鉅額損失。

「是假帳啊。」

坂崎悅子不屑地說。

「假帳？」

「對，連會計師事務所都是同夥，人為操作帳目，搞得亂七八糟。從三年前獲利轉正開始，實際上的帳簿就已經是一片滿江紅了。」

我說不出話來。

實在很難想像瑟拉爾這種公司會幹出做假帳的勾當。

「收購『大和優化』的事，果然是一大敗筆。」

「怎麼可能！」

我忍不住拉高嗓門。

「給我們公司的建材訂單一年比一年加倍，每次跟世羅社長見面時，也都會聽他說大和優化的發展順利到笑得合不攏嘴呀。」

我這麼補充。

「問題就是現實正好相反啊。」

我感覺到自己臉上失去血色。

「我問你，瑟拉爾該付的款項有沒有延遲？」

坂崎悅子露出擔心的表情。

五年前，世羅建設收購了大和建設旗下的住宅改建部門「大和優化」，震驚世人。中型承包商買下其他中型承包商公司中的一個部門原本就是罕見的例子，對方公司又是知名都市銀行「大和銀行」的子公司「大和建設」，更是一口氣引來業界內外的矚目。獨立經營的世羅建設吃下財團經營的大和建設一部門，這齣彷彿小蝦米吞食大鯨魚的收購大戲，令三十五歲出頭的第四代社長世羅純也一躍成為當紅炸子雞。

伴隨對大和優化的收購，世羅建設也將公司名稱變更為「瑟拉爾」。

現在，世羅純也與靠網路經營建材銷售事業而一口氣嶄露頭角的宇崎隆司被並稱為建設、建材業界的風雲人物。

「買下原本經營不順的大和建設住宅改裝部門，只花兩年就重整為優良部門，仔細想想根本跟變魔術沒兩樣。聽大和的窗口說，瑟拉爾似乎靠砸大錢宣傳的手法，大幅增加了承包單，實際上卻被砍價砍得很兇，客戶拖欠付款所造成的經費負擔也非同小可，別說完全沒賺錢，事實上是嚴重虧損。」

既然是來自大和建設母公司大和銀行的內部消息，這條情報的可信度可說相當高。

「妳說做假帳，是做到什麼程度？」

從金額大小可實際說明瑟拉爾瀕臨破產的現實程度，而這件事一旦成為現實，對我公司來說會是最糟的狀況。

「聽說超過兩百億。」

「兩百億！」

我喊得更大聲了。一旦假帳的事被揭露，兩百億日圓的特殊虧損公諸於世，瑟拉爾就再也不可能重振了。股價暴跌是可預測的事實，這麼一來，率先接受瑟拉爾增資的本公司將蒙受莫大損失。萬一瑟拉爾乾脆申請公司更生法，將先前購買建材的款項全數列為債權放棄的對象，說不定連我們公司都會受到牽連，瀕臨破產。

世羅建設是德本產業的老客戶。上上任社長德本京介創立公司時，最大的客戶就是世羅建設。從此之後，德本家和世羅家也保持近乎親戚的關係，私下一直往來頻繁。我當上社長不久時，純也的婚宴上，還是由德本產業董事長美千代以來賓代表的身分帶領眾人乾杯的。純也總是喊美千代為「德本媽媽」。

見我沉默不語，坂崎悅子顯得更擔心了。

「總之，你最好先找大和的人私下商量看看。聽說假帳的事是去年大和派任的董事發現之後呈報的，我想大和銀行那邊應該從很久以前就開始懷疑瑟拉爾的數字了。」

我的公司和坂崎工務店一樣，主要融資銀行都是大和銀行。說起來，一般承包商的假帳幾乎不會被發現，如果沒有內部人員告發，財務想怎麼竄改數字都行。

「可是，如果瑟拉爾真的破產，我公司也糟了。」

悅子沒有反駁。畢竟過去我們都向對方商量過許多公司的事，對彼此公司的內情知之甚詳。

「實質上主導瑟拉爾的恐怕早就是大和了，所以最後大和也只能出來收這爛攤子吧。」

「說得有道理。」

世羅建設收購大和優化的大部分資金，都是向大和銀行貸款來的，這件事以前我就有所耳聞。說得更簡單一點，也有人推測五年前那齣收購劇從頭到尾都是大和集團的自導自演，年輕的世羅純也只是不知不覺跟著別人寫的劇情走罷了。從去年大和派人擔任瑟拉爾董事這條線看來，這個猜測也不是沒有道理。

「看到自己脫手不要的大和優化大賺特賺，大和集團也覺得可惜啊。跑來跟我提說想分一杯羹，我想想只是一名董事而已也沒關係，就讓他來了。」

去年秋天，久違地和世羅純也去打高爾夫球時，他如此充滿自信地大放厥詞。難道那一切都是虛張聲勢嗎？

「非常謝謝妳。」

我道了謝，從沙發上站起來。坂崎悅子也跟著起身。

「好像一個月內就會公開宣佈了。在那之前，我想大和也會做好重建準備的計畫。那裡和我以前服務的銀行不一樣，不會輕易對客戶見死不救，只要瑟拉爾目前的經營高層全部退出，加上世羅家族願意供出資產的話，大和應該會想辦法讓瑟拉爾經營下去。」

悅子以安慰的口吻這麼說。

7

北上的低氣壓在日本列島正中央盤旋不去，一口氣吹跑了二月最後一星期的暖意。進入三月之後，再度回到寒風刺骨的日子。

琵拉爾那件事毫無進展，現在的狀況只能默默觀望。

聽坂崎悅子說了這件事當天，我一回到公司立刻聯絡大和銀行的近藤昭人常董。近藤常董長年負責德本產業的業務，現在是大和銀行總行的常務執行董事，和我是老交情了。

至今，遇到大型融資案件或投資相關事宜，我都直接找近藤常董商量，也特意保持三個月聚餐一次，以利資訊情報的交流。

這樣的近藤常董，這天卻沒有接我電話。

接電話的祕書說「常董現在正在開會，請您如果沒有急事的話明天再致電」，聽到這句話，我背脊都發涼了。過去從來沒有受過這種應對。

隔天，八點多一到公司，常董總算自己打電話來了。鑑於昨天他那見外的應對，我也開門見山直接提出琵拉爾的事。

「不是啦，我就想說您可能要提這件事，所以昨天猶豫了一下是否該接電話。」

常董一如往常地坦白。

我將上午的預定事項全部取消，立刻前往位於大手町的大和銀行總行。

「不用擔心啦，這件事和德本產業沒有關係。說起來是敝公司自己不小心，大和也打算負起應負的責任。」

儘管他很乾脆地認了琵拉爾的經營危機，除此之外就怎麼也不肯多說。

「絕對不會給貴公司添麻煩，這點我掛保證。」

常董以嚴肅的口吻不斷這麼強調。

「不會用讓瑟拉爾破產的方式處理這個問題吧？」

唯有這點，我也一再反覆確認。

「當然當然，那裡倒了對我們沒有任何好處。」

勉強取得這句保證，我才不得已地離開大和總行。

我不信任銀行這種地方。

長年下來讓我有這個想法。在銀行工作的人，價值觀與倫理觀都和我們截然不同。很難形容哪裡不同或有什麼不同，無關對方的人格、人性、興趣嗜好，總而言之他們就是和我們有著無可救藥的差異。舉個通俗的例子，就像房東和房客的不同或醫生和患者的不同，簡單來說，就是富人與窮人的不同。

既得利益者會毫不憐惜地對什麼都沒有的人強取豪奪。到頭來，什麼都沒有的人卻無法從既得利益者手中奪走任何一樣東西。

企業最好不要和銀行扯上關係，這和個人最好不要跟錢莊扯上關係是一樣的道理。不過，企業無論如何都需要銀行。既然要做生意，無論生意的種類或性質是什麼，總會伴隨一定程度的投機性和賭博性。

金融機構這種地方，說起來很像賭博時的莊家。因為跟他們借了賭注，一個不小心可能會被強取非法賭金，也難保什麼時候他們不會在賭場外搶走你的錢。

即使和近藤常董雖然已有將近二十五年的交情，我連一次都沒有打從內心相信他過。

三月五日白天，冷雨下個不停，晚上雨雖然停過一次，強風整個晚上都把窗子吹得發出聲音。

隔天六日早上，睽違許久地放了晴。只是風依然很大。被陽光騙了，出門時穿得太少，立刻就為冷得打哆嗦的寒氣大吃一驚。

一如往常，八點前到公司，一手端著咖啡杯眺望窗外景色。白山通上的行道樹樹枝隨風搖曳。

筒見花江不知道怎麼樣了。

已經找到新的住處，和外婆兩人重新過起日子了嗎？

十天前，帶她去看淺草橋的員工宿舍時，她表現得似乎有些心動。我也將住在一樓的管理員堀越夫妻介紹給她，當場說明狀況，鄭重拜託兩人好好照顧花江。

四樓和五樓都還有空房，兩間都是兩房兩廳，空間寬敞的房子，尤以五樓那間位處邊角，採光也很好。大樓有電梯，如果要和外婆一起住，沒有比這裡更適合的地方。

房租比照員工，每月兩萬五千日圓。對花江來說，這也是再好不過的事。

離開時，她還恭敬地對堀越夫妻鞠躬說「請多多關照」。

然而，隔天和再隔一天，我打電話問堀越先生時，他卻說花江完全沒有聯絡。後來就發生了瑟拉爾的事，我也無心顧及於此了。第三次打電話是週末，那天是三月二日星期天。堀越先生也很疑惑地說「她什麼都沒說」。掛上電話後，我試著聯絡駿河台南大醫院。

「請問筒見絹江女士還在這裡住院嗎？」

電話被轉到內科護士站，告知病房號碼後。

「筒見女士昨天上午出院了喔。」

對方這麼說。

看來也不是絹江出了什麼事。

只好直接問花江了。

這麼想著，打了好幾次電話到她的手機，她都沒有接。因為沒有轉進語音信箱，也沒辦法留言，即使如此，她應該還是會看到來電紀錄才對。又不是手機沒電，每次都有接通，她就是沒有接。

星期一也打了幾次，總覺得這很明顯是在迴避我了。

也有可能是絹江反對住淺草橋員工宿舍，她又不知道怎麼回覆我吧。只是，以花江直率的個性，不像會這樣逃避事情的人。

無論原因是什麼，只要對方不願意，這邊怎麼也沒轍。

昨天和前天都沒有打電話。

既然知道花江她們遇上了火災得搬家，這麼音訊不通實在不是辦法。

想到這幾天這麼冷，至少得確定她們找到地方住了。

喝完咖啡，在小廚房流理台洗好杯子，回到座位上，剛過九點。拿出iPhone，事隔三天再次叫出花江的電話。

響了三聲，終於接通了。

「喂？」

是花江的聲音。感覺不像剛睡醒。

「喂。早安，我是高梨。」

「早。」

「妳好嗎？」

「嗯。你打這麼多次電話都沒接，不好意思。」

語氣雖然沒什麼變，花江的聲音聽得出愧疚感。

「那個不要緊。我只是擔心妳們後來怎麼樣了。」

「不好意思，讓你這麼擔心還完全沒聯絡。」

「看來妳是找到新的地方住了吧？外婆平安出院了嗎？」

「嗯，外婆和我都很好。」

「這樣啊，那就好。」

「社長先生好意介紹員工宿舍給我，真是抱歉。」

「請不用在意這件事。那充其量只是給妳參考，我才應該反省自己是不是管太多了。」

這時，花江沉默下來。

「不好意思，妳在午休嗎？」

雖然我不這麼認為，總得先由我說點什麼。

「不是那樣的。」

她發出鼻塞般的聲音。

我有些擔心，她是不是遇上什麼麻煩事了。

「有缺什麼嗎？不會添麻煩的話，我請人送需要的東西過去吧？」

與其說缺什麼，幾乎以雙手空空狀態逃出家門的她肯定什麼都缺。從家電到瑣碎的日用品，都好好買齊了嗎？是否從失火的「森三」御好燒店那裡拿到急用慰問金了呢？

「大致上該有的都有，請放心。」

她的聲音有些嘶啞。

「怎麼了？感冒了嗎？」

「不是的，好像是花粉症。」

這次她吸了吸鼻子。這麼說來，時序一進三月，我外出時也經常眼睛發癢。

「那，妳現在在哪？」

「事務所附近有個不錯的公寓。」

「原來是這樣。」

「嗯。」

「冰箱、洗衣機、冷氣什麼的都有嗎？」

「這裡原本是事務所師弟住的地方。」

「這樣啊。」

那個師弟搬出去了，換花江她們住進去嗎？還是讓她搬進原本就租著沒用的空房間？說不定所謂師弟其實是花江的男朋友，暫時帶著外婆一起搬進他家？

說不上為什麼，花江答起話來有些吞吞吐吐，雖說是花粉症，聲音還是太無精打采了。

「我今天過去看一下好嗎？」

「咦？為什麼？」

語氣轉為慌張。

「我想看看那邊房子狀況如何，如果有缺什麼就陪妳一起去買。反正是秋葉原，應該什麼都買得到。」

「不用啦，幹嘛這樣。」

「會給妳添麻煩嗎？」

「添麻煩是不會……」

「既然如此，就把地址告訴我。我打算下午過去看看。」

花江猶豫了一下，不太甘願地給了我地址。

「到附近之後請先打一次電話給我。」

她這麼叮嚀。

「我知道了。」

如此回答後，我先掛掉電話。

8

從秋葉原站的昭和通口走出去。

儘管外面還是很冷，平日白天的現在，剪票口附近依然人潮擁擠。這個與電器街出口相反方向的剪票口原本一直很冷清，直到九年前家電量販店「淀橋相機」秋葉原店開幕，這間規模可比百貨公司的超大型家電量販店一出現，情況就完全不同了。拆除大型倉庫的空地上突然蓋起的巨大店鋪吸引大量人流，從電器街各店鋪手中搶走不少消費者。

我住在淺草橋員工宿舍時，這間「淀橋相機Akiba」還沒開，每逢假日，我經常走到附近來眺望建設中的工地。

現在回想起來，當時我還年輕，和淳子離婚後，從美千代手中接下社長職位，過著每天彷彿交替沖冷熱水的戰鬥生活，即使如此，依然保持著旺盛的好奇心，縱使身心極端疲憊，不可思議的是體內仍充滿能量。

內心深處隱約體悟到，谷底之下還有更低的谷底，爬到山巔就得回頭，所謂的逆境也不過是境遇之一……

穿過剪票口，逆著人潮，沿總武線高架下往淺草橋方向走。

橫渡秋葉原十字路口，走進昭和通對面的神田佐久間町二丁目。花江跟我說的地址是神田和泉町，只要從這裡往上野方向再過一條街就到了。

橫越那條名叫「佐久間學校通」的二線道，眼前的大樓門牌上已寫著「神田和泉町一番地七之二十一」。架在左側昭和通正上方的首都高速一號上野線前面就是淀橋相機那棟白色的大型建築。

在公司確認過地圖，神田和泉町是夾在昭和通和清洲橋通中間的長方形町區，不是「丁目」。靠清洲橋通這邊的一半由和泉小學、和泉公園、凸版印刷總公司、三井記念醫院、LIFE神田和泉町店佔據，靠昭和通這邊的一半則擠滿小型建築、普通公寓和木造公寓。

我從大樓轉角走進窄巷。

花江住的公寓地址是「一丁目之八之十九」，應該就近在眼前了。

正逢午餐時間，穿西裝的男人和穿公司制服的女人三三兩兩經過身邊。雖然有陽光，吹過巷弄裡的風還是很冷。男人豎起衣領，女人駝著背走路。

道路狹窄，新舊建築物混雜，這裡是典型的市中心密集區。走著走著，路旁偶有掛著門簾的餐飲店。和花江原本住的神保町一帶氣氛相近，不過這邊更擁擠。

穿梭在左右兩側建築的夾縫中向前直行，大約前進七十公尺左右，來到一條比較寬敞的街道。在這之前的門牌顯示「一之七」，對面的街區肯定就是「一之八」了。繼續直走，踏進一條更窄的巷弄。

左邊的建築物門牌是「一之八之十八」，右邊的建築物門牌是「一之八之十七」。

這麼說來，前方左右兩側建築的其中一側就是「一之八之十九」囉。

然而，不管怎麼看都沒看到像大樓或公寓的建築。

左邊那棟四層樓的奶油色建築看起來比較新。二樓裝著氣派的「有村印刷」招牌。對照之下，右邊這棟，則是相當老舊的木材砂漿兩層樓大房子。接下去那棟建築散發一股昔日的文化住宅風情，有四個玄關等間隔排列。深粉紅色的牆面龜裂，多處剝落。四個入口各自掛有招牌，一個是「矢口印刷」，另兩個是不知道賣什麼的「歌爾」和「賽爾達」，最裡面那間「妙見煎茶」的招牌從二樓突出來，看似年代久遠。

這條巷子是死巷，奶油色建築與兩層樓房再過去的路，被更高的大樓牆壁堵死了。住宅街偶爾能看到這種死巷，只是我沒想到神田一帶竟然有這種無法通過的街區巷弄，不免大吃一驚。

左邊那棟住辦混合大樓的牆上鑲嵌一塊「一之八之二十」的門牌。

這麼說來，右邊那棟木材砂漿蓋的兩層樓房就是「一之八之十九」了。

然而，無論樓房全體或一樓、二樓，怎麼看都不像有住人。看似搖搖欲墜的二樓窗戶都是毛玻璃窗，陽台也沒有晾曬任何衣物，我不認為繞到後面會有陽台。看起來那一側也緊密鄰接著更大的公寓建築。

我走到最裡面，大致查看了四個玄關的情形。第四間「妙見煎茶」和最前面的「矢口印刷」顯然已歇業。大門烏七抹黑，信箱生鏽，絲毫感覺不到屋內有人的氣息。中間那兩間分別是「歌爾股份有限公司」和「賽爾達通商」，兩者都還在營業，但二樓都是毛玻璃窗，隱約看得到裡面堆滿紙箱。

我再次凝神細看每個窗戶。

「矢口印刷」二樓的窗戶裡好像有點微光。

花江她們難道住在這嗎？

只要她給我的地址不假，那就是這麼回事了。

可是，到底要怎樣上這棟建築的二樓？

我走近矢口印刷的木製大門，試著轉動骯髒的圓形門把。上了鎖的門打不開。

有其他入口嗎？

再試著繞到鄰接大型公寓的後側。

伸長脖子窺看兩棟建築之間的縫隙，驚訝地發現一座生了鏽的細長室外梯，裝在兩層樓房的正中央。

原本是當逃生梯用的嗎？大型公寓本身相當新，在這棟公寓蓋好前，或許都從這座階梯上二樓房間的吧。這麼說來，這棟建築很可能原本就蓋成一樓出租店面，二樓為住宅的形式。

沿著牆壁與牆壁之間不到一公尺的狹窄縫隙走到室外梯下方。抬頭往樓梯上方看，有一道陳舊的門。

我緩緩走上那座生滿紅鏽的陡急階梯。

花江要我到附近後先打電話給她，但我根本不打算這麼做。

比起那個，我發現自己正久違地感到氣憤。不知道為什麼，沒來由地一陣火大。

抵達二樓，拉開那扇單薄褪色的門，走進樓房內。

有點昏暗，不過眼睛適應之後漸漸就能看清內部的狀況。

這裡果然是住家。天花板上吊著現在已很少見的裸燈泡。正面有四扇門，只有最左邊那扇門縫透出光亮。每踏一步，木頭地板就發出吱吱嘎嘎的聲音，右邊走到底有一間廁所。夾板門上貼著一個寫著「廁所」的標示牌。左邊走到底有個廚房，裡面放了小冰箱和瓦斯爐，旁邊則設置了有兩個水龍頭的磁磚流理台。

不知道幾十年沒看過古色古香到這種地步的舊公寓了。感覺連我成長過程中住的川崎舊公寓都比這好太多。

別的不說，要是來場大地震，這棟房一定撐不住。

我站在門縫流洩光線的那扇門前，伸手敲門。

「來了。」

裡面傳來狐疑的聲音，還有逐漸靠近的腳步聲。

「是我，高梨。」

「咦。」

聽見彷彿卡在喉頭的聲音後，門就打開了。

出來的是身穿藍色抓毛絨外套的花江。

從狹小的脫鞋處往裡面看，是一間沒有隔間的榻榻米房間。屋內放著暖爐桌，絹江坐在右側，訝異地望向這邊。這是我第一次看到醒著的她，氣色倒還不錯。我隔著花江的肩膀向她輕輕點頭致意。

「好像來得早了點呢。」

刻意不提突襲來訪的事，我這麼說。

花江一邊說「是沒關係啦」，難掩幾分困惑。

「屋子不大，請進吧。」

她沒好氣地這麼說。

沒有隔間的房間就四坪大。有個寬度將近兩公尺的壁櫥，也有裝冷氣。其餘家具就只有茶櫃、電視和暖爐桌了。非常單調無趣的房間，窗上的毛玻璃更增加了空間的封閉感。天花板上的照明不是吸頂燈，而是日式吊燈。即使是白天仍得把所有電燈打開，一旦關了燈，這裡恐怕會是一片漆黑。

暖爐桌板上放著兩人份的便利商店飯糰和泡麵，看來她們正打算吃中飯。

花江急忙將那些食物收到茶櫃上，再拿出一個茶杯放到我面前，然後用一樣是從茶櫃上拿下來的寶特瓶倒茶。

「謝謝。」

這麼說了之後。

「您好，我是花江小姐的朋友，敝姓高梨。打擾您吃中飯了，不好意思。」

我正襟危坐，再次向絹江低頭寒暄。

「我聽花江說了，聽說您也來探望我好幾次，真是非常感謝。」

出乎意料地，絹江說話的語氣很清楚。

去駿河台南大醫院探病時，我在病房裡將準備好的慰問金交給花江，剛開始堅持婉拒的她，最後還是勉強收下了。

「話說這次的事真是折騰了，您身體還好嗎？」

「託您的福，還好。前不久傷了腰，沒辦法像以前那樣活動自如就是了，幸好其他都還健康。」

「這樣啊……」

我一邊回應，一邊打量狹小的室內。

「外婆，您應該聽花江小姐提過我公司員工宿舍的事吧？」

我故意不看花江，只對著絹江說話。

「有。」

絹江點點頭。

「您意下如何呢？要不要搬過去住？住起來比這裡舒服多了喔。只要外婆您點頭，剩下的事全部交給我就好。」

說著說著，我終於發現自己為何憤怒。花江明明看過員工宿舍的狀況，卻將患有憂鬱症的外婆帶到這種地方來，我現在是對這麼做的她感到非常火大。

「是……」

絹江露出模稜兩可的表情。原本我還擔心是她不肯答應，看來並非如此。

這時，我才將身體轉向坐在旁邊的花江。

「說到底，妳還是不信任我。」

一直沒吭聲的花江由下往上抬起視線看我。

「不是這樣的……」

語氣聽來有些賭氣。

「這房間和那間員工宿舍完全不能比吧？筒見小姐妳在電話裡還說什麼找到不錯的公寓，這種房子哪裡不錯了？」

花江沒有回答。

「連浴室都沒有！」

「事務所就在附近，洗澡時就去借用那邊的淋浴間。」

「那，連外婆也在那邊淋浴嗎？」

我朝絹江望去，只見她尷尬地輕輕點頭。

「現在天氣這麼冷，要是洗完澡著涼了怎麼辦？」

之前聽說絹江八十一歲了，我是不知道事務所在哪，總之她已經不是可以在這種嚴冬中出門洗澡的年紀。

「不管怎麼說，現在就去淺草橋吧。行李我會請堀越先生來幫忙搬。」
「你可不可以不要管我們了。」
花江終於發出不耐的聲音。
然而，我已經不是會為這點小事退縮的年輕人。一旦決定的事，就會按照計畫進行。長年以來，我一直都是這麼做的。
「社長先生對我們這麼好，我很感謝，但我也有我的苦衷。」
「什麼樣的苦衷？」
「這裡是師父幫我打點的地方，原本有其他年輕徒弟住著，師父硬是把他趕出去，空下來給我們住。」
「妳有把員工宿舍的事跟師父說嗎？」
「怎麼可能跟他說那種事。那天後來我一去事務所，師父就說已經幫我準備好住的地方了。好像是看了白天的新聞，得知火災的事之後就決定這麼做。」
「筒見小姐。」
我盯著花江看。
「對妳來說，那人或許是重要的師父，即使是這種破爛公寓，既然是師父特地準備的，也只好忍耐住下來的心情我不是不能理解。可是啊，怎麼能叫絹江女士陪妳盡這份人情呢？住在這種地方，萬一發生大地震，那就真的沒救了。就算不說這個，這裡不但沒有浴室，做什麼事都不方便，廁所還得跟人共用，更別說住在這裡的好像只有妳們兩個人。就說吃的吧，便利商店飯糰和泡麵像什麼話。如果妳非住在這裡不可，那請妳一個人住。絹江女士我要帶去員工宿舍。就算妳要我別插手，我也無法當作沒看見。我會拜託堀越先幫忙照顧絹江女士的起居，保證至少三天會去探望她一次。我家就住在兩國，這點小事不算什麼。總而言之，這裡不是八十幾歲老人家該住的地方，妳是怎麼回事，連這點判斷能力都沒有？」

我一口氣說完這番話。

花江無言望著我，不知是否多心，總覺得她濕了眼眶。

這麼說起來，十天前到駿河台的醫院探病時，她好像也用這種眼神抬頭看我。

9

一條龍鳳齋的笑容有種懾人的吸引力。

「哇，真了不起，是厲害公司的大社長呢。」

看一眼我遞出的名片，他就滿臉堆笑地這麼說。看到那笑容的瞬間，情緒似乎都要被他牽著走了。

已經幾年沒有出現過這種感覺了呢。

龍鳳齋外表年輕得不像六十五歲。頭髮黑亮，臉頰也很有光澤。穿著看似訂製的上好西裝，體型清瘦，唯有肩膀相當寬闊。

我和病倒前的長嶋茂雄吃過一次飯，眼前的龍鳳齋散發一種與當時的長嶋類似的獨特光輝。

昨天，帶她們兩人去淺草橋後，問了花江事務所的電話，我便聯絡了龍鳳齋。

我說自己認識絹江很久了，知道火災的事來探望才發現絹江生活上的各種不方便，所以今天暫且帶她到自己公司的員工宿舍——聽我這麼一說，龍鳳齋好像很意外。

「花江怎麼說？」

第一句就先問這個。

「她當然打算和絹江女士一起在我的員工宿舍住下去。」

「是嗎……」

說到這裡，龍鳳齋頓了一頓。

「花江在嗎？」

他這麼問。我用眼神問身邊的花江，她用力搖頭。

「她現在出去買東西了，等一下請她打給您吧？」

「好的，就這麼辦。」

龍鳳齋的聲音聽起來很失望。

結果，我也沒讓花江打電話給他，今天由我直接造訪秋葉原的事務所，打算取得龍鳳齋的認可。

事務所離花江住的地方約七、八分鐘，是一棟整體漆為藍色的三層樓老舊建築。一樓有個只用鋼筋架出的停車場，二、三樓似乎是出租店面。樓梯旁的牆壁上嵌著一塊寫有「明峰大樓」的牌子。三〇四和三〇五都屬於「Knife Hole公司」，花江說龍鳳齋的辦公室在三〇五號。

沒看到門鈴或對講機，我直接爬上三樓。

站在三〇五號前面，按下電鈴，時間正好十點半。

聽說龍鳳齋總在早上九點到事務所，整個上午都會待在這裡。

「每天都在做些什麼？」

昨天我這麼問花江。

「電視購物節目的彩排，或構思新商品的點子，不過最近我不太去社長室，不清楚師父在做什麼。」

她這麼說。

據說「Knife Hole公司」這個公司名稱，來自過去龍鳳齋示範操作銷售的商品「開洞菜刀」，龍鳳齋也因此聲名大噪。

「師父曾寫下在秋葉原百貨一天賣掉一千把那種開洞菜刀的傳說。」

開洞菜刀＝Knife Hole，是這樣吧。

昨天，我上網調查了關於一條龍鳳齋的事。正如花江所說，他是示範操作銷售界的第一把交椅，至今仍經常以「查理一條」的名字出現在電視購物節目中。二十多年前成立率領一群實演販賣士的公司，同時也從事企劃開發各種創意商品的工作。

搜尋圖片，電腦螢幕上立刻一字排開他的照片，確實我也對這張臉有印象。

對於我的突然造訪，龍鳳齋並未表現出吃驚的態度，我一報上名字，他就說「喔。是昨天的……」，並客氣地請我進屋。

接著，站著收下我的名片，一邊用低沉的聲音發出讚嘆，一邊堆起滿臉笑容。

社長室相當寬敞，和我的辦公室相去無幾。

一張大辦公桌背著窗戶放置，前方是一張主客八人座沙發。左右兩邊靠牆放有櫃子，上面是各種獎牌或表揚狀，以及許多商品。

玩具、文具、健康用具、烹飪用具、掃除用具……擁擠地陳列在一起。其中也有幾樣令我感到懷念的昔日商品。

牆上掛著氣派的畫框，裡面裱的是一把金色的開洞菜刀。

見我注意到那個，龍鳳齋就開了口：

「那是純金打造的喔。」

這麼說明。

「不是普通的菜刀呢。因為全日本賣掉最多這種開洞菜刀的人就是我，所以廠商就打造了一把送我當禮物。」

「我聽花江小姐說過，她說一條先生曾經一天賣掉一千把這種菜刀。」

「怎麼可能。」

龍鳳齋放聲大笑。

「再怎麼說一個人一天也不可能賣一千把。」

又一邊笑著說「來、請坐」，一邊請我在沙發上坐。他走向辦公桌，拿回名片盒，我則站在茶几和沙發中間。

「這個和……」

首先交給我的是一張比普通名片大一圈的大張名片。

一條龍鳳齋

查理一條

上面並列著兩個名字。

「還有這個……」

接著遞出另一張名片。

Knife Hole股份有限公司

執行董事長

花岡 誠

上面印著這樣的字。

「花岡先生，這是您的本名嗎？」

看到一條在茶几對面的位子上坐下，我也跟著落座。

「是的。我本是秋田人，老家在角館那邊經營一個小旅館。」

「這樣啊。」

「高梨先生，您是哪裡人？」

「我一直都住川崎，在川崎賽馬場附近出生長大。」

「川崎啊，年輕時因為工作關係常去那裡呢。」

「這樣啊。」

「對，偶爾也會去賽馬場瞧瞧。」

「原來如此。」

說到這裡，我端正坐姿。

「昨天只打電話給您，真是失禮了。」

首先深深低下頭。

「好說好說。」

龍鳳齋霸氣地點頭。

「其實……」

我從自己和絹江的關係開始說。當然，說的是昨天和花江討論過後捏造的內容。

真要說的話，房子被燒掉了，她們祖孫倆要住哪是她們的自由，問題在於實演販賣士這行，師父說的話是絕對聖旨，更別說龍鳳齋這種地位的人，特地為自己打點了房間，花江擅自搬走是絕對不可原諒的事。

「如果說陪外婆住到習慣為止，師父或許願意斟酌允許。總而言之，不管怎樣只能說社長先生您是外婆認識很久的朋友。」

即使如此，不當面向師父打聲招呼還是很不妙。聽花江這麼嘟囔，我便決定親自跑這趟來向龍鳳齋說明。

「我師父心眼很小，猜疑心又很重。」

花江露出不樂觀的表情。

我在龍鳳齋面前的說詞是，很久以前，絹江還在千馱木經營小餐館時，我在那裡工作過一陣子。

「高中剛畢業游手好閒時，因為雙親都不在了，說起來當時收留我的絹江女士就像我母親一樣，真的是對我很好……」

絹江過去經營過小餐館是事實，我高中畢業後不久就被人收留也是事實，只是收留我的人不是絹江，而是德本美千代。

在我說明時，龍鳳齋一個字也沒有插口，只是默默聆聽。

「好吧，既然是這樣的話，花江就暫時麻煩您了。丟下外婆一個人自己回來這裡，她一定也不會放心。」

「一條先生能這麼說真是太好了，謝謝您。」

我一邊低頭道謝，一邊依然不由自主地感到一股不對勁。

花江是隸屬他所經營事務所的自由實演販賣士，現在似乎也會幫忙事務所的行政工作，即使如此，充其量只不過是公司的一名員工。

然而，龍鳳齋卻表現得彷彿花江是他的佣人。

從花江對他的顧慮態度中也嗅得出一樣的味道。再怎麼說是師父與徒弟，已經能在銷售工作上獨當一面的她，和住在師父家中學藝兼打雜的弟子還是不一樣吧。

只不過，對照自己的經驗，我也不是無法理解龍鳳齋和花江之間那種一言難盡的關係。

我自己也一樣，打從十六歲與德本美千代相遇之後，三十多年來一直活在她的庇護與影響下。進入德本產業工作，儘管只是夜間部，她也讓我讀了大學，在她的命令下和淳子結婚，離婚的同時從她手中受命繼承了公司。即使兩年前與她死別，現在的我仍像這樣活在她的遺產束縛下。

話告一段落後，我朝一條桌上的電子鐘投以一瞥。

正好十一點。

昨天也幾乎放下手邊所有工作，今天早上更是丟下原本該和業務總部同仁開的會，跑到這裡來。

對我這些反常舉止感到奇怪的，絕對不只祕書源田了。

瑟拉爾的事還沒告訴公司幹部，和近藤常董的對話也只跟坂崎悅子說過。

「要密切注意大和的動作，我也會盡可能打探消息看看。」

悅子也認為不能對近藤常董的話照單全收。

不過，瑟拉爾陷入經營危機的傳聞早晚會傳進第一線工作人員的耳朵。人言難擋，到那時候，我現在的態度恐怕會招來員工們的誤會。

要是員工們將我的態度解釋為已被瑟拉爾的破產危機擊垮，對公司來說可能構成致命打擊。

然而，事實是我心中確實萌生「那種事根本無所謂了」的念頭。

從坂崎社長口中聽到瑟拉爾的事，隔天拜訪近藤常董之後回公司的車上。

——公司會變怎樣都無所謂了……

我不知道這麼對自己說了幾次。

腦中頻頻浮現的，是瑟拉爾社長世羅純也的臉。

認識純也很久了，第一次見面是三十幾年前的事，當時純也還是個小學生，時常會到德本家玩，偶爾假日時美千代會把我叫去，拜託我照顧純也。這種時候，我們不是一起玩傳接球，就是帶他去遊樂園或動物園。只有一次和美千代及淳子一起去迪士尼樂園。

純也和淳子只差一歲，感情很好。

「雖然比淳子大一歲，純也個性上有比較軟弱的地方，或許娶個年紀大點的老婆比較好。」

美千代偶爾會當著他們兩人的面這麼說。

她原本似乎考慮讓德本家的獨生女淳子嫁給將來肯定會接掌世羅建設的純也公子。

若這個打算成真，日後我就不會和淳子結婚，世羅純也或許也不用面臨累積了四代的家產敗在自己手上的破產危機吧……

大概是注意到我盯著他背後的時鐘看，龍鳳齋瞄了自己的手錶一眼。

「如何？要不要一起吃個午飯？」

露出他最擅長的笑容。

「好啊，請務必讓我請這一頓。」

我也不知為何說出違心之論。

10

篤子是在小學二年級時，被德本京介搭的車撞到的。

那是一九七六年（昭和五十一年）一月一日早上的事。

我們住在川崎賽馬場附近的公寓，位在從交通流量最大的第一京濱國道彎進的岔路口。從二樓家門外的鐵製戶外階梯下樓後，眼前連條像樣的人行道都沒有，立刻就是一條細長的汽車單行道。第一京濱國道塞車時，趕時間的卡車或業務車輛經常開進這條路，我和母親總是叮嚀篤子千萬要當心。

然而，因為當天是元旦的關係，不只篤子，連我和母親都大意了。

一大早就起床確認收到的賀年卡，再把漏寄的份補寫好的篤子說：

「我拿這些出去寄一下喔。」

看到拿著一疊賀年卡的她，才剛起床的我們沒想太多，就這麼讓她一個人出門了。畢竟只要過了公寓前的馬路，往法院方向走五十公尺就有郵筒了。

才聽見她關上單薄大門的聲音，不出幾秒之後幾乎同時聽見低沉的撞擊聲和緊急煞車的聲音。

當時的事，直到現在我仍記憶鮮明。

聽見聲音的瞬間，我和母親立刻領悟篤子發生了什麼事。那是我有生以來，第一次體驗到什麼叫「彷彿全身的血液被抽乾」。

母親還穿著睡衣，二話不說衝出家門，我也立刻跟上前去。

永遠難忘接觸到戶外空氣那一刻，我還心想，真是個莫名溫暖的早晨。

篤子倒在路邊，身旁蹲著一個穿西裝的高大男人。一輛氣派的黑頭車停在兩公尺開外。

「篤子！」

母親尖叫著衝下生鏽的階梯。

聽見她的聲音，男人急忙回頭，慢慢站起來。

我們衝到篤子身邊時，已經是司機跑去附近公用電話叫救護車之後的事了。

篤子意識清楚，只是說她右腿根部很痛。看到母親的瞬間立刻皺著臉哭起來，倒也沒有嚎啕大哭。

我們一起乘上救護車，德本搭的車則尾隨在後。

抵達醫院後，他不做絲毫辯解，也不讓開車的年輕司機說一句話。

「害令千金遇上這種無可補救的事，怎麼道歉都無法彌補。」

他只是一個勁兒地彎腰低頭，不斷向我們賠罪。

篤子外表看起來雖然很有精神，傷勢卻比想像嚴重，被診斷為右大腿關節開放性骨折。

醫生說需要動手術，而且可能多少會留下一點後遺症。母親顯得很慌張。當時父親已經失去行蹤，醫生說明時我也陪在一旁。當年的我才十一歲，再過幾個月就要升六年級了。

「醫生，拜託您了。」

沒記錯的話，第一個低下頭這麼說的人是我。

這天，京介的妻子不久後也趕來醫院的事，在母親過世後聽貿然造訪的她這麼說時，我仍一點也想不起來。或許那時，我終究還是被妹妹突然車禍的事嚇得六神無主了吧。

經過元旦當天與半年後的第二次手術，篤子的外傷痊癒了，右腳卻留下拖行的後遺症。正面雖然看不出來，只要從背後或側面看她走路的樣子，任誰都知道這孩子右腿有毛病。

德本產業的顧問律師居間斡旋和解事宜，再怎麼說，這些事身為小學生的我也無法插嘴，不過，德本家提出的和解金比一般行情高上許多。

在那兩年前，父親帶著年輕女店員失蹤之後，母親仍守著那間開在市公所附近的小小咖啡店。然而生意愈來愈差，光靠開店無法賺得足以支撐生活的金錢。受窘迫家計所逼，父親離家出走半年後，母親將原本租的公寓大樓房子退掉，帶我們搬到賽馬場附近的老公寓。

篤子動完第二次手術又過了兩個月，母親把咖啡店也收了。儘管只能賺些小錢，收掉唯一收入來源的咖啡店，今後我們母子三人要如何生活下去？

「錢的事，沒問題嗎？」

我這麼問。

「德本先生給了我們多得嚇人的錢喔。」

母親以複雜的表情這麼輕聲回答。

距離車禍一年多後的一九七七年一月中旬，母親在川崎車站東口商店街「銀座街」的角落，開了一家叫做「滿腹」的小餐館。

這間「滿腹」的生意也不算好，我們依然住在破舊公寓，也無法過上任何奢侈的生活。即使如此，父親消失三年後，母子三人總算脫離隨時可能落入地獄深處的日子。

餐館開張那年我上了國中，一放學回家就立刻到店裡幫忙。篤子放學後也在二樓租來當餐館倉庫的一坪半小空間裡待到打烊，我就趁忙活的空檔上去照顧她。

現在回憶起來，那是我們母子三人過得最親密快樂的時光。

對我來說，也是人生中最溫暖的一段季節了吧。

上高中那年春天，母親罹患胃癌，發現時已是末期，不到一年就離開人世了。死時才四十五歲。

我十六歲，篤子十三歲。既沒有安身立命之處，也沒有任何能照顧我們生活的親人，甚至連守靈夜都沒有看到半個親戚。

這時，不知從哪聽到消息的德本美千代，在葬禮過後不久，忽然造訪我們住的公寓。

美千代的丈夫德本京介在那兩年前已離世，由她接手經營德本產業。

「先夫德本留下遺言，要我照顧篤子小妹一輩子。」

美千代這麼說，看似已經把我們的狀況調查得一清二楚。

「我有想過收養你們，只是家中還有一個叫淳子的獨生女。幸好修一郎你很懂事，姑且還是讓你們兩人自己生活吧。不過，今後我會當你們的監護人，包括錢的事在內，有任何問題都可以找我商量。當然，我也會經常來看你們。」

美千代的口氣不容反駁。

接著，她前往我們的學校，分別和兩位級任老師談話，一轉眼就正式成為我和妹妹的監護人了。納骨與七七四十九天的法事都在她主導下進行，也迅速處理掉「滿腹」，此後一直支援我們光憑母親留下的一點存款絕對無法撐下去的生活。

「車禍的和解金已經按照當時說好的金額賠償了，德本家沒道理再付錢給你們。所以，今後的生活費，等到你們開始工作之後要確實償還。你們兩人都一樣，一定要好好用功，成為一個賺大錢的人。」

美千代是個和被生活壓垮的母親完全相反的女人，充滿活力，年輕貌美。德本產業的創辦人德本京介，原本就是看上身為員工的她美貌與才能兼備而娶她為妻。京介六十歲過世時，她才三十九歲。

我們持續過著安定的生活。

篤子因為腳的關係，不太能跑步，相對地，她把精力用在游泳上。

最初去市民泳池游泳，一部分原因也是為了復健，不過，升上小學高年級，加入游泳社後，她就開始正式學游泳。很快地，篤子成為活躍的蝶式選手，母親還在世時，我們經常一起去看她比賽，為她加油。母親過世之後，我一個人也偶爾會去。

高中畢業後，我放棄升學，選擇就業。

「我想早點工作還錢。」

這麼對美千代說。

「這樣很好。既然如此，就來我們公司工作吧。你可以一邊上大學一邊工作，只要申請公司內留學制度，學費就由公司負擔。當然，前提是得先讓公司認定你是有潛力的員工。」

那時，她也以宣佈既定事項的口吻，建議我進德本產業工作。

我毫不猶豫地聽從她的指示。

至於篤子，國中和高中時代專心游泳，高三時成為女子游泳隊的隊長。

考上短大後，她搬出川崎的公寓，在學校所在地的三鷹租屋，用我寄給她的生活費和打工收入自己過日子。美千代支付了短大的註冊費等費用。

進公司即將邁入第四年的我，在這年也進入日大夜間部就讀。從川崎通學了幾個月，因為距離太遠，實在無法兼顧工作與學業，初秋時在飯田橋找到一間老公寓便搬了進去。

即使是假日，我和篤子也因分別忙於學業和打工而少有見面機會，即使如此，一個月至少會一起吃一次晚餐。

篤子放棄游泳，在大學裡專攻英文的她，開始專注於語學。

雖說長相只能稱得上普通，天生開朗勤奮的她交遊廣闊，上了高中之後似乎就沒缺過男朋友。

畢業後，她在一間總部位於竹橋的某綜合商社找到工作。

由於彼此職場相近，我們在神樂坂租了一間公寓，再次一起生活。

住在一起第四年的夏天，篤子受公司同事之邀，第一次出國旅行，目的地是峇里島。她一直很期待在峇里島的海中浮潛。

篤子就在浮潛時失蹤了。

據最後看到她的同事所說，篤子專注於潛水，逐漸朝近海方向游去。

「嗳、有一條路耶，一條可以通到遠處的路！」

也有同事聽到她略帶激動地這麼說。

失蹤一年多後，終於找到遺體。由於身體嚴重腐爛，本該穿在身上的潛水衣也不見蹤影，在比對齒型之後才確定了篤子的身分。遺體上殘留的只有些許毛髮。若以確定身分那天為忌日，得年二十五歲。若以失蹤那天為她在人世的最後一天，篤子這一生只活了短短二十四年。

篤子去峇里島那年我大學畢業。找到遺體那年，我二十八歲。

出發去峇里島的前一天，我們兩人在神樂坂一間常去的餐廳吃了飯。

我記得很清楚，當時篤子說了令我匪夷所思的話。

「有時候啊，游泳池裡的水看起來會發光。」

正聊到峇里島的海時，她忽然這麼說。

「這不是廢話嗎？」

我笑了。

「不是啦，不是反射某種光線，而是水本身發出的光，或說感覺就像水變成了發光體。並不是每次喔，只是那種時候，在水中的我就像全身被光籠罩，真心覺得再也不想從水裡離開。」

「什麼啊。」

感覺到篤子散發一股非比尋常的氛圍，我故意開玩笑帶過。

「哥哥，水這種東西啊，是有生命的喔。我想，我看過的一定是水的生命之光。」

篤子露出陶醉的神情這麼說。

11

二月二十六日從坂崎工務店社長口中聽聞瑟拉爾一事，隔天二十七日我立刻拜訪大和銀行近藤常董，確定瑟拉爾這幾年下來一直都在做假帳。

依照坂崎悅子最早的推測，事實應該在一個月內就會公開。關於這一點，「媒體遲早會聽見風聲，拖也拖不了太久。」

近藤也這麼說。

然而，一個月早就過了，不僅瑟拉爾本身沒有發表，也沒有任何一家報紙報導「瑟拉爾破產」的消息。

「大和與世羅社長之間拉鋸了很久的樣子。負責我公司的大和窗口最近嘴巴閉得像蚌殼一樣緊，問什麼都堅持『不知道』。」

前幾天，悅子在電話裡這麼說。

「不過，我認為事情拖得愈久，就愈表示大和不打算讓瑟拉爾垮台。大概是要世羅家提供的私有財產範圍與金額還談不攏吧。對德本產業來說，這絕對不是一件壞事，媒體之所以沒有報導，一定是因為被大和壓下來了。」

她表現得很樂觀。

確實，只要瑟拉爾免於破產，對我公司來說雖然得承受某種程度的損失，但還不至於傷得太重。就這點來看，正如悅子所說，事情拖這麼久未必是壞兆頭。

然而，我也同時感到失望。

從聽聞瑟拉爾經營危機那天起，有另一個我內心暗自期待這件事能夠成真。一旦瑟拉爾真的破產，德本產業受到牽連也瀕臨破產的話，無論如何我就得引咎辭職了。身為經營者，不但沒有努力掌握瑟拉爾實際上的經營狀況，還在不確定能否收到費用的狀態下不斷出貨建材給瑟拉爾，更一再應允投資，這樣的經營者可說昏昧糊塗到了極點，立刻退出經營陣容是不可避免的事。

假設事態果真如此發展，我就能從束縛自己超過三十年的德本產業與已經死去的德本美千代詛咒中獲得解放。

我有個感覺，這恐怕是唯一也是最後一次機會了。

每個星期，我都會到淺草員工宿舍一兩次。

至少，每個星期五一定會帶絹江到兩國我常去的店，一起吃晚餐。

四月十一日，星期五。

櫻花已經落得差不多了，東京卻還持續春寒料峭的天氣。總在熱得以為要入夏的隔天早上氣溫驟降五度，收起的外套又得再次拿出來。

上星期絹江有點感冒症狀，於是我將管理員堀越夫妻也請到絹江房間來，大家一起叫外送壽司吃。

花江搬出去後，堀越夫妻把絹江照顧得很好。

今晚也打著邀他們兩位共襄盛舉，四人一起前往淺草橋小料理店的主意來到員工宿舍。不料，管理員室的電燈熄滅，堀越先生和太太似乎正好外出。

我一如往常地走逃生梯上五樓。

打開緊急逃生門，踏進走廊，從電梯門前走過，逕直走向走廊盡頭。那裡就是絹江住的五〇八號室。

按了電鈴，傳來一陣腳步聲，門很快打開。

「您好。」

我笑著打招呼，絹江也露出開心的笑容。見過幾次面後，我與絹江彼此迅速熟稔了起來。雖然已經高齡八十一歲，絹江無論身心都還很健康。之前花江說她曾因腰部骨折造成步行艱難，後來還因此得了憂鬱症，不過就我看來，腰傷和憂鬱症的狀況都不太需要擔心。

神保町那個被火災燒毀的家是兩層樓房，或許是從樓梯上摔下來的事讓絹江當時表現出超乎必要的緊張吧。

由於我離開公司前先打過電話，這時絹江已經換上了外出服。

頭戴毛帽，右手握著手杖。無論春夏秋冬，毛帽是她外出時不可或缺的配件。

「老人最怕就是跌倒撞到頭。毛帽薄是薄，只要像這樣一年到頭戴著，有個萬一的時候還是能派上一點用場。」

我曾問過她為什麼老是戴毛帽，她的回答也很乾脆。

「那我們走吧。」

聽我這麼說，她便快速穿上鞋子。

搭電梯下樓，並肩往淺草橋車站方向走。目的地的店在高架橋對面。從我還住在員工宿舍時就是那裡的常客，算算也有十年了。和我同年齡的老闆娘與大她三歲的先生一起經營，先生過去在築地的日本料理店學藝多年，磨練出一手煮魚的好功力。

大約走十分鐘左右就到了，我拉開店門。

眼前是L字型的櫃台席，左邊則有四張桌席。再往裡面走是榻榻米區，上面有兩張矮桌。一如往常，今晚店內也高朋滿座。因為我事先預約過了，榻榻米上右邊那張桌子已為我們保留，老闆娘帶我們入座。

「這位是令堂？」

她一邊帶位一邊這麼問。

「不是不是，是以前照顧過我的人。」

我姑且這麼回答。

如果母親還在世，今年也差不多八十歲吧。原來如此，絹江和死去母親的年齡差不多。

我這才初次察覺這一點。

隔著暖炕式的矮桌坐下來，絹江好奇地環視座位周遭。

她和花江一樣有酒量，面不改色乾掉兩瓶啤酒。

餐點全面交由店家決定，兩人先用玻璃杯乾了啤酒。

「花江小姐今天也不回來嗎？」

我這麼問，絹江先啜飲一口啤酒，然後歪了歪頭。

「這三天連電話都沒打回來喔。」

花江搬出員工宿舍，回到神田和泉町那間樓房公寓，是上個月二十號時的事。結果，她只搬出來兩星期就回到一條身邊了。

「在外婆適應前，如果只是一陣子的話，師父可能會願意讓我陪外婆住……」

說是這麼說，沒想到她竟真的丟下外婆，跑回去住那間破爛公寓。

絹江放下杯子，夾起一坐下就端來的小菜，是醃漬螢烏賊。

「上星期有回來呢。」

「對啊。」

津津有味地吃著醃漬螢烏賊，絹江再次舉杯。

「星期六還留下來過夜了。」

「是啊。」

我也夾起醃漬烏賊放進口中。鹹度恰到好處，烏賊內臟與味醂融合的獨特香氣充滿口腔。

接著端上桌的是生魚片拼盤和這間店最有名的一道菜——塞滿蟹肉的煎蛋捲。

一邊往小碟子裡倒醬油，我一邊說：

「話說回來，花江小姐為什麼那麼怕那個師父啊？」

將一直很想問的問題說出口。

約莫一個月前，和一條龍鳳齋一起吃午餐時那精力旺盛的面貌浮現腦海。

「這個我就不清楚了……」

絹江低聲嘟噥，將剩下的啤酒一口喝乾。

「再來點日本酒吧？」

這麼一問，絹江便點頭。我叫來老闆娘，點了一瓶兩合的溫酒。

「絹江女士和那位師父見過面嗎？」

總覺得稱呼還生龍活虎的絹江為「老奶奶」好像不太適合，我從好一陣子前就改口稱她「絹江女士」了。

「只有一次啦。」

吃下生魚片，絹江放整齊筷子後這麼說。

「花江父親死的那時候。」

「那是什麼時候的事？」

「花江二十歲多一點的時候，算算差不多十年前吧。」

十年前，正好是我與淳子離婚的時期。

「那當時花江小姐還和雙親住在一起囉？」

我想起和花江在貝尼尼吃飯時，她說過自己「父母雙亡，現在和外婆住在一起」的事。

「不，當時已經住在神保町的家了。」

「喔……」

正好這時溫酒瓶送了上來。從籃子裡選好酒杯，我率先拿起酒瓶。絹江也不推辭，接受我為她斟酒。我對她這種不拘小節的地方很有好感。

每週一次，我會像這樣和絹江一起喝酒，對我來說，愈來愈樂在其中。

與人交往時，只要一聞到男女情事的味道我就想逃避，話雖如此，和男人在一起也無法放鬆。一起吃飯喝酒的對象，說來還是女性比較好。

在貝尼尼和花江見面那次也一樣，現在像這樣和年紀與我母親相仿的絹江對坐飲酒，對我而言是一件愉快的事。

即使如此……

兩年前以七十二歲之齡逝世的德本美千代形影閃過腦中。

眼前的絹江和美千代沒有絲毫相像之處，然而，我是不是在不知不覺中將她的身影與美千代重疊了？

「那麼，當時花江小姐的母親也住在神保町嗎？」

「怎麼可能。」

絹江以自棄的語氣這麼說。花江的母親不是她的女兒嗎。

「我女兒的名字叫月江，月亮的月，江戶的江。月江拋棄還是小學生的花江，和男人私奔了。在那幾年前，花江的父親就已經拋下她們母女倆，和情婦跑掉了。」

這麼說著，絹江輕聲嘆了口氣。

「花江從小就是個可憐的孩子……」

一口喝乾杯中溫酒，絹江喃喃吐出這句話。

12

搭計程車送絹江回員工宿舍，我直接回兩國的住處。

立刻入浴，換上家居服，吹乾濕頭髮，進廚房自己調了一杯兌水燒酌再回客廳。今天喝的是「佐藤」的黑標，兌的當然是那個水壺裡的水。

一手拿著酒杯，在愛用的沙發上坐下。

和絹江只喝了一杯生啤酒和一瓶兩合的溫酒。

最近我盡可能不在週末安排事情，今晚也從容享受起一個人喝酒的時光。

時間剛過十點。接下來的幾個小時，是我一星期中最放鬆的時段。打開平常很少開的電視，看看搞笑節目，偶爾也會看上網購買的電影ＤＶＤ。有時讀喜歡的小說，有時用平板電腦看YouTube上的影片。

總而言之，只有星期五晚上我盡量不去思考工作和自己的事。這是當上社長不久之後決定的事。

啜飲一口兌水燒酌，將酒杯放在沙發扶手上。

靠上椅背，緩緩吐出一大口氣。

閉上眼睛，讓意識平靜下來。只模糊思考著「什麼都不思考」這件事。放鬆肩膀與脖子的力量，感受自己的呼吸節奏，想像剛才喝下的兌水酒正靜靜滲透全身。

就這樣鎮靜了一會兒。

睜開眼睛，抬起頭。走向電視櫃，拿出放在抽屜裡的平板電腦，回到沙發邊。

點出YouTube，查詢「會飛天的蛇」。螢幕上立刻出現許多畫面，從中選了一個最有可能的點開。

就這樣嘗試了兩三次。

「Real Flying Snake ——The Physics Of Snakes That Fly」

找到一個以此為標題的影片。

一邊聽英語旁白解說，一邊看那不到四分鐘的影片。

「哇喔！」

在沒有其它人的房間裡，忍不住發出聲音。

多看幾次之後，漸漸聽懂了英語旁白的意思。

〈For all their prowess as hunters, jungle snakes have enemies too ——無論多厲害的獵人必定有其天敵，即使是活在熱帶雨林中的蛇也一樣。〉

以這段用嚴肅聲音唸出的旁白展開的影片內容，大概是從教育性質的錄影帶或頻道節目摘錄出來的吧。影片中拍的是「天堂樹蛇（The paradise tree snake）」——一種住在東南亞森林中的蛇滑翔於樹木與樹木之間的模樣，搭配慢動作鏡頭和平面動畫，詳細解說這種蛇的飛行原理。

樹蛇從高樹上縱身躍下的瞬間，旁白一邊解說，一邊發出感嘆的聲音，稱讚這「發射」的一幕簡直可媲美詹姆士龐德「彈射座椅」(James Bond's ejector seat)。的確，天堂樹蛇飛起的模樣，實在快得不像一條蛇。

接著，這條蛇在空中滑翔了相當長的一段時間，再靈活地纏繞上另外一棵沒有天敵盤據的樹梢。

據說那個水壺是用摻雜了海蛇血液的陶土燒製而成。

我說或許改善我長年失眠症狀的是海蛇的力量，花江也說了「畢竟蛇就像是生命力的集合體」，然後附加上一句：

「也有會飛天的蛇喔。」

「那種蛇住在樹上，會從一棵樹飛到另一棵樹上。先把細細的身體壓得像帶子一樣平，再左右擺動身體，像竹蜻蜓那樣滑翔。」

她說是在電視上看到那種飛天蛇的。

眼前的畫面正如她所形容。

和開頭的旁白說明一樣，天堂樹蛇遇到天敵蜥蜴時，立刻從樹枝上豎起身體，輕易地飛了出去。

〈把身體壓得如同一條緞帶——The body flattens down to about a ribbon.〉與其說「像竹蜻蜓」，不如說像海水中泅泳的海蛇，全身左右擺動著，飛到另一棵樹上。據說進入飛行姿勢後，為了增加身體面積，加強對空氣的抵抗力，樹蛇會縮起消化通道，將肋骨攤開成如同翅膀般的U字型。

根據旁白說明，天堂樹蛇藉由這種能力，甚至可滑翔長達九十公尺之遠。

影片後半段以慢動作播放了天堂樹蛇在空中飛行的情景，比起緞帶，確實更像一條皮帶。

我將畫面開到最大，反覆播放這後半段的影片內容。

怎麼會這麼美……

親眼目睹難以想像的現象時的驚訝，和畫面一起深深烙印在我眼中。

飛過天空的蛇，不就是升天的龍嗎。

若說在海中展現優美泳姿的海蛇具有神秘魅力，天堂樹蛇的神秘性更遠遠甚於海蛇。

假設用這種蛇的血液混在陶土中燒製成水甕，效果或許會比手邊的水壺更靈。若能喝到裝在那種水甕中的水，深植內心的絕望會否瞬間蒸發。

凝視森林中順利滑翔於半空的蛇，感覺任何不可能的事其實都有可能發生。

大概是因為醉意也開始緩緩擴散全身的緣故，「飛天蛇」的影片深深撼動了我。

「花江從小就是個可憐的孩子……」

絹江不經意的低喃浮現腦海。

花江說自己父母雙亡，但是根據絹江的說法，名叫「月江」的母親並沒有死，只是下落不明。

月江當時在酒吧工作，和那裡認識的年輕男人私奔時，花江才小學六年級。父親離家出走是那兩年前，也就是她小學四年級時的事。

「月江是個能幹的孩子，成績很好也很貼心。她和先生彰宏是朋友介紹認識的，那個叫彰宏的男人長得非常英俊，月江對他是一見鍾情。美男子通常都是一個樣，彰宏果然也是毫無生活能力，用現在的話來說就是打工仔吧，沒有固定工作，總是四處遊蕩。靠月江一個人工作，生下花江也支撐家計。對他付出一切，換來的卻是彰宏和打工處的女人好上了的結果，糾纏了一陣子之後，那兩人就突然失蹤了。不用說，月江幾乎快要發瘋。我真搞不懂那種沒用的男人哪裡好，總之那孩子對彰宏就是迷戀到不行。老公跑了之後，月江整個人都變了，連花江也完全不照顧。」

看不下去的絹江，把花江帶到自己在神保町經營的洗衣店，當時月江還和花江一起住在西大島的某個社區。擔心母親的花江原本不肯分開住，是絹江硬是帶走了她。

「月江連飯也不煮啊，很快就辭掉本來的工作，跑去錦糸町的酒吧陪酒。我去過一次她們住的地方，花江一個人待在家，連母親什麼時候回來都不知道。天快亮的時候總算回來了，人卻是喝得爛醉，還帶了一個年輕男人一起回家。看到這個，我才下定決心，不能再讓花江待在那個地方。賞了月江一巴掌，直接把花江帶走。問花江才知道，月江經常帶男人回家，兩人就當著花江的面上床親熱。花江只好在天都還沒亮的時候出門亂逛好幾個小時，等到天亮才去上學。

雖然花江哭著說這樣媽媽太可憐了，我還是說服她轉學，讓她跟我一起住。至於月江，別說來接她了，連通電話也沒打來。」

幾個月後，月江什麼都沒告訴花江就擅自退租了社區的房子，不知道上哪去了。據她酒吧同事說，她好像是和店裡的一個客人私奔了。後來，在花江國中畢業前曾收到一封裝了五萬日圓的現金袋，僅此而已。信封上蓋的是三重縣津市的郵戳。

「反正一定是去旅行時順便寄的啦，信封上的筆跡倒是月江本人的沒錯，不過裡面連封信也沒有。」

絹江這麼說。

反芻剛才絹江說的那些話，試著對照一個多月前只見過一次面的一條龍鳳齋說的話。

那天，一條打電話到秋葉原站前他常去的義大利餐廳，特地預約包廂，請我吃了一頓飯。在餐廳裡完全不讓我有搶付錢的機會，但也絲毫沒有表現出瞧不起人的態度。他只是一副心情很好的樣子，告訴我自己和花江相遇至今的始末。

讓他請了一頓之後回到公司，我叫來源田，請他準備給一條的回禮。這幾年無論私人交情或公司往來所需的謝禮，我都從百貨公司的禮品目錄裡挑。通常輪流買三越、伊勢丹和高島屋的商品，遇到重要客戶或棘手的對象時，則一律送三越的東西。

我請源田向三越訂一份五萬圓左右的禮品，送去給龍鳳齋。

13

一九九八年的冬天，一條龍鳳齋收留花江時，她才十六歲。

順便一提，那年七月，我和德本美千代的獨生女淳子結婚了。

花江上高中讀了不到半年就輟學，當時正輾轉借住幾個朋友家。

「用我們老一輩的說法就是四處放浪啦。我一看就知道這女孩過的不是正常生活，接下來她會變成怎樣也看得很清楚，因為看過好幾個像她這樣的女孩。」

龍鳳齋這麼說。

絹江的說法是這樣的：

「父親和母親都不要她，剛上國中花江就學壞了，換個角度想也是無可奈何的事。站在那孩子的立場，或許只能用這種方式發洩內心累積許久的憤怒和絕望了吧。不知道她到底有沒有去上學，級任老師在國一下學期結束時也完全不管她了。不知道有多少次我在晚上接到警察聯絡，去警察局接回被輔導的她。不過啊，只要把她帶回家，她就會好好吃我做的飯。好好吃飯，連碗盤和筷子都乖乖洗乾淨，然後又出門不知道跑去哪裡了。上國二之後幾乎不回家，但也不會來跟我要錢，我完全想不通那孩子到底是怎麼生活的。」

她這麼說。

國三時擔任花江級任導師的是一位資深男老師，在他耐心勸導下，花江總算願意接受高中入學考。話雖如此，考的是一間只要會寫自己名字就上得了的私立高中，絹江想辦法籌措了學費。然而，花江最後還是沒好好上學，毫不留戀地退學了。

對照龍鳳齋和絹江說的內容，她和龍鳳齋的相遇，應該是在高中輟學兩、三個月後的事。

當時，龍鳳齋在秋葉原百貨進行一週三次的現場示範銷售。

二〇〇六年底結束營業的秋葉原百貨是現場示範銷售的聖地，培養出許多知名的實演販賣士。一條龍鳳齋可說是這一行的開山鼻祖之一。

「只要我擺出檯子，花江就經常跑來看。佔了最前排的位子，專心聽我介紹商品，當然什麼都沒買就又默默回去了。一看就知道是個離家出走的女孩，見過兩三次後一眼就認得出她來。多的時候，一天跑來看三四次都有。是說，跑遍全國各地銷售，偶爾確實是會遇到這種客人。只是很少看到像花江這種年紀的小丫頭。」

所謂「擺檯子」似乎是示範銷售業的業界術語。

儘管花江自己的說法是龍鳳齋收留她，聽起來倒比較像是她主動拜師學藝。

「那天，擺完最後一張檯子，正在收拾的時候，她忽然跑來說要拜我為師。我問她，妳幾歲？她說自己二十歲。怎麼可能嘛，我就跟她說，我不收說謊的人為徒。結果那傢伙竟然堅稱自己絕對沒說謊。」

龍鳳齋笑著這麼說。

「我們這行靠的就是一張嘴和三寸不爛之舌，稍微誇張一點或吹點牛皮是可以接受的，但完全的謊言就是禁忌了。我說，妳先老實承認自己幾歲吧。這下她竟然跟我討價還價，問我『如果說了你就會收我當徒弟嗎』。」

即使毫不留情地趕她走，隔天、再隔天，花江仍不氣餒地跑去找龍鳳齋。

「一星期我就認輸了。心想姑且讓她來事務所跑腿吧。詳細情形我是沒有問，但也很清楚那孩子一定是走投無路了。」

接下來花江就住進了事務所，龍鳳齋從零開始將一身示範銷售的功夫傳授給她。花江說自己是「最後的入門弟子」，看來並沒有誇大。

「實演販賣士也有各種類型。比方說，像『男人真命苦』裡的阿寅那種就叫『賣連珠砲』，現在已經很少看到那種賣法就是了。其他還有逗客人笑的『賣耍寶』，讓客人哭著掏錢的『賣同情』，賣藥或草藥的『賣苦』等等。不過啊，這些都是要小花招，無法成為一流的販賣士。不管怎麼說，還是要誠心誠意，滿懷對商品的愛與熱情來向顧客介紹商品，讓顧客真正滿意之後才掏錢購買。這是唯一的做法。我們稱這種銷售方式為『賣熱情』，賣熱情是販賣士的原點，也是基礎中的基礎。教了之後我發現，花江很有賣熱情的天份，那傢伙嘴巴笨，臉皮又薄，講話也不夠輪轉，只是啊，當她不顧一切用那笨拙的方式拚命向客人推銷時，檯子周圍會漸漸瀰漫一股難以形容的熱意喔。然後，客人聽著聽著就會不知不覺被她的熱意吸引。這只能說是與生俱來的才華了。」

二〇〇一年十一月。

一頭栽進示範銷售的世界三年，花江成為能獨當一面的販賣士，在全國各地展開巡迴銷售的她，於名古屋的某個購物中心與父親彰宏不期而遇。那年她十九歲，這是自從小學四年級與父親分開後，睽違九年的重逢。

花江的父親彰宏早就和一起私奔的女人分手了，儘管五十歲左右的他還很年輕，卻因長年的放縱搞壞了身體。剛被原本照顧他的女人拋棄不久，就這樣和獨生女重逢了。

根據絹江的說法，那時回到神保町的家後，好一段時間花江都顯得心事重重。當時，正式展開實演販賣士的工作後，花江已再度搬回「清水屋洗衣店」二樓和絹江一起生活。

「過了半個月左右吧，她才告訴我其實在名古屋遇到親生父親的事。說彰宏因為肝臟出了毛病，一直在住院，還說如果外婆不反對的話，想把他接到東京來照顧。毫無預警說出這種話，真是把我嚇了一大跳。」

花江本打算立刻將父親接來東京，是彰宏自己推辭了。

「生病之後，那個人也像變了個人似的。說自己從來沒有盡過任何做父親的責任，哪有臉讓獨生女照顧自己，真這麼做的話一定會遭天譴，堅持不肯接受。那時他在柏青哥店找到一份差事，也戒掉最愛的酒與女色，有生以來第一次腳踏實地工作。你也知道，名古屋就是柏青哥的發源地。」

絹江反對花江帶彰宏來東京。女兒月江的失蹤，說起來都是這個好女色又不中用的男人害的，絹江的反應和有血緣關係的花江之間有所落差也是理所當然。

即使如此，只要一有去中部地方出差的機會，花江一定會去和父親見面。她生日那天，還收到一大把從名古屋送來的花。

至於我這邊，同一時期的二〇〇一年，舜一誕生了。

結婚第三年，期盼的長男出生，先不說淳子，終於抱到第一個外孫的美千代高興得不得了。或許也有論功行賞的意思吧，六月我就被升為業務總部長，還獲選進入董事會。年僅三十七歲就當上董事，可想而知身為美千代女婿的我，無論名實都將成為德本產業的社長。

另一方面，彰宏是真的改頭換面，重新做人了。

重逢一年後的二〇〇二年十一月，彰宏在工作的柏青哥店嘔血昏倒。

原因是一直罹患的胃潰瘍症狀惡化。花江顧慮到同住的絹江心情，只在澀谷租了一間房子給父親，然後趕到名古屋強烈勸說彰宏搬到東京來。

「年底，彰宏就搬進澀谷那間房子了。我也和他見了面，外表完全變了個樣，再也不是從前那個美男子。看到親生女兒為自己做這個做那個，他也顯得很高興的樣子。酒和香菸都戒掉了，很快在圓山町的飯店找到打掃工作，一過完年就開始上班。不只外表，連內在都變了一個人啊。花江經常去他住的公寓探望，只是很少在那裡過夜。好像是彰宏拒絕的。」

回到東京一年多後，二〇〇四年二月，彰宏過世了。

花江到他公寓探望時，他已經在棉被裡斷了氣。才五十出頭，歲數和現在的我差不多大。驗屍的結果，判斷死因為肺炎。

花江最後一次見到他是差不多五天前，當時他就有點感冒症狀了，只是花江隔天還得去群馬跑業務。一回東京，帶著伴手禮直奔彰宏公寓時，見到的是已經冰冷的父親。

感冒在那五天內急速惡化，連醫院都還來不及去便撒手人寰。話說回來，彰宏也沒有健保卡。

花江似乎在他死後才發現這件事。雖然有告訴彰宏自己的手機號碼，問題是他房間裡根本沒電話，也沒有辦手機。擔心的花江勸過好幾次，彰宏就是堅持不肯申辦電話。

看到父親的遺體時，花江第一個聯絡的人是龍鳳齋。

「電話裡的聲音抖得聽不出到底在說什麼。不過，我之前就知道花江的父親在圓山町的飯店工作。應該這麼說啦，租下那間澀谷的公寓時，擔任租屋保證人的就是我。

聽到她說『爸爸沒有呼吸』時，我立刻趕到那間公寓去。

總之先叫了救護車，把人送到醫院去，然後接受驗屍。好像是前一天晚上過世的，遺體還沒完全僵硬，也幸好二月天氣還很冷，所以一點也不臭。那是間連空調都沒有的破舊公寓，踏進屋裡就像踏進冰箱似的。在那間冷得凍僵人的三坪大房間裡，花江連大衣都沒脫，縮著身子坐在父親身邊。那一幕實在教人有些毛骨悚然。那傢伙整個傻掉了，在救護車裡也沒開口說幾個字。」

據龍鳳齋所說，彰宏的守靈和葬禮都是他一手包辦的。

就在那時和他見過那麼一次面的絹江也說：

「花江的師父一條先生出席了葬禮。」

對照起來，這應該是事實無誤。

收十六歲的花江為徒時，龍鳳齋差不多五十歲左右。這麼說來，和死去的彰宏年齡相仿。

花江就算將龍鳳齋視為父親也沒有什麼好奇怪。

像這樣想著花江的過去時，發現我似乎在不知不覺將她和自己的經歷重疊了。

我一邊想像一邊打探關於花江的各種事，說不定其實是在暗自回憶關於自己的過去。

我是否將自己的人生鮮明地投射在花江的人生之上了呢？

思考花江的事時，感覺很像在思考自己的事。話雖如此，又比直接思考自己的事來得不那麼痛苦。

毫無疑問的，我們的人生很相似，只是性別與年紀完全不同。

這對我來說大概是一件好事。

14

在淺草橋小料理店和絹江吃飯的正好兩星期後，四月二十五日星期五。

開完下午一點開始的臨時董事會，回到自己位子上時，看到源田留在桌上的紙條。

——一點二十五分，瑟拉爾世羅社長來電。請您回撥手機。

會議中不接電話是我的命令，因開會不在位子上時，打給我的電話一律轉給祕書源田。若連源田也不在位子上，總務部一定會有代接電話的人。

從坂崎悅子那裡聽到關於瑟拉爾的事是二月底，那之後過了兩個月，世羅純也這才第一次聯絡我。直到現在瑟拉爾仍未宣佈鉅額虧損的事，或許快要開始有所動作了吧。

明天就要進入黃金週連續假期。如果想盡可能不引起社會震驚，將股價的下跌控制在最小限度內的話，趁這段連休期間召開緊急記者會宣佈事實，想必會是最好的做法。瑟拉爾大概已經和大和談好，連日期都決定了吧。

德本產業畢竟是瑟拉爾的長年客戶也是投資者，事前通知說來也是天經地義的事。其實他早就該對我說明目前的狀況了。只不過，扛下龐大債務的純也可能已經沒有那個權限，一切都在大和銀行的算計下進行。如果是這樣，這段時間他沒有知會我也是不得已的吧。

我拿出手機，點按螢幕，叫出純也的手機號碼。

雖然有些擔心會被他捲入什麼麻煩事，但總不能對他的聯絡視若無睹。

響了三聲左右，電話那頭的人很快就接起來了。

「高梨先生，好久沒跟您問好。」

出乎意料的是，耳邊傳來的聲音頗有活力。

「不好意思，剛才在開董事會，沒辦法接電話。」

「別這麼說，勞煩您專程回電，我才不好意思。」

世羅純也說話的語氣與平日無異。

「我想高梨先生一定也聽說各種事了，但還是想自己好好向您說明……」

「這樣啊。」

不好裝作什麼都不知情，我只如此簡短回應。

「很抱歉這麼臨時，今天晚上能和您見個面嗎？」

純也一如往常，以不容分說的語氣這麼問。雖說今晚本該是陪絹江吃飯的日子，無論如何，還是得以眼前這件事為優先。

「知道了，我會先在巨蛋飯店訂好房間。」

「真的很抱歉，那麼我八點過去。」

「好的，請從一樓大廳打電話給我，我再把房號告訴你。」

「那就麻煩您了，晚點見。」

直到最後，純也的態度都像平常一樣。連一句「抱歉讓您擔憂了」或「給您添麻煩了」都沒有，就自己掛掉了電話。

與人密談時，只要判斷應該這麼做，我就會在東京巨蛋飯店訂房間。不透過部下，自己直接向飯店訂房，這樣連公司裡的人都不會知道。

過去二度接受純也增資商量時，我們都在巨蛋飯店密會。

打電話訂好房間後，我聯絡了堀越先生，請他今晚和夫人一起邀絹江用餐，費用之後再跟我結算。

「這點小事請您別在意，平常都是高梨先生請客的啊。」

堀越先生笑著這麼說。

絹江現在每天吃的都是堀越夫人做的飯菜，最近和他們夫妻倆也很熟了，午餐和晚餐都一起在管理員室吃的樣子。

花江一星期會來一兩次，這種時候，她好像就會請堀越夫妻到五樓房間吃飯。

我大概都是星期五去，和花江已經很久沒碰面了。

聽絹江說，她已經不做龍鳳齋事務所的行政事務，再度投入第一線的示範銷售工作了。

看看時鐘，將近四點。

最近會議時間有愈拖愈長的傾向，以前不管開什麼會，最多兩小時就結束，最近幾次卻都超過時間。會議桌上討論的明明不是什麼新議題，董事人數也沒有增加。雖說有正在等待結算發表的問題，關於去年的業績，眾人也沒提出多特別的討論。

追根究柢，是主持會議進行的我在不知不覺中拉長會議進行的速度了吧。

身為一個經營者，能被三分之二員工抱怨「我們家社長性子很急」是最理想的狀態。

——「經營時，沉思默考佔一成，當場決斷佔九成」。

這是前任社長德本美千代的口頭禪。我再不濟，好歹也掌管了一家公司十年，深刻感受到這句話說得一點也沒錯。簡單來說，經營就是賭博。正因如此，企業能因經營者的一個判斷而興旺，也可能在瞬間招來毀滅危機。

我一直認為，一旦開始失速，就是引退交棒的時候。

現在就是那個時候了吧。逐漸拉長的會議時間無疑證明了這一點。

直到傍晚都被待批公文追著跑，原本六點得去參加一個宴會，但我叫來源田，指示他通知總經理大庭代替出席。那是業界團體的聚會，會場設在新大谷飯店，我不可能只去露個臉就趕回來。原本我是盡可能不想把星期五的公事排到這麼晚，只是覺得有點麻煩就算了。

等純也抵達的這段時間，我想自己待在飯店房間裡放鬆一下。

「您有什麼急事得去辦嗎？」

源田不解地問。

「倒也不是，只是最近覺得有點累。」

聽了我的話，他的表情更困惑。

「源田，你幾歲了？」

我這麼問。

「今年六月要滿三十四了。」

得到他中規中矩的回答。

「這樣啊。」

凝視還很年輕的他，回頭想想，當我還是跟他一樣大的青年時，再過六年就要當上社長了。至於當上董事時，只比現在的他大三歲。

「那我準時六點把車開到公司正門口接您。」

聽到我說累了，源田如此提議。

「不，不用了，我搭電車回去就好。」

我輕輕一笑。當上社長至今，不管是去日本其他地方出差或出國辦公，我都自己從家裡去機場，回來時也嚴格禁止公司車前來迎接。

德本產業不是那種社長擁有黑頭司機車的大企業——為了讓公司上下明白這點，我這麼做也是理所當然的事。不過，喝醉時我盡量不搭電車，那種時候就搭計程車回家。

一到六點，我就離開公司，徒步走向東京巨蛋飯店。說是這麼說，一出公司大門往左看就能看到水道橋月台另一端那棟造型獨特的四十三層大樓。設計師是設計東京都廳的丹下健三，這棟建築是他晚年時期的作品。

六點十五分，走進位於四十一樓的總統套房。

我習慣預約高樓層的總統套房。不僅視野好，空間也有將近七十平方公尺的寬敞，最適合用來和重要客人進行祕密商談。再者，一個晚上的房錢只要七萬左右。如果連景色的優美程度都考慮進來，這可說是破盤價了。招待到這間房間來的客人，多半會忍不住發出讚嘆，對著大窗外的夜景看得入迷。

今晚訂的不是靠巨蛋城購物中心那一側，而是靠皇居這一側的房間。

四月剩下沒幾天就要過完了，春天溫暖的氣候也差不多穩定下來。今天全國各地最高氣溫超過二十五度，熱得像是夏天。東京也一整天都很晴朗。

我脫下外套，放在沙發上，站在窗邊鬆開領帶。

遠眺落日風光，視線落在水道橋車站一帶。剛下班的大量人潮紛紛湧入開進月台邊的電車。越過車站建築往另一端望去，德本產業那棟十二層樓的建築近得彷彿伸手就能碰到。

「建材的先鋒，TOKUMOTO」。

屋頂上豎立的巨大招牌寫著這行字。

天一黑，這座立方體招牌就會用燈光打亮。震災過後，除了換掉老舊的投射燈外，也做了預防招牌掉落的補強工程。

夾雜在林立的高樓大廈之間，如果沒有這座招牌，連我也找不到自己公司在哪。雖然建築本身還不算老舊，像這樣俯瞰時，真覺得渺小得微不足道。

高中畢業至今，我為這棟大樓奉獻了超過三十年的歲月。一直跟在美千代身邊，連一次都沒有被派到其他地方的分公司或辦事處。就連就讀大學夜間部時，選的都是公司旁的日大。

成為社會人之後的人生，全部在這塊狹小的土地上度過。一思及此，與其說感到一股鄉愁，不如說內心徒留遺憾。到最後，我從未在這塊土地之外的地方建立起任何東西。

儘管是在美千代的半命令下建立的家庭，對失去父母與妹妹的我來說，和淳子與舜一共度的生活仍是無可取代。

在千駄谷的大樓公寓展開新婚生活，我驚訝於「妻子」的存在之大。和妻子共度的生活，與和母親或妹妹住在一起的體驗截然不同。

我力圖為了妻子奮鬥，在心中立下誓言，想和她一起生幾個孩子，一輩子為守護妻兒而活。

然而，那一切只是我的錯覺，也是我太自戀，其實不過是不自量力的妄想罷了。

淳子沒有資格成為我的妻子。

不過，我更沒有成為淳子丈夫的資格。

故意不去正視這不可忽略的事實，我們過起充滿欺瞞的婚姻生活，結果當然令我們的關係以最糟糕的形式毀壞。打從一開始，我和淳子早就知道會有這樣的結局。

正因犯下的是明知故犯的罪，我受到的打擊更是無可逃避。和淳子不同，我的人生沒有重來的選項。追根究柢，我做的事比她更罪過，我是個愚昧又脆弱到無可救藥的人。

比起淳子，比起美千代，甚至比起那個宇崎隆司，我這個人更卑鄙，更懦弱，也更該受到報應。

15

世羅純也來的時候甚至沒有打領帶。

他穿著顏色鮮艷的外套和牛仔褲，一副剛打完高爾夫球兜風回來的樣子。

臉曬得黝黑，身體結實精壯，頭髮很短，像棒球選手那樣。

看起來一點也不像公司快破產的經營者。

大約遲到三十分鐘才來。

「哎呀，真抱歉，被前一件事拖到了，對不起。」

語氣毫不愧疚，立刻兀自在三人座沙發上坐了下來，那模樣又像是個政客或政府官員。

我內心訝異，這是在虛張聲勢嗎。

「要不要喝咖啡？」

一邊這麼問。

「可以的話倒不如給我啤酒。」

他這麼說，目光望向櫃子下方的小冰箱。

「要喝酒可以，先把話說完再喝吧。」

我的語氣有點強硬，說完後，也在對面另一張單人沙發上坐下。

「說的也是。」

他正色回應。

「哎，這次完全上了大和的當。」

開口第一句就是這個。

「我到現在還一肚子火，氣得快要發瘋。」

他從靠著的椅背上坐直，朝我投以犀利的目光。

是虛張聲勢，還是情緒不穩定？

我看不出來。

「不過，我決定放棄了。毫不留戀。」

身體再次靠上椅背。我想可能是情緒不穩定。

「上當是什麼意思？」

對我來說，最關心的是瑟拉爾的經營危機會怎麼解決。決定毫不留戀放棄什麼的，說得這麼嚇人也只會徒增我的困擾。

「高梨先生，您聽到的數字是多少？」

他忽然這麼問，我沒能掌握這句話裡的意思。

「我們公司負債的金額啦。」

「我聽到的消息是說，已高達兩百億。」

「是嗎……」

先用無奈的聲音低喃後，純也發出誇大的嘆氣聲。

這麼說起來，純也今年也才不過四十歲出頭。大學一畢業就進入世羅建設，一路平步青雲，從臥病在床的父親手中接下經營權，年僅三十三歲就當上世羅建設的第四代社長。儘管背後被說成是不知民間疾苦的大少爺，成功收購「大和優化」一事，一口氣扭轉了世人對他的評價。等於當上社長僅僅三年就擊出了一支漂亮的全壘打。

從坂崎悅子口中聽聞瑟拉爾可能陷入經營危機時，我心想，那件事果然被過度美化了。每次和純也碰面都覺得哪裡不太對勁也是事實。不過，我一直都要自己別繼續懷疑他。

為什麼呢？

首先，因為他是美千代曾經那麼照顧，想過總有一天要把淳子嫁給他的男人。在美千代描繪的藍圖中，等他們兩人結婚，世羅建設就會和德本產業合併。美千代生前——儘管已經是我娶了淳子之後的事——曾經這麼告訴過我。

我自己也有比較縱容純也的地方。畢竟從小看他長大，就算突然變成客戶公司的社長站在眼前，我也無法完全和他公事公辦。他雖然有些妄自尊大的地方，骨子裡還是個坦率的孩子。小時候，忙碌的雙親對他疏於照顧，導致他總是很黏人。至今每次見面，還是很難不想起他童年時的模樣。

美千代過世後，我總感覺自己接下了照顧他的任務。失去篤子又失去淳子和舜一的我，或許想要一個守護的對象吧，無論是誰都可以。就這點來說，老是讓人放心不下的純也是最適當的對象。

「兩百億什麼的，是大和散播的謠言啦。」

純也自暴自棄地說。

「這件事高梨先生或許也早就知道了，追根究柢，收購大和優化的事原本就是大和主動找我談的。只要表面上做出世羅建設收購大和優化的樣子，收購資金要多少都可以貸款給我。」

「原來是這樣啊……」

傳聞果然沒錯。不過，直接從當事人口中聽到事實，仍不免有點震驚。

「話說回來，為什麼大和要向世羅建設提議這種事呢？」

「那段時間，正好是大和下任總裁候選人競爭得如火如荼的時候，現任總裁星野先生雖然是最有力的候選人，時任副總裁的他，卻也是對大和建設投入最多力量的人。因此，業績低迷的大和建設成為阻礙他當上總裁的瓶頸。與他抗衡的五味專董那派人馬指責星野先生對大和建設過度融資，更嚴重的問題是，大和建設最年輕的董事室町先生是星野先生的女婿。別說過度融資了，根本就是套關係的人情融資，就這樣，五味先生那派的人馬展開對星野先生的批鬥。

站在星野先生的立場，無論如何都得想辦法讓大和建設轉虧為盈才行。

這時他想到的方法，就是將虧損最大的元兇，也就是住宅改建部門『大和優化』整個賣掉。畢竟，如果只是填補部門虧損，下次結算時恐將出現更大的漏洞，相較之下，如果能賣掉的話，反而可用賣掉的收入增加盈收，彌補大和建設整體的虧損。這完全是逆向思考，但也只有這條路可走，堪稱是個聰明的主意。不過，怎麼想也不認為會有哪間公司樂意接手這個燙手山芋。」

純也一口氣說完，激動得臉都脹紅了。

「您明白了嗎？高梨先生。」

「那個接下燙手山芋的就是世羅建設？」

純也用力點頭。

「室町先生是我大學射箭社的大學長。是他找上我，說希望能幫上岳父的忙。我自己則有重振大和優化業績的自信。日本現在少子高齡化問題日益嚴重，住宅改建的需求一定會增加。因為國民人數減少，以長遠的眼光來看，新住宅的建設需求已經快要飽和。可是，既有住宅的改建或裝修需求卻是不減反增。大和建設這種規模的大包商比較不容易開發小案子，世羅這種中規模企業卻很擅長找到有零碎需求的客戶。所以，即使現在帳面上還是一片滿江紅，只要將擁有技術與人才的大和優化納入旗下，住宅改建事業總有一天能成為世羅建設的主要收入來源，這就是我打的算盤。更何況大和銀行願意提供收購資金的貸款，承諾在住宅改建事業上軌道前負起金援到底的責任，我實在想不出拒絕的理由。」

我凝視長篇大論的純也。

世上怎可能有這麼便宜的事，更別說銀行主動找上門的提議，背後一定有鬼。這個男人難道連這點社會常識都沒有嗎——我不由得傻眼。

「這麼說來，兩百億並非事實？」

我提出疑問，試圖將話題引回瑟拉爾今後的狀況。

「當然啊，大部分都是抽銀根啦。明明約好無論分成幾年攤還都可以，一進入今年就忽然開始追討，簡直是為所欲為。」

「真正的虧損數字是多少？」

「我是不想用虧損兩個字啦，真正的數字不過是區區六十億左右。」

「六十億……」

六十億也已經是令人難以想像的天文數字。到最後，這三年多來瑟拉爾為了掩飾虧損只好在財務上做假帳。

可以想見大和派來的董事揪出結算書上的假帳，發現竟然有高達六十億的虧損被掩蓋時有多震驚。身為瑟拉爾的主要融資銀行，如果不盡早妥善處理這樁犯罪行為，星野總裁將可能因責任歸屬問題遭到波及。再加上世羅這位第四代社長是個滿不在乎說出「區區六十億」的男人。為了與純也撇清關係，大和現在開始追討至今融資的貸款可說是天經地義到了極點的行動。我想，瑟拉爾的資金週轉肯定老早就走投無路了，只要大和一抽手，瑟拉爾立刻就會被逼到當場宣告破產的地步。

因此，純也最後也只能說「決定毫不留戀地放棄」。

「原來是這樣啊……」

純也露出怒氣無可宣洩的表情，事到如今我說什麼也無濟於事了，只能模稜兩可地答腔。

「哎，不過呢，要是被大和銀行見死不救，瑟拉爾只有倒閉一途了。身為一個經營者，最後無論必須面對多麼不合理的事，考慮到員工的生活也只能忍耐。」

純也一反常態，義正詞嚴地這麼說。

怎麼看都覺得他情緒不穩定。像他這樣的人，要在正常的精神狀態下撐過從假帳被拆穿到現在這段動盪不安的時間，肯定是個太沉重的包袱。

「原來如此。」

我喃喃低語。

「這麼說來，現在已經決定由大和主導瑟拉爾重建了是嗎？世羅先生則做出退出經營的決斷。」

我得確認這件最重要的事。

「考慮到員工的生活，不得不這麼做。」

「這樣啊……」

瑟拉爾的股票所有權大半屬於世羅家族，與其讓那些股票變成紙屑，不如將公司交給大和集團，朝重建的方向進行要有利得多。

「為了員工的生活」充其量只是表面上的漂亮話。

「那，什麼時候公佈？」

「說是下個月五號。」

純也一副不干己事的口吻。我心想，果然是打算利用連假期間宣佈。

「這樣啊。」

「不過，還沒有最後確定。目前大和那邊好像正在打通司法方面的關係。」

「這樣啊……」

真的是將公司完全放手交給別人了呢，我再次傻眼地看著純也的臉。

做假帳是無法卸責的犯罪行為，為了讓身為社長的純也免於受特別背信罪之追訴，想必大和銀行現在正動用政治力量在警方、檢方及政府機關各方面打點吧。當然，這麼做的目的不只是為了防止瑟拉爾遭控背信，身為主要融資銀行的大和銀行更必須這麼做才能逃避媒體追究責任。

一旦成為刑事案件，收購「大和優化」的前後始末肯定會被鉅細靡遺地刨挖出來，恐怕也會使星野總裁過去暗中要的非法手段曝光，最重要的是，誰知道眼前這位世羅純也遭檢警調查時會供出什麼來。他或許才是大和最擔心的未爆彈。

「他們說，如果我不希望淪為罪犯，就得把個人資產交出去。」

純也忽然拋出這句話。

「資產嗎？」

跟坂崎悅子說的一樣。她曾推測事情延宕的原因是大和銀行和世羅家族對提出多少私有財產的數字談不攏。

「站在法律的角度，財報舞弊的確有可能成為司法追訴的對象。為公司付出某種程度的個人資產我也願意。當然，這種做法要是公開就變成操縱股價，充其量只能暗地進行……」

說到這裡。

「差不多可以喝啤酒了吧？」

純也忽然探身向前這麼說。脫下外套，放在沙發上。

我這才察覺，看來現在才要進入正題。

接下來，我聽純也說了將近三小時的話。

兩人把冰箱裡的啤酒、紅酒和香檳都喝光了。話雖如此，大部分都進了純也的胃。

關於世羅家交出的資產金額，最後取得的共識是七億日圓左右。

「最初對方要我至少交出十億呢，大和真是一間吃人不吐骨頭的銀行。」

沉浸在醉意之中的他，愈來愈管不住自己的舌頭。

花七億就能做個了斷，其實是求之不得的事吧。世羅家持有的股票價值應該有這幾十倍之多。

令我意外的是，退出瑟拉爾經營層對純也來說，似乎不是什麼大不了的事。正如他自己所言，對公司已經毫不留戀放棄了。喝得更醉之後，他又說：

「能持續經營四代才叫不可思議呢。公司是社會的公器，就算是老闆，總有一天也得被迫接受空有頭銜沒有實權的命運。」

他說得感慨萬千。

純也怒上心頭的原因，似乎不是因為被趕下社長寶座，也不是被迫交出世羅家的財產，更不是因為大和違背了無期限融資的承諾。

聽他說完才知道，現在令他滿心煩惱，對大和怒氣難消的原因，竟是因為大和對妻子杏奈的娘家也要求供出部分資產。

「都是大和，害我為人丈夫的顏面盡失！」

說出這句話的瞬間，或許也因為喝醉了，純也露出幾乎哭起來的表情。

「杏奈住在八王子的父母大發雷霆，她最近也都不跟我說話，我真的不知道該如何是好了啦。」

他抱頭哀號。

「高梨先生，大和那群人事先沒有知會我就直接跑去杏奈娘家談這件事。我是聽岳父說了才知情，完全被殺得措手不及。竟然使出這種手段，真是太卑鄙了，到現在我都不敢相信。」

說著，他雙手緊握拳頭。

杏奈娘家姓三輪，從以前就是八王子那邊的大地主，杏奈的父親是秩父一帶起家的水泥大廠「大日本水泥」最大個人股東。三輪家和世羅家的關係可回溯到世羅建設創立時期，當時的投資者名冊中，為首者正是三輪家的當家。兩家關係本就斐淺，純也更迎娶了現在三輪家的二女兒杏奈。

「可是，為什麼大和連杏奈娘家的資產都能提出要求？」

我這麼問。

「雖然只是表面形式，兩年前我拜託岳父出任公司董事。剛開始他雖然不太願意，在杏奈的央求下，今年就加入董事會了。大和抓住這一點，逼三輪家負起部分經營責任。瑟拉爾增資時，就像高梨先生您公司也有做的那樣，我請岳父也接收了部分股份，就這點來說，他確實是瑟拉爾的大股東，如果又插手經營的話，自然無法免除經營責任，大和就是抓著這點不放。」

「原來如此。」

「雖然他們咬定岳父有插手經營，其實只不過是女兒拜託他掛名董事而已。就算是我的家人，連三輪家都要交出資產實在是說不過去啊。」

「嗯……」

話是這麼說，在事態的發展已不是女婿所能控制的情況下，三輪家一定早就做好某種程度失血的心理準備。大和方面大概是以「如果不希望女兒成為犯罪者的妻子，那就出錢當作和解金」之類的說詞逼迫三輪家。猜想瑟拉爾的負債總額中，一定有不少被純也私人挪用了吧。否則大和也不會拿這件事去威脅三輪家。

「這次的事一曝光，岳父就指責我『你一開始就是打著這種主意才要求我擔任董事的吧』，到最後連杏奈也對岳父說的話半信半疑，現在家裡氣氛是亂七八糟。」

「這樣啊……」

假帳或挪用公司資金都是犯罪，只要沒有秉持捨身的決心對內外展現反省態度，就算被逮捕追訴也無話可說。可是照這情形看來，純也根本沒有這種自覺。

透過在財務報表上做假帳的方式，把嚴重虧損的決算書竄改為獲利，以結果來說，不僅他本人從公司領得鉅額薪水，世羅家也賺取了大量股利，只能說是對公司的背信了。要想避免遭到特別背信罪的追訴，聽憑大和擺佈，私下供出個人資產已是非做不可的事，三輪家與世羅家淵緣深厚，現在又是瑟拉爾的大股東，非負起某種程度的連帶責任不可。至少我是這麼認為。

純也用一籌莫展的表情看我。

「高梨先生，唯獨這件事，請你一定要幫幫我。」

一瞬之間，我還真不明白他想說什麼。這件事指的到底是哪件事？我又能幫上什麼忙？

「呃，這……」

「能不能請高梨先生幫我跟近藤常董說說？常董和這次的計畫關係匪淺，而我則希望盡可能避免拖累三輪家。非不得已的話，我這邊多負擔一點也沒關係，這點請幫我向近藤先生轉達。」

「既然這樣，世羅先生自己直接跟大和的人說就好了啊？」

「因為我自己不管說什麼都沒用嘛。大和原本的目標就是世羅和三輪兩家，打從一開始就打著讓三輪家負起連帶責任的主意。」

「你的岳父大人打算怎麼做？」

「聽杏奈說，岳父好像打算把手頭一部分的瑟拉爾股權交給大和。」

「這樣的話，只能事後再由世羅家向三輪家賠償這部分金錢上的損失了？」

「我有想過這麼做，但是岳父畢竟是自尊心很強的人，這麼向他提議可能會造成反效果。」

純也愈說愈顯得不知所措。

「可是已經沒有時間了，如果五月五日真的會宣佈的話，只剩下十天。」

「正因如此，才來這裡拜託高梨先生。」

話說回來，你就真的那麼怕老婆嗎？我內心暗忖。

我只在他們結婚當天遠遠看過新娘一眼，無法評斷什麼，但杏奈看起來是個清純文靜的女孩，年紀也比純也小很多。

「不但被趕出公司，連杏奈都離家出走的話，我都不知道要靠什麼支撐自己活下去了。」

走進房間時虛張的聲勢已經完全消失，滿臉通紅，眼神渙散。

「高梨先生，看在我們的關係上，拜託你了。請幫我這個忙吧。」

純也露出求助的眼神對我低頭，然後又猛地抬起臉。

「德本媽媽要是還活著一定會幫我，高梨先生您也絕對這麼想吧？」

又附加了這一句。

16

聽說絹江感冒臥床，五月五日傍晚，我去了淺草橋一趟。

和絹江在連續假期中間那兩天才一起吃過飯。上星期也因為純也的事爽了她的約，後來又找一天約她和堀越夫妻一起去神田須町吃鰻魚。那天絹江精神很好，一個人吃了一份鰻魚飯，還津津有味地喝了啤酒與日本酒。

誰知道隔沒幾天竟然就感冒了。

這天，瑟拉爾按照預定計畫舉行記者會，說明了鉅額虧損的事。按照順序來說，是日經早報先大幅報導了這則醜聞，為了回應報導而召開的記者會。一切都跟著大和銀行的劇本走。

記者會從上午十點半開始，午間新聞播出世羅純也對媒體記者深深低頭的畫面。他臉頰泛紅，眼眶含淚，說著「真的非常抱歉」的聲音低沉飽滿，表明自己為了負起經營責任將辭去社長職務，並交還這幾年擔任董事的薪酬。到六月底的股東大會前，暫時接受銀行與往來廠商支援。此外也表示公司已經做好在下一任社長手中重建的計畫。

這麼一來，純也既可不用放棄瑟拉爾最大股東的立場，也逃避了被追究假帳的責任，可說是全身而退。原本就不適合擔任經營者的他，即使被迫離開瑟拉爾，似乎也不痛不癢。至少，眼前他最在意的只有自己會不會被妻子杏奈拋棄而已。

和純也在巨蛋飯店會面的隔週一，我按照約定聯絡了近藤常董。

「前幾天，世羅社長把事情都告訴我了。」

聽我這麼一說，常董的態度立刻與上次不同。

「高梨先生，現在能碰個面嗎？」

他先這麼提議，當天下午我們就在大和銀行總行的辦公室內談了約一小時。

近藤常董相當在意純也的想法。純也先是抗拒提出個人資產，最後又看到大和銀行直接找上三輪家交涉，表現得很是激動。萬一這時他豁出去揭穿一切的話，對大和銀行來說事情就麻煩了，這才是近藤常董真正擔心的事。

「其實這次的事，三輪先生沒有世羅社長以為的那麼生氣喔。的確，他是覺得女婿做了蠢事，但也知道世羅先生是因為年輕沈不住氣，同情的成份還是佔了一半。三輪先生好像非常疼愛這個二女兒杏奈，不管怎麼說，世羅社長總是她嫁的人嘛。老實說，做父親的為女兒做什麼都願意。當然啦。三輪家和我們銀行往來也很久了，擁有那麼龐大的資產，姑且交出瑟拉爾的股權，對他們來說只是小意思。再說，只要今後瑟拉爾的重建上了軌道，股價再次上漲時，無論對我們還是對三輪家都有好處。這方面的眉角三輪先生絕對很清楚。」

近藤先是這麼說。

「世羅社長太顧慮老婆娘家的想法了啦，也請高梨社長去跟他說，其實不用這麼擔心。」

接著又低頭這麼拜託。

不管怎麼說，我原本就打算把和近藤見面的事告訴純也，所以就答應了。

「對了，瑟拉爾的重建真的會由大和主導嗎？」

站在我的立場，最想知道的是重建計畫的具體內容。如果大和接下這個任務，瑟拉爾實質上形同成為大和建設的子公司，問題是大和建設本身的經營早已處於低迷狀態，怎麼想也無法再接下瑟拉爾這個爛攤子。

「我們如果沒有一定把握，也不會主動提供緊急援助啦。」

然而，近藤常董只是說些意有所指的話，什麼保證都不肯給。他這種說話方式令我不由得暗自起疑。

銀行這種地方不可能吃白虧，肯定私下打了某種如意算盤。話雖如此，近藤常董和我公司往來這麼多年，卻連對我都不肯透露半點風聲。如果大和真的有意重建琵拉爾，身為主要股東之一的德本產業地位不容小看，從建材提供的層面來看，未來也還是主要往來廠商。

這個男人一定知道什麼不能告訴我的隱情。

我有這個感覺。

那個隱情對德本產業來說，會是好事還是壞事？

凝視從頭微笑到尾的近藤，從那張臉上仍看不到任何線索。

準時六點抵達淺草橋員工宿舍，我先走進一樓管理室。

「絹江女士還好嗎？」

這麼開口詢問了前迎的堀越先生。

「幸好不是流感，今天身體已經好很多了。不過，畢竟是上了年紀的老人家，就算只是感冒也不能大意……咲子這幾天都住在五樓照顧她。」

咲子是堀越太太的名字。今年的流感不但春風吹又生，到了初夏全國各地依然感染者頻傳。

「真是麻煩兩位了。」

「花江小姐剛才也打電話來了，說明天早上工作結束就會回來。」

一進入連續假期，花江就到北海道、東北一帶跑業務去了。黃金週對實演販賣士來說，大概是衝業績的旺季吧。

「這樣啊。」

曾有過父親在自己出差時因肺炎而死的經歷，花江現在一定無心工作。

堀越先生和我一起前往五樓的房間探望絹江。

躺在棉被裡的絹江一看到我就笑了。

「讓你擔心了，真是抱歉啊。」

說話語氣聽來很清醒，雖然臉色有點憔悴，也還算是精神，我總算放下心來。

堀越太太削了蘋果。聽說她今年就要還曆，外表卻還很年輕。沒有一絲白髮，臉上和脖子上也沒有皺紋。比太太大三歲的堀越先生亦是如此，臉頰紅潤有光澤，總是渾身充滿活力。

「也不是說看開了，不過人啊，只要曾經跌到最谷底，該怎麼說呢，就會產生乾脆在海底躺成大字大喊隨便怎樣都無所謂了啦的心情。說是這麼說，海底那種地方也不能躺就是了，不過，大概就是這樣吧。」

幾年前我們兩人對飲時，他第一次提及那起事件，最後下了這樣的結論。

的確，堀越夫妻經歷的是筆墨難以形容的辛苦過去，從現在的兩人外表幾乎不可能看得出來。

我將探病的紅包交給絹江，吃一片蘋果，十五分鐘後又和堀越先生一起走出房間。

「好久沒去『繪島』喝兩杯了，有沒有興趣？」

我提出邀約。

「好主意。」

堀越先生立刻表示贊同。

在將絹江托給他們照顧前，我一年原本就會約堀越先生喝幾次。放假有空時，偶爾也會約他。打聽住在宿舍的年輕員工近況算是目的之一，這點堀越先生也很清楚，總會告訴我各種關於住宿員工需要注意的近況。

不過，那種目的其實可有可無，我只是想要一個能在假日陪我喝酒的朋友而已。

「繪島」是淺草橋車站旁的居酒屋，全年無休。料理馬馬虎虎，不過日本酒和燒酌種類向來頗為齊全。

我們總是並坐在吧檯位子，今晚店裡幾近客滿，二樓傳來熱鬧的聲音，大概有人正在舉行宴會。

我喝神龜，堀越先生喝獺祭，點酒時順便隨意點了幾樣下酒菜。

酒一端上桌，我們立刻為彼此斟酒，喝將起來。

「真是抱歉，老是麻煩你們這麼多……」

我一邊這麼說，一邊舉杯做出乾杯的動作。

「您這是在說什麼呢，讓高梨先生向我道謝，我才傷腦筋呢。像我們這種人能承蒙您不嫌棄伸出援手，我總是跟咲子在說，要是至少能回報您幾萬分之一就好了。」

「不，我沒有做什麼特別的事啊。能將員工宿舍交給堀越先生管理，對公司來說也輕鬆許多，該道謝的是我才對。」

「請別這麼說，我們能活下來都拜高梨先生所賜。」

一坐下來就像這樣彼此稱謝一番，已經是例行公事了。

「對了，三枝先生最近還好嗎？」

我岔開話題。

「不知道耶，這麼說來，好一陣子沒跟他聯絡了。」

「這樣啊。」

「是啊，不過我想一定過得挺不錯吧。他家原本就是大地主，生活上不用擔心。」

三枝原本是我公司員工，兩年前申請提早退休辭職了。

距今七年前，三枝擔任總務部長時，堀越夫妻來應徵員工宿舍的管理員。不過，堀越夫妻原本就認識三枝。三枝老家在滋賀縣大津市，少年時代隸屬的草地棒球隊教練就是堀越，聽說堀越當年很照顧他。

因為他說堀越的人品不用擔心，我就指示錄用了。

「其實還有一件事應該先報告社長……」

三枝部長露出擔心的表情。

那是我第一次得知堀越家長男引起的事件。

從那時再往回推六年，東京都北區某間公寓裡發生年輕女性遭到殺害，屍體還被丟在附近公園的事件。這起事件最特殊的地方在於被丟棄的遺體是遭到支解的屍塊，女性的頭部被放在鞦韆上，手臂和腳則直立插在沙坑裡。剩下的軀幹部分，現場並沒有發現。

這起獵奇殺人事件一口氣成為世人關注的焦點。

幾天後，兇手迅速遭到逮捕。

犯下這起殺人事件的是住在同一棟公寓的二十一歲大學生堀越武史。武史和被害人住同一層樓，而且是隔著一條走廊的對門住戶。行兇當天，武史從自家門縫偷窺剛回家的被害人，趁她進屋關門前一刻侵入玄關，被害人還來不及呼救就被勒頸殺害了。殺人後，武史直接待在被害人家中等到深夜才將屍體搬回對門的自己房中。

花一個晚上在浴室裡分屍，將頭和四肢丟棄在公園，剩下的軀體切成幾段冰進冰箱。最初上門查案時已發現他露出可疑行跡，警方迅速申請搜索令進屋搜索，找到冰箱中的軀幹、腹部與腰部，武史也立刻承認罪行。

據說他早就計畫對住在對門的女性下手，特地在犯案前幾天購買大型冰箱。

在大津市內經營電器行的堀越先生立刻結束營業，把賣掉店面與自宅土地及建物的錢付給被害者家人做為賠償。當時，堀越家二十三歲的長女在地方上的幼稚園當老師，二十歲的次女也在附近美容院當美髮師，事件發生後兩人都辭去工作，早父母一步遠離家鄉。

夫妻兩人來到東京後，換了好幾個工作維生，直到武史的無期徒刑確定一年後，才在三枝建議下來應徵這個宿舍管理員的工作。

那起殺人事件我還記得很清楚，但我決定不過問這件事。

儘管才二十一歲，武史也已經是成年人了，兒子犯的罪不該由父母承擔。聽三枝說起來，堀越夫妻已經受到足夠的責難，遭遇甚至堪稱令人同情。聽說女兒們都已脫離家中戶籍，即使如此依然早已對結婚不抱希望。

「您還是會有想回滋賀的時候嗎？」

提起三枝的名字，使我聯想到這個問題。

「我也不知道，畢竟那是個就算想回去也無法再回去的地方。」

堀越先生淡淡地回應。

「這樣啊。」

神龜喝起來口感很好，不管幾杯都喝得下去。

「不過，我有時很羨慕堀越先生呢。」

「羨慕？羨慕我嗎？」

拿著酒杯，堀越先生發出驚訝的聲音。

「是啊。」

我點點頭。

「雖然經歷過各種辛苦的事，你和咲子夫人兩人一直感情和睦攜手共度了。我認為世界上沒有比這更好的事。」

「我們倒也沒有感情和睦喔。」

堀越先生苦笑著說。

「是嗎？」

「是啊。只是彼此都沒有其他能替代的人，不得已才繼續在一起罷了。」

「這不就很好了嗎？替代的人可不是那麼容易找的。」

「我們的情形和一般人又不一樣啦，沒有您說的那麼好。」

「是這樣嗎。」

「是啊，事件發生後，幾乎是用逃的逃來東京，一路上都在吵架呢。」

「吵架？」

「對，兩人都在內心質疑對方，認為是對方把那傢伙教成那樣的孩子。動不動就吵架。不過啊，三、四年過去之後，漸漸開始覺得是誰的錯都一樣了。事情已經發生，再也無法挽回。事到如今追究是誰的錯也沒有用，彼此都察覺到這一點了。」

「原來如此。」

「當然，直到現在還是每天會想，到底為什麼發生那樣的事。不過，即使知道原因，總覺得也無法改變什麼。人的心情就是這樣。發生了那麼殘忍的事，對於這個事實我們束手無策，這一點無論如何都不會改變。」

我在內心認同堀越先生說的話。

找出事情發生的原因，是為了防止再發生相同事情的重要程序。然而，已經發生過的事再也無法挽回，以堀越家長男犯下的事件來說，再怎麼追究原因都沒有太大意義了。

「也曾被人當面說你們為什麼不代替兒子去死，事件剛發生之後一天到晚接到類似的電話，我們自己都不知道想死多少次。

前天啊，整理壁櫥的時候，找到那傢伙小時候的相簿。賣掉大津那個家的時候，明明大部分東西都處理掉了啊。相簿這種東西，一次都沒想過要拿出來看。根本提不起那個心情。沒想到，或許因為十三年的歲月無情吧，忍不住和咲子兩人打開相簿看了。結果，裡面是那傢伙差不多上幼稚園時的照片，那張臉真是可愛。笑咪咪的，真的好可愛啊。我們倆情不自禁看得著迷了。可是，忽然就會回過神來，想起被害者的父母也像這樣打開死去女兒相簿時，會是什麼樣的心情呢。人家不知道會有多不甘心，多悲傷。一想到這個，我對咲子說『喂，我們還是去死吧』。如果是現在的話，我確信一定可以順利死成了。

但是啊，畢竟還是死不了。一想到女兒們就死不了。假設喔，假設我們背負那傢伙的罪惡而死，被留下的女兒們該如何是好？搞不好會害女兒們也一起尋死。這麼一想，或許這是為人父母的任性，但我們就是不能死。」

這是堀越先生第一次說這麼多話。因為才剛開始喝酒，肯定不是因為喝醉的關係。就算是醉了，過去他也很少主動提及那起事件的話題。
我默默聽著堀越先生說的話。
無法回應，也覺得不能輕易點頭同意。
「不好意思，說了這麼無聊的事。」
「沒這回事。我才不好意思，說話太不經大腦了。」
「不是這樣的。」
堀越先生放下手中的酒杯，看著我說：
「高梨先生說的意思，其實我深切明白。的確，如果沒有咲子的話，現在我不是早就死了，就是已經發瘋。對我來說，她真正是性命的支柱。」
性命的支柱。這句話在我耳中盤旋。
性命的支柱、性命的支柱，我反覆無聲複誦這句話。
堀越先生夾起店家送來的下酒菜，津津有味地啜飲一口酒。
我將手肘靠在吧檯上，雙手交握。各種思緒在腦中如漩渦般迴盪。
心想，確實如此。
不只限於堀越先生或咲子夫人，不管是誰，人類的性命或許無法單獨成立。我們這一條一條的性命，只有在受到其他生命支撐時，才有可能繼續下去。
支撐堀越先生生命的是咲子夫人這個「支柱」，咲子夫人的生命又何嘗不是靠堀越先生這個「支柱」

支撐而活。同時，他們兩人的生命對兩位女兒而言也是重要的「支柱」——這麼一想，就能明白為何堀越先生無論如何都無法自絕性命。

彼此性命的支柱……

放下一隻手，嘆一口氣。

這麼說來，支撐我這條性命的其他性命究竟在哪裡呢？

17

一九八三年（昭和五十八年）四月，我進入德本產業工作。當時高中剛畢業，才十八歲。

在那四年前，公司創辦人德本京介過世，妻子美千代成為經營者。三十九歲當上社長的她，在我進公司時是四十三歲。她婚前本是京介的下屬，因此被京介看上，進而結婚。這樣的她，自然相當熟悉公司業務，從還是員工時就很有手腕，是前社長的得力助手。她當上社長時，員工人數只有現在的一半，但所有人無不對這位年輕女社長報以全面信賴。這一點從我剛進公司時就感受到了。在泡沫經濟帶來前所未有的好景氣下，德本產業也進入前所未有的成長期。現在回想起來，真是個教人興奮的時代。

那是開始工作五個多月後，九月八日星期四，我和前輩拜訪完客戶回到公司後的事。

「高梨，過來一下。」

課長叫了我。

「臨時通知不好意思，明天你能去大阪出差嗎？」

他這麼說。

「你應該知道我們和大阪的榮和房屋共同開發建材的事吧？」

「是，有聽過。」

「五年下來開發的建材種類已相當豐富，差不多該成立合資公司正式投入建材市場了。為了這件事，明天社長要去大阪一趟，和榮和的人一起把最後細節談定，商品開發部的人臨時說，希望我們業務部也派一個人去，還直接點名你。」

「我嗎？」

「對啊，社長平時也滿照顧你的，可能認為差不多該讓你嘗試出差了吧。」

「那我該做什麼才好呢？」

「什麼都不用做喔。只要好好觀摩社長和開發部的人怎麼跟對方交涉就行了。畢竟新公司一旦成立，我們部門也得調派人力過去。」

課長這麼說。

「新幹線的車票去跟總務部拿，集合地點他們應該會告訴你。」

之後又補充了這句。

我很少在公司遇到美千代。當時的公司位於一棟七層大樓，我隸屬的業務部在一樓，她的社長室在五樓，我這個菜鳥員工當然不可能有到五樓工作的機會。不過，假日和過去一樣偶爾會見面。有時是她邀請我和篤子一起去市中心的餐廳吃飯，有時也會來我們位於川崎的公寓。不過，自從我進入德本產業後，見面的時間間隔也拉長了。

隔天早上，和同事們在新幹線月台上會合後，一行人前往大阪。開發部來了包括部長在內的三個人。

拜訪榮和房屋總公司，在寬敞的會議室內一邊吃午餐一邊討論新公司成立前的各階段手續。之後，眾人分別搭上榮和叫的計程車前往大阪鬧區，徹夜笙歌。

未成年的我喝著烏龍茶，不斷穿梭於十幾個人之間，為他們斟酒。有生以來第一次聽到這麼大量的大阪腔，我深受那開朗的語氣吸引。

美千代喝起酒來很爽快，無論喝幾杯依然面不改色。二次續攤、三次續攤，隨著夜愈來愈深，男人們也愈來愈脫序，榮和的人開始對美千代開遊走於騷擾邊緣的玩笑，她則一一以四兩撥千斤的方式化解。

那天晚上，我彷彿第一次看到何謂大人的世界。

續到最後一攤時，儘管喝茫了的男人們頻頻勸酒，美千代仍堅決不將酒杯遞給我。

「好的業務絕對不能藉酒換取工作。」

她在我耳邊輕聲這麼說。此後二十幾年，我一直奉行著這句話。

一直喝到隔天早晨東方發白時，眾人才解散。

整晚沒睡的開發部長等人因為還要去岡山那邊的工廠，直接在飯店櫃台領了行李，就又趕往新大阪車站去了。

美千代和我只喝了杯咖啡便各自回房，正當我我沖完澡躺上床時，電話響了。

「睡了嗎？」

耳邊傳來的是美千代的聲音。

「不、還沒。」

「是嗎。那好，你把行李收一收，到大廳來吧。我們也準備退房。」

雖然之前沒聽說要這麼做，我還是立刻換了衣服離開房間。昨晚的情緒太高昂，一點也睡不著。

美千代已經在櫃台結帳了。她一定也沒睡，臉色卻跟平常一樣。

結完帳後，她將提包交給我，自己轉身就越過大廳往飯店正門走。我雙手分別提著她和自己的提包，急急忙忙追上前。

走到外面一看，汽車暫停處已停著一輛大型黑頭轎車。

「在車上睡吧。」

說著，美千代率先上車。我將提包放進後車廂，也從另一側車門上車。

「麻煩囉。」

美千代這麼說。

「沒問題。」

戴著制服帽的司機將車緩緩開了出去。

這是我第一次搭乘有司機接送的轎車。

「請問，我們要去哪裡？」

過了一會兒，我這麼問。

「慶祝你就職啊，還沒慶祝過不是嗎？」

她轉向我這麼說，然後就閉上眼睛了。我一頭霧水，也不敢繼續追問，只能望向車窗外的景色。看著窗外流逝的大阪街景，不知不覺我也睡著了。

「到了喔。」

這聲音喚醒了我，轎車停在一輛看似旅館的大型建築前。

「這是哪裡？」

「有馬溫泉，至少該聽過地名吧？」

車已經開進旅館前院，因此無從得知周遭景色，不過，仍感受得到周圍籠罩在遠離都市喧囂的寧靜氛圍中。

為什麼必須和美千代兩人單獨來溫泉旅館，我完全搞不懂。這才想起剛坐上車時，她說了要慶祝我就職的話。

來這裡慶祝就職嗎？

一下車，就有一名身穿和服的女性出來迎接。

「歡迎光臨。」

「好久不見了。」

從美千代的寒暄聽來，她是這裡的熟客。走進正門玄關後，女性直接帶領我們沿著建築後方的小路前進。

穿過一片雜樹林，來到一個有好幾棟類似古民宅的小屋零星散佈的地方。每一棟小屋之間相隔一定距離，也都被鬱鬱蒼蒼的樹木包圍。

我們進入其中一棟小屋。

簡單的說明後，接過美千代給的小費，和服女性客氣地道謝離去。看來，每棟小屋都設有室內溫泉和露天溫泉。在這之前我很少有機會去溫泉勝地，更別說住在這麼氣派的溫泉小屋了。這種附設室內溫泉浴池的房間，頂多只在旅遊節目上看過幾次。

美千代拿著浴衣和毛巾說：

「那我先去洗了。」

說完便走向溫泉浴池間。

我喝口剛才那位穿和服的女性泡的茶，思索接下來這段時間將發生什麼事，仍然毫無頭緒。

「修一郎。」

浴池間傳來叫我的聲音。

我穿過短短的走廊，走向脫衣室。置衣籃裡放著美千代脫下的衣服。脫衣室和浴室間有一道毛玻璃拉門，我走到門邊問：

「請問有什麼事？」

「你也進來泡啊，很舒服的。」

「可是……」

「別說那麼多了，進來就是。」

看我沉默下來，她又說：

「傻瓜，你是男人還怕羞啊？」

拉門後傳來歌唱般的聲音。

我轉身返回房內，拿了浴衣再次穿過走廊。

抱著豁出來的心情脫個精光，把脫下來的衣服放在旁邊的另一個置衣籠。

不顧一切拉開拉門。

眼前是個小小的沖洗區，再過去有個木製大澡盆。露天溫泉在更後方，中間隔著一道玻璃牆，牆上有扇門。

美千代泡在熱水裡，一副很舒服的樣子。抬頭朝我看過來，笑著揮手。

我背對她，用蓮蓬頭快速沖洗身體，拿毛巾遮著前面，正要踏入澡盆時。

「不能圍著毛巾泡喔。」

她嚴格地這麼說。

雪白豐滿的乳房在透明的熱水中搖晃。

把毛巾放在澡盆邊緣，我泡進熱水中。

一如我的目光深受美千代美麗的裸體吸引，美千代也貪婪凝視著我瘦得浮出骨頭的身體。

「快，來吧。」

那甘美的聲音宛如咒語。

將我吸向白皙的裸體。

美千代從背後輕柔如羽地溫柔環抱我，纖細的手臂立刻伸往雙腿之間。

「不用害怕。」

在耳邊如此輕聲低喃。

「我會教你認識女人，修一郎，你還沒有經驗對吧？」

美千代這麼說。

隔年春天，德本產業與榮和房屋共同設立建材製造商「榮德工業」。總公司設在大阪，東京分公司則直接設在德本產業內。兩年後，進入日大就讀的同時，我也從業務部業務一課外調進榮德工業的東京分公司。東京分公司員工只有幾個人，主要業務為與總公司之間的業務聯絡及協調，支援往來大阪與東京之間的業務。沒有加班和出差的需要，對於下班後還要去上課的我來說，是最方便的職場。這一切都出自社長美千代的費心安排。

她告訴我，進公司那年秋天讓我陪同前往大阪和榮和協商，也是因為早就想到這一點而提早做出的安排。與其說是心懷感謝，不如說她的思慮森嚴令我感到一絲驚恐。

總而言之，我始終折服於她異於常人的智慧與才幹。

儘管時代開始刮起大風，德本產業仍一口氣攀住上升氣流，持續成長，這都要拜社長美千戴縝密的計算與果決的判斷力所賜。

我們的關係一直持續著。

雖說仍在同一棟大樓工作，為了避人耳目刻意將我外調到榮德的分公司，也是美千代防止別人察覺我倆關係的一番心機。

我回到德本產業工作，是大學三年級的時候。那年春天篤子也畢業找到工作，我們再度在神樂坂租屋同住。秋天人事異動後，我回到老巢業務部，工作雖然忙碌，因為已經養成唸書的習慣，兼顧學業與工作並不以為苦。我的學業成績在夜校同學中也是特別好。

看到我的成績——

「培養你真有成就感。」

美千代也很高興。

隨著身體交合次數的增加，我愈來愈迷戀她。

年紀雖可當我母親，美千代仍十分美麗，最重要的是，無論在工作上或肉體上，她對我而言都是無可取代的指導者。

當時的情感是否可歸類為戀愛，現在回想起來，我還是無法判別。

我愛美千代嗎？

如果這麼問我，應該可以斷言我愛過她。不過，若問那份愛是否只是單純的愛戀，總覺得對年輕時的我來說，又不只是這麼淺薄的東西。

於公於私，我都拜倒在美千代石榴裙下。說我是她的崇拜者也不為過。

她教導我各種各樣的事，不但毫不保留地把公司最高機密告訴我，工作時給我的建議更是富含提示。在上司和前輩面前，我得非常細心注意，以免被發現自己早就知道他們所不知道的情報。我這小心謹慎的態度與週延的思考，加上在重要時刻發揮的決斷力，在在令四周的人留下深刻印象。

很快地，我在公司裡建立起「工作實力堅強」的形象。

18

德本美千代的墳墓位於小石川傳通院。

眾所皆知，傳通院是德川將軍家的菩提寺，包括家康的生母於大之方在內，許多與德川家關係深厚的人死後皆埋葬於此。除此之外，這裡也是杉浦重剛、佐藤春夫、高畠達四郎、柴田錬三郎、橋本明治等文化界知名人士的長眠之地，堪稱東京都內首屈一指的名剎。正式名稱為「無量杉傳通院壽經寺」，傳通院這個院號來自於大之方的法名「傳通院殿」。

在傳通院買下墓地的是美千代。當初當然不是買給自己，而是給六十歲那年猝逝的丈夫德本京介。京介的老家在岐阜，因此東京沒有德本家的家墳。

我和妹妹得知德本京介之死，是在母親死後不久，美千代突然來訪的時候。算起來當時京介已過世兩年，美千代也已當上德本產業第二代社長，展現高明的經營手腕。

這些都是超過三十年以前的往事。

我緩緩沿著善光寺坂的坡道向上。

即使從水道橋過來多少得繞點遠路，每次來傳通院時，我都會沿著白山通直上，走到西邊最頂處後彎進左邊的小路，再沿著從這裡展開的坡道向上。其實，若是從春日町十字路口左轉進春日通，再走富坂往上到傳通院前十字路口，腳程上會比較輕鬆。可是，走富坂那條過去再熟悉也不過的路，就會經過位於小石川二丁目的美千代家。

我早已決定，來探望已不在人世的美千代時，不走那條令往事歷歷在目的路，而是像這樣繞道而行。總覺得這樣才恰當。

聽說京介在小石川買下房子居住，是創立德本產業後不久的事。隨後他就開始信奉位於同一區內的傳通院，熱心捐獻，打算死後立墳於此。美千代能順利在此購入墓地，也是因德本家長年來虔誠信奉的緣故。

京介的葬儀在傳通院舉行，據說場面非常盛大。

和美千代變成那種關係之後，我們多半在湯島或上野祕密幽會，不過，每個月也有幾次，她會直接叫我到家裡去。等淳子一出門上學，我就悄悄從後門鑽進寬敞的屋內，共度出勤前短暫的兩人時光。

第一次去小石川那個家時，淳子還是小學生。

此後，我和美千代維持了長達十二年之久的關係。

劃下句點時我三十一歲，美千代五十五歲。

又過了三年後，彷彿這一切從沒發生過似的，我和淳子結了婚。

有一次，我正要從小石川的家門口離開時，和上了國中的淳子撞個正著。當時我已習慣來這個家，心情上也放鬆了警戒。一走出大門的瞬間，正好遇到手拿鑰匙要開門的淳子。

原來她在上課中忽然身體不適，第一堂課就早退回家了，臉色看來當憔悴。不過，只在照片中看過淳子的我，這還是初次親眼見到她。淳子和母親不太像，是個眼睛黑白分明，長相可愛的女生。

「妳好！」

我故意大聲打招呼，從西裝口袋裡掏出一張名片，遞給眼前的淳子。

「我是在社長手下工作的員工，敝姓高梨！」

社長臨時有非看不可的文件，今天是專程送那個來的——我繼續大聲說明。雖然不確定能不能聽見，女兒突然回家的事必須趕緊通知還在家中的美千代。

因為，她還全裸躺在二樓寢室的床上。

回想起來，當時的我才不過二十歲出頭。

從那天起，我開始光明正大進出小石川的家。是美千代希望我這麼做的。大概是為了混淆淳子的視聽吧。放假的日子，也會把以前就不時會來家裡玩的世羅純也叫來，四個人一起吃晚餐。

儘管差了八歲，女性的成長還是快得驚人。很快地，淳子和我之間也不再用敬語交談。

她上高中時，美千代對我說：

「不要再來我們家了。」

下達了這項指令。

和美千代的關係發展到第六年時，我和篤子再次於神樂坂租屋同住，二十四歲的我也從外派的榮德工業調回德本產業總公司的業務部。

接下來的十年，一直到三十四歲那年結婚為止，我幾乎沒和淳子見過面……

上坡走到底，道路一分為二，一棵老糙葉樹聳立在正中央擋住去路。

傳說這棵老糙葉樹已有四百年樹齡，樹上棲宿有坡道北側澤藏司稻荷神社的神狐澤藏司之魂。粗大的樹幹上掛著注連繩，一看就是一棵莊嚴的神木。

傳通院已近在眼前，不過，掃墓前我一定會先站在這棵巨木前閉目合掌一會兒。

再次邁步向前走，一邊想著淳子是否真的完全未曾察覺我和美千代的關係？

雖說先有和宇崎隆司的糾葛，才在母親建議下決定和我結婚，原本我一直確信她什麼都不知情，畢竟再怎麼說是為了宇崎隆司的事而自暴自棄，也不可能有哪個女兒願意嫁給曾和母親有肉體關係的男人。

然而，六年後，面對淳子擺在我眼前的事實，我內心的確信劇烈動搖。

難道淳子知情？

這十年來，我反覆問了自己幾千遍、幾萬遍。

對一切知情的她，為了向拆散自己和宇崎的母親報復，決定奪走母親的情夫？還是為了懲罰我們經年累月的背德關係，故意選擇與母親的情夫結婚？

總覺得一定是這樣，又覺得一定不是這樣。

和淳子的婚姻生活，在她突如其來的坦白前過得平靜又充實。至少我一直這麼深深相信。

對我來說，淳子和舜一是無可取代的人。

差不多要抵達山門了，我確認時間，剛過下午三點。

雖說現在是星期六的下午，這個時段寺內還是少有人跡。

穿過寺院山門，先前往正面大殿參拜，然後便跳過建於左側的織月會館及觀音堂，直接往後走向佔地廣闊的墓地。

於大之方或千姬的墓地位於後方更深處，德本家之墓則不在那裡，而是設在靠近山門這邊的區域。說起來離佐藤春夫的墳墓比較近。

美千代的忌日是五月八日。雖然今天已經十日了，忌日當天公司總經理大庭早已傳來三回忌[1]順利結束的報告。

踏入無人的墓地，站在德本京介與美千代長眠其中，依然不顯陳舊的墳前。墓碑擦得光亮，花瓶裡的花也很鮮嫩。

我從袋子裡拿出一路提來的四合瓶裝日本酒。

美千代喜歡喝日本酒。因公交際應酬時多半喝紅酒、啤酒或威士忌之類，唯有兩人獨處之際一定喝日本酒。話雖如此，我的酒量直到四十多歲還很差，總是美千代一人獨飲。

和淳子離婚後，我和美千代偶爾會卸下董事長與社長的身分，一起吃飯。

那時美千代已經六十多歲，酒量依舊不減當年。我則是愈來愈能喝。

「不能喝那麼多，你原本酒量又不好。」

她經常這麼說我。即使如此，看來並不討厭如昔日一般與我獨處的時光。

美千代的守靈夜和告別式都在傳通院這裡舉行。

葬禮由公司主導，我擔任喪主。美千代過世前不久還形同脫離親子關係的淳子也來了，帶著舜一和宇崎隆司一起坐在家屬席。參加葬禮的公司員工和公司相關人士看到他們，大多難掩驚訝的表情。畢竟長久以來德本家發生過什麼事，大家都心知肚明。

舜一十一歲了。三歲那年與他分離之後，睽違八年再次看到他。

守靈那天晚上，舜一在宇崎陪同下前來。一和我四目相接，宇崎就帶著兒子筆直走來。

和這位過去的頂頭上司交談，更是睽違了十五年之久。

置身相同業界，過去也曾在各種宴會場合上看過他的身影。不過，我們一次也沒有像這樣當面交談。

美千代過世半個月前，我安排她們母女倆會面之後，淳子他們每天都到醫院探病。為了不和他們遇個正著，我一直都很小心。美千代嚥下最後一口氣時，我雖然和立刻趕來的淳子說了話，仍沒有和後來才到場的宇崎及舜一見到面。

並非刻意迴避，只是無法忍受繼續待在美千代的遺體旁。淳子一抵達，我立刻離開醫院，把剩下的事交給負責公司總務的大庭總經理，自己逃回兩國的家。

接下來，直到出席兩天後的守靈夜前，我連一步都沒有出家門，也不見任何人。

「請節哀順變。」

宇崎低下頭，做出公式化的寒暄。抬起頭時，朝身旁的舜一投以一瞥。

「這是犬子隆伸。」

如此介紹了他。

「您好。」

1. 三回忌：死後滿兩年的追悼法事。

宇崎身旁的舜一低聲打招呼。眼神中看不出對我有任何特殊情感。三歲九個月前都和我住在一起的寶貝兒子，似乎已經完全不記得我了。

「是隆伸小弟啊，長好大了呢。」

其實我並不知道，他的名字究竟寫作「隆信」還是「隆伸」……[2]。連名字都改掉了，這點也令我愕然。不過，或許對眼前的小男孩來說是最好的做法——我恨透了立刻這樣想的自己。

去年我沒有出席一周忌[3]，和這次一樣交給大庭總經理代替出席。今年的邀請函則一開始就由我和大庭總經理聯名發出。

點燃線香，將四合瓶裝的清酒全部灑在墓碑上。

合掌閉目，腦中描繪美千代的身影。這種時候浮現的，往往是年輕時代精力旺盛的美千代。

——社長，純也被瑟拉爾放逐了。五天前剛發表的消息……

我向美千代報告。

——他說如果是社長您一定幫得了他。到最後，我什麼都無能為力……

忌日、中元、春秋之際的彼岸日，我一定會來上香。每次也都會像這樣向美千代報告公司、業界及她認識的人們近況。

打從進入德本產業之後，我就一直喊美千代「社長」。不過，到了我被點名繼任社長後，實在不好繼續這樣稱呼，才改為「董事長」。即使如此，只有我們兩人獨處時，還是會恢復習慣的「社長」稱謂。美千代則喊我「修一郎」，也常直接省略名字，只用「你」來叫我。

關於公司，沒有特別需要向她報告的事。瑟拉爾的重建既已決定由大和銀行主導，德本產業暫時應可脫離經營危機。儘管業績依然低迷，短期內公司也不可能出什麼大事。

——社長，我到底要被這家公司束縛到什麼時候？

然而，我這麼想。

假設當初按照美千代的計畫，世羅純也和淳子真的在一起的話，現在德本產業肯定走上與瑟拉爾同樣的末路。

這麼一想，淳子投入與宇崎那段不道德的戀情，雖然嚴重背叛了母親的期待，後來她選擇草率下嫁

2.「隆信」、「隆伸」：兩者在日語中發音相同。

3. 一周忌：逝世滿一週年的法事。

身為母親心腹的我，站在德本產業公司存亡這點來看，反而成為正確的行動。

到最後，一切還是以德本京介創辦的「德本產業」公司存亡為最優先考量啊。這麼說來，不只是我，接替京介成為社長的美千代和美千代的獨生女淳子，或許都在不知不覺中成為德本產業永續經營的棋子。純也能那樣毫不留戀地放掉公司，或許是因為他是創辦家族的第四代繼承人之故。對他來說，世羅家和瑟拉爾都在生下來那一刻就屬於他，不是奮鬥打拚來的，也就沒有太多留戀可言吧。

所謂「公司的奴隸」，通常指的雖是在組織末端工作的人，其實位於組織最高層的經營者，儘管繼承了組織，自己也不過是組織中的一名奴隸。我們費心經營，不惜鞠躬盡瘁的組織，則可說是和我們個人完全不同次元的別種生命體。

組織是人類創造出來的「自然」。

人類隨時受這「自然」操控，遵從這個「自然」明令的規矩而活。明明是自己創造出來的東西，只要這個「自然」一誕生，我們人類就沒有任何方法違逆或反抗了。

我認為，國家正是這種「自然」之最。

我也好，美千代也好，德本京介也好，或許都只是被「德本產業」這個「小小的自然」操弄於股掌之間。

睜開眼，放開合掌的手。

黃金週假期結束了，連日蒸騰悶熱的天氣，給人就要進入梅雨季節的預感。東京昨天和今天都熱得宛如夏日。萬里無雲的藍天，過了三點之後日光才多少減弱了一點。

我就這麼佇立墳前，盯著線香裊裊升起的輕煙好半晌。

19

「能登味」下午三點就開了。

以前也曾經賣過午餐，後來因為食材費太高，收支平衡不過來，兩年前開始停賣午餐。這麼一來，有些常客就提議「既然這樣，可否把開店時間提早」，店家也很想把從能登半島空運來的食材盡早提供給顧客，大約三年前左右，就開始改成現在這樣下午三點開始營業。

我也算是老客人了，從還有賣午餐時就經常光顧。晚上不時也會一個人來小酌。雖然不曾把工作相關的人帶到這裡來，曾幾何時，店長好像察覺我是德本產業的社長了。話雖如此，他並沒有給我特殊待遇，只是最近不用開口點餐，店長也會幫我料理出想吃的東西。

給美千代上香時，三次有兩次會順道來這裡。

來自北陸當地的特產酒類豐富，我就當作是代替美千代來這裡品嚐美味的日本酒。

「能登味」全年無休，週末來也沒問題，三點多上門時總是沒什麼人，我可以在二樓最裡面的老位子上坐下，悠哉享受獨酌的樂趣。

第一杯喝的是手取川的大吟釀。

一開始端上來的下酒菜有剝皮魚涼拌魚肝和天然岩牡蠣。

冰涼的日本酒流過喉嚨，胃袋緊縮的同時，日本酒芳醇的香氣也在口中擴散開來。

我深深吐出一口氣。

——純也能否順利修復與妻子杏奈的關係呢。

毫無脈絡可言地，忽然想到這件事。

五號那天記者會上的他，外表上看不出這方面的私事。白天出現在電視新聞裡的純也也只有短短十幾秒。隔天的經濟報雖然刊出大幅照片，拍的卻是他正深深對媒體低頭鞠躬的模樣。

剛才在美千代墳前，我曾想過如果淳子和純也結婚，德本產業也會和瑟拉爾走上相同命運。不過現在仔細想想，若是淳子成為純也的妻子，一定不會讓他做出那麼傻的收購決定，更別說竄改公司帳目的荒唐做法。

淳子性格強硬不輸男人，又具有擅長分析的聰明頭腦，我雖不認識她的父親德本京介，不確定遺傳自美千代的比例佔多少，總之就個人眼光看來，淳子十分具備擔任經營者的出色資質。

從前我經常跟她商量各種工作上遇到的問題，也時常因為她的適切建議而開竅。

據店家說是本季第一批收穫的岩牡蠣滋味濃厚，彷彿在口中化開一般。和口感脆韌的剝皮魚生魚片很搭。

兩個空盤子撤下時，我也喝光了第二杯手取川。

一如往常，喝到這裡就換成天狗舞。這是美千代過去愛喝的酒。炙烤紅鱸和橘醋醬涼拌岩章魚和酒一起端上桌。

看看時間已是四點半，約莫再過兩小時，太陽就要下山了。儘管今天是星期六，這種時間就喝得醉茫茫的自己不免覺得滑稽可笑。

你這傢伙，到底在幹嘛？

最近只要一喝醉，就會產生自我厭惡感。雖說拜那個水壺之賜，早晨起床時完全不再像過去那般憂鬱，總覺得只要一喝酒，離去的憂鬱就會加倍襲來。

不過，也不知道為什麼，只有像這樣沉浸在自我厭惡的心情時，無論想起多少往事，胸口都不會像平日那樣苦悶。

也因為這樣，思緒總忍不住朝淳子與舜一飛去。

仰頭舉杯，一邊讓腦中留下一點空白，一邊一點一滴拉出往事。

淳子大學畢業後，進入知名大廣告公司工作。雖然隸屬的是製作部，偶然在一次幫忙德本產業比稿時，認識了正在接待客戶的宇崎隆司，就此深深陷入與宇崎的不倫戀情，甚至到了無心工作的地步。

他們兩人相遇時，淳子剛進廣告公司幾個月，才二十三歲。

宇崎和我一樣隸屬業務部，年紀比我長四歲。他和淳子認識那年三十四歲，官拜業務一課副課長，也是我的直屬上司。

無論那之前或之後，我都沒見過比宇崎更有實力的業務。

不只公司內部，面對所有客戶時都是如此。在美千代的薰陶下，我的工作表現也不輸給任何人，只有面對宇崎時還是得另當別論。

商場上偶爾會出現天才型的業務，現在的德本產業裡也有幾個這樣的人。然而，不是「天才型」而是「天才」的，除了宇崎之外我還沒見過。

社長美千代也很倚重他的能力，心中似乎打算日後就將公司交付給我和宇崎兩人了。

淳子和宇崎的關係，經歷很長一段時間都沒有曝光。

連辦公桌就在宇崎隔壁的我也完全沒發現，公司內更沒聽過絲毫流言蜚語。美千代當然毫不知情。

過了整整兩年，一九九七年七月。

宇崎的妻子毫無預警跑來公司，要求和社長美千代見面。

正好在公司的美千代立刻接見了她。

這時，美千代才終於知道自己的女兒和公司第一業務課長宇崎隆司長年的外遇關係。

據說宇崎之妻面不改色，淡然說出丈夫與社長女兒這段不道德的關係。還一邊從帶來的大包包裡取出徵信社的調查書供查證。面對這不容質疑的事實，就算美千代想否認也沒辦法。

美千代嚴正賠罪，並且答應會儘快和兩人見面，做出最好的處置。

「只要是為夫人好的事，什麼我都願意做。請夫人告訴我，有什麼是我能做的事？」

美千代這麼說。

「既然您這麼說了，有件事一定要拜託社長您。」

宇崎的妻子以鎮定的態度這麼回答。

「好……」

美千代用凝視的眼神表示疑問，只見宇崎的妻子從包包裡拿出一個大水壺，慢慢站起來。接著，她轉開蓋子，將水壺高高舉起，朝自己兜頭倒出裡面的液體。那液體發出揮發性油類的刺鼻氣味，瞬間瀰漫整個社長室。

「請讓我死在這間辦公室裡。」

她臉上浮起淡淡笑容，不知何時手上多了一個打火機，就這樣朝自己的身體點火。

聽說當時，連隔著兩道牆壁的總務部都能聽見美千代尖叫的聲音。

立刻趕來的總務部員工機警地脫下宇崎妻子身上著火的衣服，使她免於受到致命性的燒燙傷。除了地板燒焦外，社長室也逃過一劫。當然，因為警消已接獲通報的關係，德本產業社長室發生的這起自焚未遂事件仍被報紙及電視新聞大幅報導。這也成了一樁受八卦媒體歡迎的新聞。

隨後，宇崎提出辭呈，淳子也辭去廣告公司的工作。

在那三個月前，兩人已於淳子在人形町的公寓同居，這件事也在事件後曝光。

儘管我和美千代的關係早就在那兩年前告終，當時我無法不去照顧為了這件事大受打擊的她。值得慶幸的是，身為宇崎直屬部下的立場，在這時成了方便的藉口。

也就在這時候，我久違地造訪了小石川的德本家。

八卦週刊的記者拍到宇崎始終陪在住院妻子身邊的樣子，淳子則一直躲在市區內的飯店裡，完全沒有露面。

我負責擔任美千代和淳子的聯絡管道，除了陷入混亂的淳子之外，也需要隨時盯著心灰意冷的美千代。一刻都不能放鬆的日子持續了好多天。

公司的頂尖業務和社長獨生女之間的不倫戀情，以這種令人難以置信的方式曝光，在公司內部造成的緊張與混亂自然非同小可。

這場騷動中，有句話我到現在都忘不了。

那是事件發生十幾天後，美千代也稍微重拾冷靜時的事。

下了班，我先去淳子住的飯店看她，再到小石川的家裡探望美千代。當時我每天都要像這樣向她報告淳子的狀況。

聽完我的報告後，美千代忽然喃喃低語：

「看到他們兩人從賓館出來時被拍到的照片，真的好慶幸被拍到的不是修一郎和我。」

當下真有種感覺，覺得他們說不定是成了我們的代罪羔羊——美千代一臉認真地這麼說。

最後，不管怎麼勸說，淳子都不願搬回小石川的家。

人形町的公寓已經退租，她改在原宿租房子，過起打工維生的生活。

美千代很擔心她是否又和宇崎藕斷絲連，我倒是認為不會如此。宇崎陪伴了住院妻子兩星期後，迅速舉家搬回故鄉熊本了。

過了兩年，宇崎在熊本市內創業，開了一間網購建材公司「UZAKI」。

淳子和宇崎是什麼時候舊情復燃的呢？

離婚之際，我幾乎沒有追究這些細節。

結婚進入第七年，公司新大樓的建設正如火如荼進行的二〇〇四年秋天，淳子突然向我坦承舜一不是我的孩子，而是宇崎隆司的骨肉。光是聽到這個，就讓我覺得一切都已失去意義。

然而另一方面，在淳子坦白的那個瞬間，我也確實莫名感到合理。儘管這是個難以接受的事實，但我從未懷疑過這件事的真實性。

我問她，那妳接下來有什麼打算？淳子的回答是：

「宇崎說，要我跟舜一一起回他身邊。」

「妳要回去嗎？」

我這麼反問。淳子默默點頭。

現在回想起來，若想試探淳子對我和美千代的關係是否知情，那是唯一可以確認的機會。

然而，當下我根本沒有餘力想那麼多。

要用言語說明那時真正的心境，是一件非常困難的事。就算只是籠統的回想，我也想不起當時自己的感覺了。

一切都像發生在夢中的事。

即使如此，隱約還是產生「終於遭到報應」的心情。說不定也是終於能用這種形式贖罪的安心感？

不只和美千代的關係，感覺就像自己的人生在那之前犯下的所有罪過終於觸怒了神佛。像我這樣的人，無法帶給任何人幸福。別說帶來幸福了，我只會傷害身邊的人，將他們推進不幸的深淵——從以前就一直這麼認為。

失蹤的父親，年紀輕輕就過世的母親，還有那麼寶貝的妹妹篤子，我全部都守不住。和寵愛的舜一分開是比什麼都痛苦的事。從他出生就住在一起，一直在我的溺愛中成長的孩子。那三年九個月，他給了我許多一輩子難以忘懷的快樂回憶。無論舜一是不是我的親生骨肉，這個事實都不會改變。

如果不讓自己堅信「這是報應」，我絕對無法放棄這個孩子……

喝光兩杯天狗舞時，再看了一次時間。

才經過不到三十分鐘。

醉意一眨眼遍及全身，開始陷入一種暈陶陶的感覺。

舜一出生時的喜悅裡，夾雜著絕對不能對淳子透露的秘密歡喜。打從淳子懷孕期間我已隱約有所自覺，看到接獲出生通知趕來醫院的美千代時，這份歡喜更是確實地加深。當護理師帶舜一來病房讓淳子哺乳時，美千代笑開了臉，萬分疼愛地抱起舜一。

看到美千代那個表情的剎那，我感到身體深處湧出從來未曾體驗過的熱烈情感。

透過這孩子，自己的血也和美千代的血緊緊相繫了……

這個事實令我嚐到內心為之震懾的感動。

那是一份絲毫不把神佛放在眼中，淫靡得該遭天譴的喜悅。

這也正是為何聽見淳子向我坦白時，比起責怪她，我更不得不強烈譴責自己的罪愆。淳子的確背叛了我，但是，我也同樣嚴重欺瞞了她。

淳子帶著舜一回到宇崎身邊時，宇崎還住在熊本。聽說七年前回故鄉後不久，他就和前妻離婚了。公司新大樓落成儀式與從臨時大樓搬遷到新大樓的大工程塵埃落定後，美千代才從淳子寄來的信裡得知我們已經離婚的事。在那之前，我要求淳子答應隱瞞離婚的事實。

接到信的第二天，美千代把我叫到煥然一新的社長辦公室。

和想像中的相反，美千代看來非常冷靜，還讓我看了淳子寄來的信。

「原本我打算明年再把這位子讓給你，現在看來要提早了。」

她這麼說。

「這個月底，我就會轉任董事長，退居經營幕後。」

除此之外，她沒有再說更多。

我凝視坐在對面沙發椅上的美千代，想看出她的真意，因為我怎麼也不認為有必要把公司讓給已經不是女婿的男人。雖然早就知道她打算有朝一日讓我接任社長，看到那傾盡精力建設公司新大樓的樣子，理所當然地認為她暫時還會執掌公司好幾年。

我費盡唇舌推辭社長職務。

美千代默默聽我說話。

「只有一件事，我希望你明白。」

過了一會兒，才用無可反駁的語氣這麼說。

我閉起嘴，疑惑地看著她。

「修一郎，對我來說，你比淳子重要多了。」

美千代用那彷彿咬在嘴裡，又彷彿母親勸說孩子般的溫柔語氣這麼說。

20

離開「能登味」時差不多快要六點。

傍晚微涼的風吹在發燙的身體上很是舒服。原本想走一走，沒想到外面天色還很亮，雖說今天是星期六，被人看到這時間就喝醉的樣子可不太好。

轉出白山通後，我就攔了一輛計程車。

行經外堀通，轉進靖國通，過了淺草橋十字路口，再橫渡隅田川就回到兩國了。靖國通從兩國橋中間改名為京葉道路，我租的公寓就在這條路上。地址是兩國三丁目，和兩國國技館或江戶東京博物館中間挾著一條JR總武本線軌道。旁邊是鼎鼎大名的回向院，鼠小僧次郎吉的墓地就在這裡。

計程車開到隅田川前時，口袋裡的手機響了。拿出來一看，螢幕上顯示的名字是「筒見花江」。

花江六號上午就從出差的北海道回來了。聽堀越先生說，這星期她都住在員工宿舍照顧絹江。絹江的感冒好多了，只是好像還沒完全恢復。

昨天雖然是星期五，為了讓絹江安心和外孫女共享天倫之樂，我沒有去淺草橋。

難道是絹江的病出現什麼異狀了嗎，內心深處閃過一絲不安，我戴上耳機。

「喂？社長先生？」

聽到花江的語氣，我立刻知道不是自己擔心的那樣。

「現在可以講電話嗎？」

她難得用這麼客氣的口吻說話。

「沒問題啊，我正搭計程車要回家。」

「這樣啊。」

「怎麼了嗎？」

「沒事啦，只是最近很少問候你……」

的確，我和花江很久沒見面了。以結果來說，現在我和絹江的交情反而比較好。

花江丟下絹江回到一條身邊後，我也不太擔心或在意她的事了。

「不好意思，我最近比較忙。」

「不是這樣的，把外婆完全丟給你照顧，卻沒有好好道謝，我才真的非常不好意思。」

「妳不用介意這種事，我是歡喜做甘願受。對了，絹江女士好嗎？」

「謝謝，她好像好多了。食慾也已經恢復正常。」

花江這麼說。

「其實，雖然只是一點不成敬意的東西，但我給社長先生你帶了北海道伴手禮，方便的話，今天或明天能不能見個面。」

她又這麼補充。

「伴手禮？」

「是啊，真的不是什麼大不了的東西啦，不好意思。」

「謝謝，時間我隨時都可以。」

「現在也沒問題嗎？」

「當然可以，不然我現在過去吧。車才剛開過淺草橋而已。」

「這樣太過意不去了，等等和外婆吃過晚餐後，我去社長先生的公寓拜訪好了？當然，只要在玄關見個面就行。因為是生鮮的東西，不能放太多天，想盡早交給你。」

「這怎麼好意思。」

「當然當然，沒問題的。」

淺草橋到兩國只要搭一站電車，請她過來一趟也不會遭天譴吧。另一方面也是覺得自己頂著一張醉醺醺的臉去探望病才剛好的絹江，未免太失禮。

手錶的指針正好指著六點半。

「這樣的話，約八點左右如何？」

這樣我也有充分時間沖個澡，洗掉一身酒氣。

「好的，那我八點到。」

花江沒來過我家，不過地址很早以前就告訴過她了。只要找京葉道路旁的大型公寓，應該不會迷路。

「我等妳。」

說完，我掛上電話。

對講機電鈴響的時間是八點五分。我已吹乾頭髮，換好衣服了。對講機螢幕上映出花江的臉，聽到她說「晚安！」的聲音時，正好按下解鎖鍵。

我住在八樓最內側的一間，走過來需要一點時間。話雖如此，搬來到現在連一次都沒招待過客人。畢竟我沒有家人、沒有親戚，也沒有交情親近的朋友，說來也理所當然。

門鈴響起，我打開玄關大門，身穿灰色棉質上衣與牛仔褲的花江打扮一如往常，手上提著小紙袋站在那裡。

「好氣派的公寓喔。」

她一開口就先這麼說。

「也沒那麼氣派啦。」

我如此回應。

「不嫌棄的話，進來坐坐吧，喝個茶或咖啡再走？」

這麼說著，提出邀請。

「那，就坐一下吧。」

花江一邊好奇地東張西望，一邊脫下鞋子，換上我放在玄關的拖鞋。

這是間一房兩廳的公寓，客廳約七坪半，另外有個兩坪的餐廚和四坪的書房兼寢室。雖然不大，一個人住也足夠了。請花江坐在客廳沙發上，我自己則坐斜對面的單人沙發。沙發前的小茶几上放著事前準備好的冷泡咖啡。

「好像很好喝。」

花江伸手去拿杯子。

「哇，真的好好喝。」

喝了一口，立刻露出笑容。

「每年一到五月，我就會開始做冷泡咖啡。用那個水壺裡的水泡的咖啡真的非常好喝。」

「這樣啊。」

花江發出讚嘆，手中的玻璃杯再次湊近嘴邊。

「不需要特別訣竅，先在咖啡包裡裝進咖啡粉，放到冷泡茶專用的壺裡，再加入少量熱水悶蒸就行了。只要多這麼一道小步驟，味道就會驚人不同。」

「社長先生泡的咖啡就像店裡賣的一樣好喝。」

花江輕聲笑著又說：「對了對了，趁還沒忘記時先拿出來。」將杯子放回桌上，拿起身旁的紙袋遞給我。

「因為是生鮮的東西，請冰進冰箱。」

我接過紙袋，拿出裡面的東西。那東西包在銀色的保冷墊中，打開一看，是透明包裝的海膽。

「北海道福島町沖 完全無添加 nona 北紫海膽鹹水包」

塑膠蓋子上印著這行字。一顆顆海膽整齊地浸泡在清澈的鹹水中。

「上面寫的『nona』指的就是北紫海膽喔。我請教過當地人，說伴手禮買這個最好，所以就買了它。本來想再多買一點，可是保存期限實在太短了，所以只能買這些。抱歉喔。」

話雖如此，這裡也有三包，每一包大概都能做一碗海膽丼，應該可以吃得很滿足了。

「社長先生，你敢吃海膽吧？」

花江擔心地問。

「非常喜歡。不過，這麼高價的東西還承蒙妳買了這麼多來，真是不好意思。」

「別這麼說，一點心意而已，我向你道謝都來不及。」

「謝謝妳。」

我一邊說著，一邊再將三包海膽疊回去。

「對了，花江小姐自己吃了嗎？」

這麼一問，花江便露出疑惑的表情。

「你是指海膽？」

「對。」

「我沒吃。」

「既然這樣，要不要現在一起吃？」

「不用了啦，那本來就是要買給社長先生的。」

「不過，我一個人吃不了這麼多，機會難得，不如一起吃嘛？」

「這樣好嗎……」

嘴上是這麼說，我看花江也有點被我說動了。

「家裡正好沒有日本酒，不過有很多好喝的燒酎喔。用這個當下酒菜喝兩杯吧？」

沖澡之後酒意全消，一看到海膽又想喝兩杯了。

「這豈不是和上山採藥的人自己卻變成草藥的故事一樣了嗎？」

「好久沒聽到這個了。」

我發出佩服的聲音，花江又露出疑惑的臉。

「不是啦，我是說上山採藥的人變成草藥這麼古老的故事，最近好久沒聽到了啊。」

「那我可能引用錯了。」

花江嘻嘻一笑。

「總之，一起喝兩杯吧。我和絹江女士經常對飲，和花江小姐卻從上次去貝尼尼之後就再也沒一起喝過了呢。」

「那就恭敬不如從命，其實我也有事情想聽聽社長先生的意見……」

花江這麼說著，臉上的表情不知為何像是鬆了一口氣。

21

一決定要喝之後，花江就走進廚房快速弄了下酒菜。

用我買來放在冰箱備用的魚板做了海膽魚板，再用同樣是冰箱裡常備的嫩豆腐做了海膽豆腐，然後煎一個歐姆蛋，放上海膽作成海膽歐姆蛋。

魚板挾海膽及小黃瓜絲的海膽魚板上滴幾滴山葵醬油調味，海膽豆腐的佐料則是加入柚子胡椒的柴魚醬油，歐姆蛋只輕輕撒了點胡椒鹽。

豪華的海膽全席下酒菜，一轉眼就全部擺在餐桌上了。

鹽水醃漬的海膽滋味既爽口又醇厚，果然是名不虛傳的美食。

花江也吃了一口。

「好厲害喔，這個。」

發出讚嘆的聲音。

我拿出三瓶燒酎，分別是山猿、山貓和山翡翠。花江選了大麥燒酎山猿。就這樣開始喝，兩人都喝兌水酒，用的當然是那水壺裡的水。

花江先聊了一些出差時發生的事，我也一邊答腔一邊聽，話題告一段落後。

「總之就是曬得亂七八糟，尤其是在札幌和小樽時，工作地點都在戶外，害我曬黑了不少。」

說著，花江雙手撫摸自己的臉頰。聽她這麼一說，看起來確實是曬黑了點，不過也因此多了點剽悍的感覺，使今晚的她更有魅力。

「曬也就算了，因為晚上很冷，還差點感冒了。」

「不過，工作做到一半就得收攤回來，很可惜吧。」

「沒辦法，外婆生病了啊。」

話雖如此，把絹江一個人留在淺草橋，迫不及待搬回那個破爛公寓的人明明也是花江自己。

「做示範操作的銷售工作果然還是很開心嗎。」

聽我這麼說，花江歪了歪頭。

「該怎麼說才好呢，要說開心也算開心啦。」

「一條先生說過，花江小姐很有實演販賣士的天分。」

過了這麼久，我和只見過一面的一條詳談了什麼，到現在都沒機會好好跟她說。

「嗯……」

花江愈顯困惑。

「我原本口才就不好，也不喜歡站在人前。」

「可是，一條先生說花江小姐推銷時會產生一股熱意，使顧客在不知不覺中被打動。」

「真的嗎。不過，我小時候確實很喜歡熱鬧。」

「熱鬧？」

「對，像是人來人往的車站前或百貨公司、公園之類的地方，只要去這些地方就會心情很好。大部分人都討厭人多的地方，我卻非常喜歡。」

「這樣啊。」

嗯。花江點點頭。

「這麼說來，我也不討厭人多的地方呢。硬要從喜歡或討厭裡選一個的話，或許可以說喜歡。」

「我也覺得社長先生一定是這種人喔。」

「這種人？」

「人多派的。」

「人多派？」

「對對對，我自己取的名字，人多派和安靜派。」

「安靜派？」

「世界上的人可以分成這兩派喔。以人數來說，安靜派稍微多一點。你看嘛，有些人打死也不排隊，有些人卻一看到哪裡排隊就忍不住也想去排一下不是嗎？大概是這種感覺。」

「有道理，滿有意思的呢。」

「是啊。人處在人群裡時，會漸漸體認到其實每個人都是孤獨的。走在路上雖然也有看似感情很好的一家人或情侶，不過啊，即使是這些人，只要混入人群之中，每個人看起來都是獨立分散的。從事這份工作之後，我經常看見人心中央那種類似孤獨的東西。心想，啊，原來孤獨的不只有我……那對我來說大概是很舒服的一件事吧。」

「人心中央的孤獨？」

「對對對，不管是什麼樣的人，內心中央都是個空洞，我總覺得，從中吹拂而過的一定是寂寞的風。」

我聽著花江的話，想起星期一和堀越先生在「繪島」喝酒的事。那天，我先在電視上看了世羅純也記者會的新聞，然後出發去淺草橋探望絹江。堀越先生說，如果沒有妻子咲子夫人，自己肯定早就死了或瘋了，還說她是自己的「性命支柱」。聽到那句話的瞬間，我腦中浮現的是純也的臉。上個月，睽違已久與他見面時，純也泫然欲泣訴說「不但被趕出公司，連杏奈都離家出走的話，我都不知道要靠什麼支撐自己活下去了」時的表情。換句話說，對堀越先生和純也來說，妻子就是自己性命的支柱。

然而，照剛才花江的說法，即使是如此相互扶持的夫妻，彼此內心中央還是有個孤獨的空洞。

正因為心是中空的，所以人與人只好相互扶持，彼此支撐？

還是說，不管怎樣，每個人都只是「各自獨立」的存在？

我認為兩者都說得通。只是我也認為，到最後我們內心還是懷抱絕對性的孤獨，無論與任何對象之間發生了什麼事，獲得何種救贖，那孤獨也絕無痊癒的一天。

吹過人心中央空洞的寂寞之風。

我能明確感受到那陣風帶來的觸感。

「其實，我今天來找社長先生商量，就是因為在考慮示範銷售的工作是不是差不多該洗手不幹了。」

花江往前探身。

「洗手不幹？」

「嗯。」

「怎麼這麼突然？」

「外婆腰骨折那時就考慮過一次了。話雖如此，畢竟還是會造成師父的困擾，也沒辦法完全抽身。這次，接到堀越先生的電話，聽他說外婆臥床不起時，我就知道是該完全辭去這工作的時候了。」

「原來是這樣啊。」

「這麼一來，既然要放棄示範銷售的工作，就得找其他工作才行。」

「是啊。」

「再說，雖然社長先生和堀越先生盛情照顧，總不能一直這樣麻煩你們，外婆年紀也大了，最後還是得由我好好負起照顧她的責任。至今都是我給外婆添麻煩，讓她操了好多心。要是那天外婆就那樣死了的話，我真的是再後悔也來不及。」

母親的失蹤與父親的死，以及花江成為實演販售士的前後始末，我已經從絹江和一條那裡知道得頗為詳細的事，不曉得眼前的花江是否知情。

「所以……」

花江喝一口兌水酒，繼續接著說：

「如果可以的話，能否請社長先生幫忙介紹工作？」

我往自己的空杯裡倒酒，這次倒的是山貓。也從冰桶裡追加了新的冰塊，再用少量的水兌開。真要說的話，比起大麥燒酎或米燒酎，我更喜歡甘藷燒酎。

「說是這麼說，妳能輕易切斷和一條先生的關係嗎？」

明知自己讓絹江操了那麼多心，寧可把她交給別人照顧，自己也要回到一條身邊。到最後，看絹江一個人生活沒問題了，甚至辭掉事務所的行政工作，重操實演販售士的舊業，一天到晚跑到外縣市出差。從絹江和一條的話中，不難推測出花江和一條的關係，絲毫不遜於我和美千代的關係。

「一條先生答應讓花江小姐辭掉工作了嗎？」

我換個說詞，再次確認。

雖然只見過一次面，回想當時的情形與一條在電話裡的口吻，我認為他到現在仍將花江視為自己的一部分。

「師父的事已經沒關係了。」

然而，花江說得斬釘截鐵。

「仔細想想，我都陪他超過十五年了，事到如今，就算不顧師徒情份也不至於遭天譴吧。」

「問題是一條先生對花江小姐會甘願放手嗎？」

「很難說啊。我不認為他有那麼執著，肉體關係也早就結束了。」

花江說得若無其事。

「果然是那麼回事啊。」

隔了一會兒，我才這麼嘀咕。

「因為師父怎麼也不肯答應收我為徒，可費了我一番工夫。」

花江露出無奈的表情。

「所以才那麼做的嗎？」

「再怎麼說師父也是男人，那時的我又還年輕。」

別說年輕了，當時的花江才十六歲，一條則不用說，和現在的我差不多大吧。上次聽他說得像是拗不過花江求藝的積極態度，簡單來說就是這麼一回事嘛。

「那陣子師父剛離婚，和造成他離婚原因的女徒弟也分手了，正是空虛寂寞的時候。師父收我為徒後，不管到哪出差或做什麼，我都跟在他身邊。只能用看的偷學技術，因為師父是那種嘴上什麼都不教的人。」

「妳真的那麼想成為實演販售士啊？」

在我的想法中，那不是一個中學剛畢業的女孩不惜出賣肉體也要獲得的工作。更別說對方是個年紀大得足以當自己父親的男人。

「我確實很想嘗試看看。不過，說老實話，那時的我連個固定落腳的地方都沒有。如果師父沒有收留我，我大概真的會曝屍野外。」

「都到那個地步了，幹嘛不回絹江女士身邊就好？」

「當時，因為有母親的事在先，我對外婆非常反感。就社長先生看來，或許會認為我是被師父吃了，其實這話有點不對。男女之間的事，無論年紀相差幾歲，都沒有哪一方是錯的。」

「這點我同意喔。」

我贊成她的說法。

「這麼說來，花江小姐現在也還喜歡一條先生嗎？」

我直接提出內心的疑問。

「這個嘛，我也不知道。師父是我的救命恩人，我老爸死的時候，葬禮之類的事也都是師父一手攬下的。老爸一個人住在澀谷，我到公寓看他時，棉被裡的他已經成為冰冷的屍體。我慌了手腳，第一個聯絡的就是師父。他立刻趕來，說自己也有類似經驗，還說令尊真可憐，和我一起哭得稀哩嘩啦。當時如果沒有師父陪在我身邊，我早就不知道變成怎樣了。」

沒想到那個一條竟然會落淚，聽到這個，倒是令我有些意外。

我想，花江對一條的情感，一定現在也還在她心中燜燒。

就算有著形同親子的年齡差距，男女依然可能相愛，這種例子世上多得是。

我沉默下來。

「社長先生，我很奇怪嗎？」

花江問。

「到目前為止的人生，我沒有任何能在人前炫耀的地方，可是，我也不曾因為這樣就討厭自己。不過，同時也有另外一種心情，漸漸覺得這樣的自己非改變不可。不只師父的事，外婆的事也是。總覺得要好好振作起來才行了。」

耳邊聽著花江的話，腦中不知為何浮現天堂樹蛇的影像。這麼說來，關於樹蛇的事，就是眼前的花江告訴我的。

忍受不住孤獨的打擊，找到彼此支撐的對象，深信誰是自己的救命恩人，吃了誰或被誰給吃了——人只要活著，就會經歷各種事。

不過，在與各式各樣經歷無關的另一個次元中，人類或許也會遇上改變自己人生本質的機會。

一如天堂樹蛇被天敵蜥蜴盯上時，懂得將自己的肋骨攤平成U字型，把身體壓扁，宛如一條緞帶般滑翔一百公尺的距離，我們人類或許也會在某個瞬間，把自己的人生改變為令人驚訝的型態。

「妳想從事哪類工作？」

我筆直凝視花江的眼睛問。

「難得有實演販賣士的經驗，我還是想從事會接觸到客人的工作。比方說展售中心的解說員之類的。要是這類工作，或許能借助社長先生您的幫忙找到工作。」

建設公司、住宅設備製造商或銷售公司、電力公司、瓦斯公司……我公司確實擁有不少這類型的客戶。原來如此，如果花江想在展售中心工作的話，找我介紹的確是最快的方法。

「我可以介紹妳幾間旗下擁有展售中心的公司。不過，對方要不要錄用妳就是未知數了。我只能協助妳爭取面試機會。」

「這是當然、當然。剩下的就是考驗我自己的實力了。」

「這樣的話，下週我先試著介紹幾間有希望的公司，盡量安排妳在下下週就能開始面試。」

「真的嗎？」

「是啊，總之，妳先把履歷表寫好給我吧。一份就可以了。」

「好的，星期一一大早就送到貴公司櫃台去。」

「那就這麼辦。」

「麻煩你了。」

花江抬頭挺胸，恭敬地向我低頭致謝。看這情形，面試應該沒什麼問題。再說，只要有我的強力推薦，除非真的表現太差，否則肯定能獲得錄用。

時針已繞過十一點。從開始喝到現在，過了將近三小時。真沒想到時間過得這麼快。

想商量的事有了結果，花江似乎也放下肩上的重擔，津津有味地喝起兌水酒。我白天已經喝過一輪，再加上這番晚酌下來，醉意也相當深了。
花江真的能離開那個一條龍鳳齋嗎？
看著她，腦中恍惚地這麼想。即使照她本人的說法，「肉體關係也早就結束了」，糾纏了這麼長一段時間的繩結，恐怕無法輕易解開。對照我和美千代的關係來看，我也只能得出這個結論。
「我說啊……」
花江的眼神看似想起什麼。
「社長先生，你為什麼對女人沒興趣？從以前就這樣嗎？」
突如其來的提問。
「因為身體不聽使喚啊。」
我這麼回答。
花江露出訝異的表情。
「我和離婚的前妻之間育有一個獨生子，從那孩子出生之後沒多久，我就沒辦法做愛了。」
「就是所謂的ED[4]嗎？」
「對，起初不知道原因是什麼，後來和妻子離婚時，我才恍然大悟。」

---

4. ＥＤ：Erectile dysfunction，勃起功能障礙，簡稱ＥＤ。

光聽我這麼說，花江當然一頭霧水。

「其實，那孩子不是我的親生兒子。」

「這樣啊……」

她聽了也不免吃驚。

「和妻子分開後，過了一段時間，我發現自己對與女性交往一事毫無興趣。不只肉體關係，包括情感層面也完全提不起勁。到現在十年過去了，我連性慾是什麼都快想不起來。」

「……」

花江注視我，臉上寫滿不可思議。

「好好喔，真羨慕。」

一陣短暫的沉默後，才聽見她這麼說。

22

東京都內兩年舉行一次建築與建材博覽會。這幾年會場都在東京Big Sight國際展示場，開幕前的接待宴會則按照往例在丸之內的新東京國際飯店舉行。

今年的接待宴會日期是五月二十二日。因為公司內部接連有幾個會議，我抽不了身，沒有參加開幕儀式，直接出席傍晚六點開始的歡迎派對。這是業界首屈一指的活動，許多來自海外的著名建築師、設計師、建材廠商或家具廠商高層共襄盛舉，國際飯店裡的宴會廳人聲鼎沸。

我被擠得頭暈目眩，一小時左右就離開宴會廳了。

來到飯店本館大廳，從分散設置的沙發裡找一張坐下，正在確認手機來電訊息時，背後傳來一聲「高梨先生」。

回頭一看，世羅純也正站在那裡，身旁是個穿著浮誇洋裝的高挑女性。

「好久不見。」

純也曬得愈發黝黑的臉上露出笑容。穿著偏黑色系的西裝，打著絲質領帶，散發某種明星藝人般的氣質。最後一次和他見面是四月下旬在東京巨蛋飯店談話那次，差不多是一個月前的事了。

他一如往常精神抖擻。和五月五日記者會上的模樣判若兩人。不過，世羅純也這個人外表和內心向來有顯著的落差，光靠外表給人的印象，無法當場判斷當下的心理狀態。

「嗨。」

我將智慧型手機收進口袋，站起來。沒有接到花江的來電。今天下午，她應該透過我的介紹去某住宅設備廠商面試了，卻到現在還沒有任何聯絡。

「不好意思，那之後一直沒去跟您打招呼。」

純也低下頭。

「不要緊，是說，辛苦你了。」

「幸好沒給高梨先生添麻煩，我也比較放心。」

一像這樣當面說話，立刻察覺純也給人的印象和過去不同。看起來固然有精神，以往那種露骨的野心與渾身帶刺的模樣都收斂許多。

「高梨先生，接下來有什麼預定計畫嗎？」

「沒有，今晚沒安排什麼事，我正要回家。」

「這樣啊，既然如此，要不要去喝兩杯？上次承蒙您請客，今晚請務必讓我作東。」

「可是，世羅先生不是……」

我望向站在純也身邊的女人。小臉、長髮，看似模特兒的美女。

純也從長褲口袋裡拿出房卡交給對方，也沒有刻意壓低聲音，直接就說「妳先上去房間等我」。女人接過房卡，朝我輕輕點頭，隨即快步走向電梯。

目送她離去後，純也才轉過頭。

「是銀座那邊的女人，我們最近開始交往。」

「這樣啊……」

「去三樓酒吧好嗎？」

他堂而皇之地說。

走進店內，服務生什麼也沒問，就將我們帶往最裡面的位子。看來，純也是這裡的常客。雖然沒有包廂，左右兩邊沒有其他座位，是個可以不用在意他人眼光的位置。

「您已經見過圓城寺了嗎？」

點的飲料送來後，一等服務生走開，純也就這麼說。

他口中的圓城寺，是繼任瑟拉爾社長的男人。也正是去年大和銀行派來的董事，揪出假帳呈報上去的那個人。

「他還沒來打招呼。」

「這樣啊……」

純也露出沉思的表情。

「不過，大和到底想拿瑟拉爾怎麼辦？」

我試著提出這陣子以來的疑問。

「我也不是很清楚，他們什麼都沒告訴我。」

這也是理所當然的事，我這麼想，點點頭。

「只是，高梨先生您也很清楚，要用與大和建設合併經營的方式重建我們公司是不可能的事。畢竟不管怎麼說，比起我們公司，大和建設的財務狀況吃緊多了。要是真那麼做，只會搞到大家一起死，這是可以預料的事。」

「這麼說來，大和那邊應該有什麼祕密策略囉？」

「誰知道呢？至少肯定不會是將瑟拉爾獨立出來重建，否則就不會讓那個圓城寺當社長了。那個人連一點經營手腕都沒有，不可能在這個瞬息萬變的業界帶領公司前進，那傢伙只不過是個管帳的伙計。」

「可是，將瑟拉爾併入大和建設的方式不可行，大和銀行一定也明白吧？」

「是啊。所以我真不知道那群人在打什麼主意。只知道這幾個月來，似乎以近藤常董為中心，籌劃了幾套重建計畫就是了。」

「如果是世羅先生會怎麼做？」

儘管這不該是個對被趕下經營者位置的人提出的問題，我還是問了。

「我想想喔，比方說，再和另外一個公司整合之類的，這麼做或許還有點可能。」

「另外一個公司？」

「對，話雖如此，目前大和集團手上同時抓著大和建設和瑟拉爾，已經相當耗體力了，如果沒有熟知業界的經營者帶領，那樣的公司一轉眼就會倒閉。」

「這麼說來，一時之間還想不到有哪間公司或經營者可以來做這件事呢。」

「正如您所說。」

純也用力點頭。

我喝的是兌水威士忌，純也喝紅酒。我們都以小口啜飲的方式喝。

「對了，你和杏奈小姐的事怎麼樣了？」

拿起第二杯兌水酒，我直截了當地問了。從剛才那位女性正在樓上房間等他這點看來，和杏奈的婚姻怎麼想都不可能順利。

「上次的事很感謝您，特地幫我去跟近藤常董說了那些。」

純也舉杯致謝，只是，他幾乎沒碰杯裡的紅酒。

「那點小事不算什麼。」

上次致電時，我也對純也轉述了近藤再三強調的話——杏奈的父親三輪春彥絕對沒有放棄你的意思——在電話裡聽了我這麼說，純也反覆確認了好幾次「真的嗎」。

「杏奈她從上星期就一直待在娘家。」

純也的聲音很消沉。

「是受到這次的事影響嗎？」

這麼說來，難道純也的感覺才是正確的？

「表面上看起來或許是這樣吧。」

「表面上？」

我不懂他的意思。

「其實，連續假期前，岳父發現自己罹患胃癌，杏奈是為了照顧父親才回娘家的啦。」

「那麼，現在已經動完手術了？」

「是，目前出院在家養病。」

「這樣的話……」

「杏奈不會再回到我身邊了。」

打斷我的話頭，純也自暴自棄地說。

「她認為岳父會罹癌都是我的錯，認定是我害岳父多操了不必要的心導致病魔纏身。岳父本人一定也這麼想。」

我無言以對，只是默默望著純也的臉。

接著，隔了一會兒才說：

「杏奈小姐回娘家時，應該沒有說她再也不回來吧？」

不先確認這最重要的一點，話就無法說下去了。

「說是沒有說，因為她在我回家前就出門了。」

「在你回家前？」

「記者會開完後，在大和的安排下，我躲進飯店裡住了幾天。」

「何必這麼做，大大方方回家不就好了嗎？」

「那可不行。聽說這是檢方答應不起訴時提出的條件之一，也只能照辦了吧。」

「可是，我實在不認為檢方會提出這種要求……」

純也沒有回答。

「岳父罹癌的事，是杏奈在記者會一結束時毫無預警打電話來說的。老實說，我也不確定是真是假。」

「這麼說來，五月五日之後，你和杏奈小姐一次也沒見面？」

「是啊。只通過電話。最近連電話也幾乎不打了，她很顯然是在躲我。」

總覺得再這樣追問下去，他又會像上次在東京巨蛋飯店時那樣唉聲嘆氣了。

「世羅先生固然焦頭爛額，杏奈小姐娘家過得也不輕鬆，彼此冷靜一段時間或許是好事。夫妻生活久了，總是會經歷各種事。即使如此，只要不是太嚴重的大事，也沒那麼容易分手。公司的事姑且算是告一段落了，等心情穩定下來後，杏奈小姐一定會回家的。」

我說這話，有半分出自真心。

光聽純也的說詞，實在無法判斷杏奈是否真的已對丈夫心死。

「希望真的像您所說啊……」

純也目光低垂，將手上的杯子舉到嘴邊。不過，杯中的紅酒還是一點也沒有減少。

「這也是無可奈何的事。就算杏奈真的拋棄我，我也無話可說，是我自己做出那樣的事。這點我很明白，錯全在我。一切都是我自食惡果。」

說著，純也伸手按壓眼角。

「純也。」

彼此以經營者身分有生意上的往來後，我就不曾這麼稱呼過他了。

純也抬起盈滿淚水的眼睛。

「要是你願意的話，我可以幫你直接去見杏奈小姐，問問她真正的想法，如何？」

要是美千代還活著，一定會這麼做吧。我將這個提議說出口。

23

打開社長室內的電視看新聞。

氣象廳發布了關東．甲信地方進入梅雨季節的消息。比往年平均數字早了三天，和去年進入梅雨季的六月十日比起來也早了五天。

我不討厭雨季。不過，近年的梅雨季和昔日完全不同。儘管「游擊式暴雨」[5]這名詞早已耳熟能詳，看到前一刻宛如盛夏的萬里無雲晴朗天空瞬間被烏雲覆蓋，伴隨激烈雷聲下起彷彿熱帶雨季的豪雨時，還是一點也不覺得這是日本的梅雨。

新聞播完後，我正關掉電視，手機就響了。

正值午飯時間，整個七樓沒什麼人，或許因為這個緣故，電話鈴聲聽起來比平常更響亮。內心懷著一股不安的情緒，我拿起辦公桌上的智慧型手機。

螢幕上顯示的名字是「世羅杏奈」。

時間剛過十二點十五分。

「高梨先生……」

聲音略顯低沉，我有一股不好的預感。

那之後我和杏奈見了一次面，此外也通過兩次電話。一次是她打來報告自己已經回到和純也住的家，另一次是特地打電話來告訴我後來的狀況。第二次的電話是星期一打來的，那不過是三天前的事。

「怎麼了嗎？」

「其實……」

杏奈欲言又止。發生什麼事了。難道是和純也鬧翻了嗎。

「喂？」

等了幾秒，看她還是沒有要開口的意思，我更覺得奇怪。

「喂、喂？杏奈小姐，怎麼了？」

「高梨先生。」

她的聲音在發抖。

5. 游擊式暴雨：近年來日本媒體對局部豪雨的俗稱。

「剛才我接到警察的電話，說純也受傷被送到醫院去了。還說他現在昏迷不醒。」

「受傷？昏迷不醒？」

倉促之間，我能想到的只有車禍事故。

「受了什麼樣的傷？」

「昨天晚上很晚的時候，他接了一通朋友打來的電話就出去了，一直到今天早上都沒回來。」

沒有回答我的問題，杏奈逕自說了起來。

「他以前就偶爾會這樣，所以我也忍著沒打電話找人，想說等純也自己回來。」

「嗯。」

「結果，剛才警察打電話來……」

「是。」

「說純也在飯店房間裡被女人刺殺了。雖然已經送到醫院，但目前意識尚未恢復……」

「被刺殺……」

超乎意料的事態，令我驚訝得說不出話。

「送到哪間醫院？」

腦中雖然還一片混亂，姑且先問了眼前最重要的問題。

「說是戶山的國際醫療研究中央病院。」

「好，我現在馬上離開公司。杏奈小姐也請搭計程車到醫院去。」

世羅純也家在本駒込，現在我們同時出發的話，應該能差不多同時抵達國際醫療研究中央病院。

「我會在醫院大門口等。萬一杏奈小姐比我早到的話，請妳先到純也身邊去，我馬上就到。」

「是，我會的。」

她的聲音已經不再顫抖，聽來恢復了幾分冷靜。

「這件事還有告訴誰了嗎？」

「不，沒有。第一個想到的就是非聯絡高梨先生您不可。」

「這樣的話，我們先到醫院了解詳細情況吧，在那之前請先不要聯絡任何人。」

「好的。」

純也的母親雖然還在世，聽說幾年前得了失智症，目前住在照護中心。他是獨生子，沒有兄弟姊妹。

「總之，請帶著堅強的心出發，我會在醫院等妳。」

開公司車去的話，我先到的可能性比較高。以距離來說，水道橋也離醫院比較近。

請司機將車開到公司正門口，再朝國際醫療研究中央病院前進。

因為是午休時間，路上人很多，幸好車子前進得還算順暢。這麼看來，先到的應該會是我。

在飯店房間被女人刺殺——杏奈是這麼說的。雖然我聽到這句話的瞬間驚訝得說不出話來，現在冷靜想想，這是非常可能發生的事。

我想起兩星期前與純也偶遇的事。地點是丸之內新東京國際飯店，當時他身邊那個看似模特兒的年輕女人長相，我還記得很清楚。他說對方是最近開始交往的「銀座那邊的女人」，說不定刺殺純也的就是她。

我猜，原本絕望地認為不會再回到身邊的愛妻返家，使得純也想趕緊終結與情婦之間的關係吧。不顧對方的心情貿然提出分手，結果發展成殺傷事件。確實很像純也會招惹上身的事。

在醫院正門口等了五分鐘左右，杏奈也搭計程車趕來了。

向綜合櫃台問了純也的病房號碼，兩人一起辦好入館證，進入病房大樓。純也已經從急診搬到外科病房了。

杏奈臉色鐵青，不過不像剛才打電話來時那樣不知所措了。

在面對醫生與警察時，她也強打起精神，毫不慌亂地應對。醫院和警方都知道純也的身分，陪同杏奈前來的我拿出名片後，他們也沒有多加懷疑，就讓我陪在一旁。

「高梨社長就像外子的父親。」

杏奈也很清楚地這麼說。

事件的梗概幾乎和我想像的一樣。

昨晚十一點多，被那個女人叫出去的純也，在新東京國際飯店的房間裡，對女人提出不知第幾次的分手。由於這次也談不出結論，兩人就這樣共度一夜，今天早上十點才起床。起床後，純也再次提起分手的事，盛怒的女人拿出預先藏在皮包裡的菜刀，抵在自己脖子上叫喊「敢分手我就當場死給你看」，大驚失色的純也為了搶下菜刀和她扭打起來時，失手將菜刀插入自己的腹部。看到純也壓著肚子，蜷縮在地的樣子，女人才猛然恢復神智，主動通報了飯店櫃台。

「不過，這些經過全部都來自女人的證詞，必須等您先生意識清醒之後才能確定是否為事實。做為凶器的菜刀相當長，不排除一開始就以傷害您先生為目的而準備的可能。」

其中一名警察這麼說明。

女人原本是在銀座工作的酒店公關，和純也從幾個月前開始交往，根據她的證詞，純也似乎答應離婚後會再娶她。信以為真的她，最近剛辭掉酒店工作。女人今年二十八歲。雖然覺得前幾天見到的女人好像要再年輕一點，看來就是同一個人了。當著杏奈的面，我隻字不提見過她的事。

儘管意識尚未清醒，純也暫時沒有生命危險，狀態也很穩定。

「今天內應該會恢復清醒，從片子上看起來，大腦也沒有異常。」

聽了醫生的話，杏奈終於忍不住落淚，不過沒有哭出聲音。我也總算鬆了一口氣。

聽完醫生和警察的說明，我們前往探望純也。

他躺在狹小單人病房的床上。打高爾夫球曬黑的臉上失去血色，杏奈和我試著呼喚他的名字也沒有反應。剛才醫生曾說，他在被刺傷後因失血引發休克，要是再晚三十分鐘送到醫院處置，性命可能不保。看到躺在床上的純也，我才終於明白，那不是誇大之詞。

看到丈夫這副模樣，杏奈哭得幾乎崩潰。

我只能暫時陪伴哭泣的杏奈，等她止住哭泣了，才建議她聯絡娘家的人。

約莫一小時後，三輪家的父母趕來醫院。

這是我第一次和三輪春彥見面。可能也因為剛動完胃癌手術，整個人顯得很消瘦，不過正如杏奈所說，身體還算硬朗。

應該從女兒口中聽說過關於我的事，看到我在場也沒有露出不解的表情，夫妻倆一起頻頻鞠躬致意。

「高梨先生，這份恩情我們一輩子都不會忘記。」

三輪春彥甚至這麼說。

「聽刑警先生說，警方雖然沒有打算開記者會說明案情，只是事件既然發生在市中心的一流飯店，聽到風聲的記者上門詢問時，警方也不可能不回應。因此，這件事還是有可能鬧大，三輪先生這邊可能得先想好對策。」

為了轉告這件事，我才會在病房一直等到他們來。

「明白了。為了杏奈和純也，我什麼都願意做。」

春彥一邊這麼說，一邊朝站在床邊和母親說話的愛女望去，眼眶溼潤。

下午兩點半，我離開國際醫療研究中央病院。

提不起勁馬上回公司。今天的預定事項在出公司前已經要源田全部幫我取消了，所以也沒必要勉強自己回去。

晚上要吃飯慶祝花江找到工作。她上個月通過面試，這個月開始在大型住宅設備製造商的展售中心工作。那間展售中心位於西新宿。

我們約定七點在神樂坂碰面，我打算帶她去常吃的壽司店，位子也預約好了。

「麻煩你往川崎賽馬場那邊開好嗎？」

我對司機中村先生脫口而出的，是連自己也沒想到的指示。

為什麼會想去「川崎賽馬場」。

二十二歲那年從賽馬場旁的公寓搬出來後，連一次都沒去過那裡。

或許因為發生了純也被刺殺的犯罪事件，讓我向來平靜的內心受到了一點震撼。為了鎮定心情，打算去個和公司無關的地方，這麼一想的瞬間，才發現自己沒有這樣的地方可去。就算是這樣，脫口而出的竟是早該遺忘，也稱不上是故鄉的故鄉地名，究竟為什麼，我自己也想不通。

只是，上次去神田和泉町找花江時，看到那間搖搖欲墜的破公寓，腦中睽違多年地浮現了自己在川崎住過的老公寓情景。等一下要和至今仍住在那裡的花江見面，或許是這件事喚醒了深埋心中的鄉愁。

一聽到中村先生回答「好的」，我便放倒電動椅背，將手肘擱在扶手上閉目養神。

這輛車雖是上一代的LEXUS，但擁有卓越的靜音性能，也幾乎感受不到震動。只要閉上眼睛，感覺就像坐在無聲的房間裡。

一邊追逐腦中一一浮現的川崎景物，一邊再次思考起純也的事。

我和杏奈碰面是上個月的二十五號，那天是星期天。播打純也告訴我的手機號碼聯絡上她後，她幾乎是毫不猶豫地答應和我碰面。

我們約在澀谷某間飯店的咖啡廳，一邊喝茶一邊懇談了一番。

杏奈說的話，就某種意義來說完全不出我所料。

她壓根沒想過要和純也分開，對於假帳事件的結果和對娘家三輪家造成困擾的事也沒放在心上，打從一開始就不是器量那麼狹小的人。父親春彥對純也也是同情成份居多。

「家父與大和銀行往來很久了，深知那間銀行的行事手段。他說，純也還太年輕。一旦被銀行盯上，除非是資歷豐富的經營者，否則毫無反抗的餘地。所以，這件事誰也沒有責怪他。」

杏奈說完，深深嘆了一口氣。

「可是，純也卻自己把自己逼得走投無路，大概從三月左右開始的吧，只要一喝醉就質問我是不是打算拋棄他。自從正式開始跟大和談判重建公司的事之後，他又變成一再哭著拜託我不要拋棄他。我根本從來沒這麼想過，也每次都告訴他我不可能離家出走，他就是不相信……」

春彥的胃癌因為發現得早，只需要割掉三分之二個胃就沒事了。當然，春彥自己和杏奈都不認為這場病是勞心導致的，也跟純也這麼說過。

「我想，這次的事對他真的造成很大的打擊。自從買下大和優化，把公司名稱改成瑟拉爾之後，他真的是拚了命地工作，堅稱自己一定會成功。假帳的事也是，帳目上的數字每年都和大和討論過，不只對外，對內也獲得大和的同意。這種作法是在那個叫圓城寺的董事來了之後才開始變得不清不楚的，誰知道到最後竟然變成純也單方面的責任。開辭職記者會前不久，他還大發了一頓脾氣，說大和的作法明顯有問題，懷疑他們打從一開始就打算把瑟拉爾逼上絕路，把他趕出公司……」

我並無法肯定純也對杏奈說的這些話有多少可信度，不過，從大和採取的行動看來，確實不像只是發現瑟拉爾做假帳後單純採取的強制導正措施而已。

綜合先前純也在飯店酒吧的感慨與此時杏奈說的這番話，就我看來，這場騷動背後一定別有一兩層玄機。

杏奈在上次和我見面後，隔天就回到純也身邊了。三天前打電話時，也說純也高興得不得了。不料，純也的喜悅卻換來歡場女子的怨恨，這樣的發展只能說是諷刺了……

我躺在椅背上，閉起的眼前閃過純也毫無血色的睡臉。

24

橫渡多摩川上的六鄉橋，開過第一京濱國道與大師道交叉口的「賽馬場前」，就能看見左手邊的川崎賽馬場照明塔。

我請中村先生將車停在下個路口的「宮本町」附近。

車開始減速。

看看手錶，時間是下午三點二十分。離開國際醫療研究中央病院後，又過了將近一小時。或許因為途中打了個盹，我現在精神還不錯。

純也不知道醒來了沒？醫生說他今天內會恢復意識。

畢竟是即將進入梅雨季的日子，氣象預報說今天會下一整天雨。走出醫院時天上還飄著細雨，過了多摩川之後，前方出現一絲陽光，這邊的雨看似已經停了。路上也沒有幾個行人撐傘。

連日來宛如夏天的酷暑，看來已在昨天結束。

我坐起身，望向車窗外。

從第一京濱國道上望出去的景色和二十八年前完全不同。現在這裡和東京都內的幹線道路兩旁一樣，林立著高樓大廈。

車在開進十字路口左側巷子前停下。

「請在這裡稍等我一會兒。」

這麼吩咐之後，我便下了車。

眼前的加油站和後方的高樓公寓，對我而言都是陌生的景物。

還住在這裡時，這條巷子左右兩旁只有低矮平房與廉價的小公寓。不時有車沿著狹窄的道路開進來，孩子們一邊躲車一邊玩耍。我不喜歡人多的地方，不太常在外面玩，總是一放學就回家幫一個人開咖啡店的母親忙。她改在車站前開小餐館「滿腹」之後，店裡的雜務也由我一手包辦。沒有客人上門時，我就在店裡看書。

沿著無人的街道緩步向前。

直行到底，眼前出現一棟大型公寓，路也變成了三岔路。我停下腳步。景物固然與記憶中的不同，道路的形狀倒是和二十八年前如出一轍。

往左走到底就是賽馬場的圍牆，往右走則有法院、體育館和稅務署。若是再繼續往前走，就能走到通往川崎站東口的站前通。

左右兩邊的地址是榎町。前方則是包括賽馬場在內的富士見區域。

我們從前住的公寓位於富士見，只要沿眼前這條路直直走，大概不用五分鐘就到了。

我再次邁開腳步。這條路雖然不寬，但鋪得很漂亮，街景也變得時髦許多。左右兩邊的建築物看來都是新的，尤其是右側原本低矮公寓林立的地區，現在已變成一個大社區。

沒有任何能夠觸動鄉愁的事物。

順著狹窄道路的一側往前走，終於看到熟悉的景物。那是一棟茶色外牆已褪色，一看就知道有點歷史的老公寓。我加快腳步，走到公寓前時，倏地停下腳步。那裡變成一個入口狹長的停車場。停車場圍牆不高，可以將旁邊建築物的大小看得很清楚。那是一棟入口狹窄，整體呈橫長型的大型公寓。

站在停車場入口處往左看，川崎賽馬場的看台座位區與照明設備一覽無遺。

就是這裡……

視線一度落在腳邊，我再次抬頭。

這個停車場的原址，正是父親行蹤不明後，我們母子三人移住的那棟公寓。我對旁邊這棟大型公寓有印象，肯定是這裡沒錯。

朝沒有停半輛車的停車場內側走去。

過去住的那棟公寓高兩層樓，每層樓各有六戶人家。我們家是二樓的五號室。站在改建成停車場的空間裡，才發現公寓佔地面積小得出乎意料。

這麼小的一塊土地上，不只我們一家三口，竟然共有十二戶人家生活其上。

室內空間只有兩房三坪加一個兩坪多的廚房，比以前在市公所附近住的公寓更小，我卻從未感覺侷促。總是一臉疲憊嘆氣的父親消失了，對我和妹妹篤子來說，反而更像獲得解放。

母親住在這裡時發現罹患胃癌。在醫院嚥下最後一口氣後，遺體也回到這個地方。沒有任何需要聯絡的親戚，只在富士見町內互助會的人幫忙下，辦了一個簡單的葬禮。當時我高一，篤子才國一。

母親死後一個月左右，德本美千代也來到這裡。

對無依無靠，惶惶不安的我們兄妹來說，美千代彷彿救世主。

篤子在峇里島失蹤時，美千代立刻幫我預約了飛往峇里島的機票。

「就算找不到也不能放棄。」

她到成田機場送我時這麼說。

在篤子的遺體發現前，不斷對我說著同樣的話。

「我相信小篤一定在哪裡活得好好的，別人可以放棄，只有你千萬不能放棄。」

一年後，帶著篤子的遺骸回日本，為她準備守靈和葬儀一切事務的也是美千代。撫摸篤子的棺木，她不斷落淚，口中喃喃低語「可憐的孩子、可憐的孩子」。

「你一定要連篤子的份一起長命百歲。代替那孩子看她沒能看到的未來，等到哪天再相見時，把所見所聞全部告訴她。」

美千代邊哭邊這麼對我說。

想起這件事，我忽然發現，將我留在這個世界上的，或許正是這句話。

光憑這點，我就太能理解花江說「師父是我救命恩人」時毫不遲疑的心情。

回到停車場入口處，再朝那棟大型老公寓走。走了幾公尺，站在寫著「P」字的招牌旁回頭看，目測這裡和賽馬場的距離。三十八年前那個元旦，篤子被車撞倒的地方應該就是前面的路旁。那輛黑頭車就停在一旁，德本京介蹲下來察看篤子的狀況。

車禍後右腿雖然留下後遺症，動了兩次手術之後，篤子的身體完全恢復健康。為了克服後遺症的障礙，她還找到了游泳這條活路，國中、高中都是成績優秀的游泳選手。正因為擅長游泳，篤子才會去呇里島浮潛。然後，死在那裡。

如果當時沒有在這裡被車撞，篤子就不會成為精通游泳的人，是否也就不會溺斃於呇里島了呢。

話雖如此。我繼續想。

德本京介為什麼會在元旦時開車經過這條路？記憶中母親似乎曾經說過，當時他正在結束新年參拜的歸途上，參拜的大概是川崎大師[6]吧。我曾想過要向美千代確認，卻不知怎地就忘了，一直沒機會證實這件事。

三十八年前，一個小學二年級的女孩在此遇上車禍的事、那個女孩長大成人後死於南國海中的事、撞了少女的汽車主人是德本產業創辦人的事、其妻在丈夫死後造訪女孩與她的哥哥，開始照顧他們的事、以及那個哥哥和未亡人發生關係，最後還與撞傷妹妹的男人及未亡人獨生女結婚的事、那個獨生女不貞出軌，將曾是母親情夫的丈夫推進地獄深處的事……這一切的一切，總有一天都會像我們住過的公寓一樣消失無蹤，遲早不會殘留在任何人的記憶之中。

母親和篤子，京介和美千代，淳子和宇崎，還有我自己，只要再過幾十年，連我們這些人是否曾經存在過，都將成為不確定的事。除了能在歷史上留名的人之外，所有人都會被漆黑的黑暗吞沒，連是否活過都無法確認。

接下來，我花了大約十五分鐘在這附近走動。

痛切感受到二十八年的空白有多巨大。這座缺乏山川草木的城市裡，沒有任何一個地方能讓我緬懷故鄉。明明住了那麼久，現在這裡對我而言，卻只不過是一塊陌生的土地。甚至可說是個生疏的異鄉。

回到車上，我對司機說「請到JR的川崎車站」。

「請問要到哪個出口呢？」

司機中村先生這麼問。

「不用穿過鐵軌，靠這邊的出口就可以了。」

「好的。」

LEXUS安靜地動起來。

開到東口扶輪社前，我再次下車。現在是三點五十分，距離約定碰面的七點還有充分的時間。

川崎站前的景物也全變了。搭東海道本線經過時，曾隔著車窗看過這裡好幾次，但是像這樣站在車站前則已睽違二十八年。這麼一想，或許從搬出那間公寓那天起，我便下意識地逃避自己出生長大的這個城鎮也說不定。一起成長的妹妹早逝的事，肯定在我內心造成很大的陰影。

往班次顯示板望去，以巨大的車站為中心，東口側與西口側都經過大規模的再開發。從前出了西口就是東芝的工廠，現在那裡已變成一棟名為「LAZONA川崎PLAZA」的購物中心。因為剛開幕時盛大地上了新聞，這名稱我倒是有印象。

昔日商業繁盛的東口側，現在依然有Le FRONT、MORE'S、LA CITTADELLA等用英文標示的百貨公司林立。

這裡曾經是充滿昭和復古風情的鬧區，當時的形貌如今已不復見。

穿過京急線的高架橋下，等了一個號誌燈，過馬路走進仲見世通商店街。再從商店街第一個轉角左轉。這一帶商店街呈網狀分佈，每條路上都充斥著各種現代連鎖店的熟悉招牌。即使如此，還是能多多

6.川崎大師：位於日本神奈川川崎市大師町的金剛山金乘院平間寺，因供奉弘法大師而有「川崎大師」之俗稱。

少少感受到昔日的雜亂風情。

筆直前進，沿著立花通商店街走到底，就到了令我懷念的銀柳街。儘管是個不早不晚的尷尬時段，往來的行人依然很多，氣氛熱鬧嘈雜。穿過銀柳街，再橫越市役所通，道路的名稱就變成銀座街了。銀座街入口旁蓋了一棟叫做「DICE」的全新商業大樓。

雖然和我過去住的區域氛圍完全不同，母親從前經營的「滿腹」餐館就在出了銀座街後，朝砂子一丁目十字路口走一小段距離的一棟小型大樓一樓。店裡只有一條六人座吧檯和兩張四人座餐桌，光是這樣，獨自掌廚的母親就快忙不過來了。二樓有個代替倉庫的小房間，我在店裡幫忙時，篤子總是在這個只有一坪半的小房間裡消磨時間。生意不好提早關店的日子，母子三人就會帶著剩菜回家，圍著小小的餐桌一起吃。

現在回想起來，那是絲毫稱不上豐足的生活，即使如此我仍非常滿足。母親對生性懶散的父親態度雖然尖刻，對我和篤子卻是發自內心的溫柔。

找到銀座街入口的「天龍」招牌，胸口忍不住一陣激動。

這是我和母親及篤子常來的中菜館。

我最喜歡吃這間店的湯麵。

一出銀座街，我就往右邊拐彎。朝前方延伸的道路兩旁是成排的低矮建築，每一棟我都沒有印象。「滿腹」店面所在的那棟商業大樓，或許也早就拆除了吧。

不料，繼續沿著右側人行道慢慢往前走時，一棟黃色大樓映入眼簾。

我停下腳步，仰望那棟五層樓建築。我清楚記得這面漆成黃色的外牆。或許重新上過好幾次漆吧，依然鮮艷的黃色使我順利回想起當時的情景。

啊……

我發出無聲的感嘆。原本的玻璃木窗換成有紗窗的鋁窗，但我經常和篤子一起讀書做功課的二樓小房間窗戶依然還在。我們常從那扇小窗眺望傍晚時分的天空，或目送馬路上大聲喧嘩的醉客離去。

走到建築正面，入口當然也換新了，玻璃門上印著「步美刻印行」的文字。

店名下方還有一行「大開運．印鑑」的宣傳文字。

隔著玻璃門往裡窺看，感覺不出有人。大概是公休日吧。也說不定是已經結束營業了。

「滿腹」開幕時，是我上國中那年的一月。上高中那年母親檢查出胃癌，年底不得不把店關了。結果這間店只開不到四年，如果母親還健在的話，說不定我會繼承這間店。儘管生意不算好，無論是開咖啡廳還是開餐館，我都不排斥這類餐飲業的工作。

如果「滿腹」能像剛才那間「天龍」經營得這麼久，現在的我或許已成為一位食堂老爹，一直在川崎這塊土地上生活也未可知。

那樣是好是壞我不知道，只是不難想像，一定是和至今完全不同的一條人生路。這麼一想也就不難理解，父親的失蹤、母親的死，篤子的車禍和早逝等發生在家人身上的大事，對一個人的一生會產生多大的影響。

想必這棟保有我與母親及妹妹重要時光的老舊建築，在不久之後也會面臨拆除的命運。那段什麼都無法取代的時光，等到我死了之後，就會擦去黑板上粉筆寫的字一樣，什麼都不剩。剩下的只是一塊全黑的黑板。

如此說來，我的人生又何必持續寫下這麼長的故事？既然文章總有一天都要消失，為什麼要把它們特地寫在黑板上？更何況，像這樣寫下自己的故事時，總會不斷寫下多餘的一兩行，對身邊其他人的人生故事造成決定性的影響。

其實應該說，這對別人造成決定性影響的多餘一兩行文字，往往會反過來大大扭曲我們自己的故事。為了把受到扭曲的部份改得合情合理，我們只能拿著粉筆苦惱，到最後不但無法自圓其說，等「死亡」這個板擦一揮，故事也轉眼間消失殆盡。

反正都是無法完成也無法自圓其說的故事，倒不如隨自己高興怎麼寫、怎麼胡說八道都沒關係，就自由地去寫吧，這樣或許還樂得輕鬆？

我盯著印在眼前門上的「大開運．印鑑」，忽然產生這樣的念頭。

靠近一看，外牆已相當斑駁。這也難怪，必經已經過了將近四十年。二樓那間一坪半的小房間，得走店裡的樓梯才上得去。雖然我最想看的是那間房間，看來也只好放棄，我離開這棟黃色建築。

和剛才一樣，打算在這附近散散步。

踏上以前回家時常走的市公所後方小巷，四周所有建築物幾乎都改建了，不過偶爾還是會看到一兩間熟悉的當舖或診所。儘管並不多，看到和記憶中一樣的建築時，難免還是湧現一股懷念之情。

朝賽馬場方向走兩、三步，眼前出現一間老舊的愛情賓館。

這間賓館當年就在這裡了。還記得孩提時代，每次從前面經過時，不知為何都會心跳加速。看到愛情賓館招牌時，我情不自禁驚呼失聲。

「海蛇賓館」。

上面是這麼寫的。

25

這間愛情賓館，在我搬離之前的名字一直都叫「Double Angel」。

什麼時候改成了「海蛇」？

外表看來也經歷過幾番改裝整修，不過，建築本身沒有重建過。牆壁和屋頂經過翻新，入口和外觀也有幾處換新的痕跡，儘管如此，還是掩飾不了建築本身老舊的程度。

話說回來，為什麼是「海蛇」？雖然聽起來比「Double Angel」更淫靡，卻不太像是愛情賓館該有的名字。

在過去與「滿腹」比鄰的地方看到名為「海蛇」的招牌，我不禁陷入一種奇妙的感覺。當然，這或許只是單純的巧合，睽違二十八年再度踏上這塊土地時竟遇上了「海蛇」，眼前的事實確實讓我產生某種命中注定的緣份，無論如何都覺得一定具有某種意義。

老實說，那甚至是帶點詭異的感覺。

似乎差不多該離開這裡了。

我在「海蛇」門口轉身。

「到了車站會打電話給你，請開進附近的停車場休息一下吧。」

這麼聯絡了司機中村先生。

朝車站邁步走去，打算沿來時路回頭，穿過那個熱鬧的商店街，走回川崎車站。

擦身而過的人喊了我的名字，是在剛走出銀柳街，正要穿過立花通商店街時的事。

「高梨先生。」

若非那是屬於女性的溫婉聲音，我一定會嚇得背脊顫抖。

停下腳步轉過頭，找尋聲音的主人。

一位中年婦女凝視著我。

「好久不見了。」

這麼開口寒暄，嘴角漾開一抹微笑，對我輕輕點頭。總覺得在哪看過這張臉，很快地，記憶中的她和眼前的樣貌漸漸重疊。

「我叫戶叶，和篤子一直到短大都是同學。」

聽到這句話前，我已經想起來了。她是篤子國中、高中和短期大學時的同學，也是最好的朋友，戶叶律子。

「啊……」

儘管如此，我還是錯愕地發不出聲音。

打從篤子的守靈式與葬禮過後，我就不曾再見過她。這麼算起來，今天的重逢睽違了將近二十年。在事隔二十八年才再度造訪的城鎮上，與死去妹妹的摯友睽違二十年地重逢。而且是完完全全的巧合。這種事未免太巧了吧。剛才看到的「海蛇」字樣在腦中更加放大。

「好久不見。」

慢了一拍的我也跟著點頭寒暄。

「小篤三回忌時真抱歉。」

她這麼說，我一時之間還搞不懂是什麼意思。

「那之後又過了三年，我們才搬回東京。」

似乎從表情察覺我的疑惑，她附加了一句說明。我這才終於想起，篤子三回忌前，我聯絡不上她，卻在前一天收到供花和一封信，說是結婚之後因為丈夫工作關係搬到札幌去了。

「原來是這樣啊……非常謝謝妳那時送來美麗的花。」

「一點心意而已。後來我也到小篤墳前祭拜過好幾次。」

「這樣啊……」

篤子的墓不在川崎，而是巢鴨。母親過世之際，我透過美千代的介紹，在巢鴨某間寺廟買了一小塊墓地。

「今天來這裡，是為了什麼和小篤有關的事嗎？」

對戶叶律子來說，忽然看到失去聯絡的我走在這附近的商店街上，一定嚇了一大跳吧。

「不是的，只是剛好有事到附近，心想好久沒來了，就過來走走。」

今年八月剛辦完篤子的二十三回忌。和十七回忌時一樣，在巢鴨為她辦了誦經儀式。我沒想過做更多，畢竟七回忌和十三回忌時，來參加的外人也只有美千代一個。

「戶叶小姐呢？」

「我現在住在川崎。一方面是為了看護母親，去年搬回娘家。外子目前在雪梨工作，我們唯一的兒子則在京都讀大學。」

「原來如此。」

「高梨先生呢？」

「我單身，現在住在兩國。」

「聽說您當上德本產業的社長了呢。」

「是啊。」

「好厲害。天上的小篤一定也很高興。」

「希望如此……」

站著說到這裡，我們就沉默了下來。既然是為了照顧母親才搬回娘家，似乎不好耽擱她太多時間，正當我這麼想時。

「要不要去哪裡坐坐？」

律子先提出了邀約。

「戶叶小姐，時間上沒問題嗎？」

「我才擔心會不會耽誤到高梨先生的時間呢。」

「我還有一個多小時的空閒時間，只要七點前回到市區就可以了。」

「我也只要來得及趕回去準備晚餐就好，一小時應該沒問題。」

「那就找個地方喝杯咖啡吧？」

兩人環顧四周，看到一間全國連鎖的咖啡店。

「不如就去那裡吧。」

我率先往前走。

買了咖啡，坐在二樓的位子。時段的關係，客人並不多。戶叶律子把手上的大托特包放在身旁椅子上。

面對面坐下來一端詳，確實還看得出小時候的長相。雖說上了年紀身形變得比較圓潤，端正的五官依然一如往昔。我想起小時候，她明明長得比篤子漂亮多了，兩人在一起時，卻是篤子更吸引眾人目光。

「我大概有將近三十年沒來這附近了，沒想到竟然就巧遇戶叶小姐，真是有點不可思議。」

「我也有一樣的感覺。看到高梨先生從眼前經過時，真是嚇了一大跳。一方面也怕認錯人，原本想就這樣擦身而過，回過神來才發現自己已經出聲喊了你。」

「原來是這樣啊。」

「是啊。」

律子點點頭，眼神落在手邊咖啡杯上。

「這一定也是某種緣份使然。」

說著，她抬起頭。

「其實，關於小篤，有件事我一直想告訴高梨先生。」

「有想告訴我的事？」

腦中的「海蛇」膨脹得更大了。

「對，一直很想告訴你，不知不覺就拖了這麼久。」

「是什麼事呢？」

頓了一頓，我才提問。

律子啜飲一口咖啡，將杯子放回杯碟。

「那我就說了。」

律子露出堅定的眼神。

「我認為，小篤的死或許是自殺。」

「自殺……」

作夢也沒想到會聽到這種話，我只能緊盯著她看。

內心嘀咕，怎麼可能。

「小篤那陣子為了和宇津井先生的事非常煩惱。再加上令尊的事，最後和她見面那天，也就是她出發去沓里島的兩天前，小篤對我說『已經不知道自己該怎麼做才對，覺得腦袋快要爆炸了』。」

宇津井先生？

令尊？

我完全聽不懂律子說的話。

「高梨先生，宇津井先生的事和令尊的事，你一定都不知道吧。」

察覺我的心情，律子這麼說。

五點四十五分在咖啡店前與戶叶律子道別，走回車站，搭上中村先生停在扶輪社旁的車。儘管正好遇上下班時間，路上開始塞車了，勉強還是能在七點前抵達神樂坂。

我坐在後座，身體靠上椅背，回想剛才那番令我難以置信的話。

關於宇津井這個男人，一聽律子說我就想起來了。他是篤子公司的上司。說是上司，但並不是前輩或主管，而是職位更高的部長，年紀在四十五到五十歲之間。律子說，篤子一進公司不久，就和這個宇津井部長開始交往。一如我和美千代的關係，篤子的交往對象，年紀也大得能當我們的父親。

這麼說來，我還記得為篤子守靈那晚，宇津井手扶棺木強忍淚水的模樣。看到身為上司的他這麼疼惜部下，除了感動之外，當時確實也有股說不出的奇怪。然而，怎麼也想不到他和篤子竟是那種關係。

一開始和宇津井交往，篤子就常向好友律子商量這段無法隨心所欲的戀情。

「我和篤子及宇津井先生三人一起吃過好幾次飯。雖然年紀差距比父女還大，感覺得出宇津井先生很迷戀小篤，她也抗拒不了宇津井先生的熱情。看起來兩人都愛對方愛得不得了，很享受這段看不到未來的戀情。我一直認為很快就會有一方先提分手，儘管也可能經歷一番爭執，總有一天兩人還是會結束這段戀情。畢竟小篤那時才二十一歲，還那麼年輕。」

沒想到，事情出乎律子的預料，過了一年，又過了一年，兩人還是維持著這段關係。

「漸漸地變成小篤不想跟宇津井先生分手，假日還曾跑去宇津井家偷看，因為這事被他罵了一頓，小篤難過了好一陣子。宇津井先生好像很受不了小篤的執著，有一次，他找了我去商量。」

「商量？」

隨著內容描述得愈來愈具體，我再也不懷疑戶叶律子這番話的真實性。

「對。那是他們兩人交往剛滿兩年的時候，算算差不多是小篤過世的一年前。」

「他找妳商量什麼呢？」

「簡單來說，就是想跟小篤分手，希望我幫忙。」

「這……」

和年紀能當自己女兒的年輕女孩交往，對宇津井來說逐漸成為負擔，似乎已經無法承受。

「我也認為和有妻小的人繼續交往下去不是辦法，所以把他的想法告訴了小篤。」

「篤子怎麼說？」

我知道篤子從國中、高中就不乏交往的對象，她也不會隱瞞這種事，反而讓我放心。但實在沒想到，她還那麼年輕就陷入這種麻煩的戀愛中。

「那時，他們兩人就這樣分手了。小篤好像也覺得自己有點奇怪，還笑著說『被小律這麼一說我也清醒了』。」

然而，本該一刀兩斷的關係，卻在隔年復活。

「這次輪到宇津井先生按捺不住情感。對小篤說他會離婚，要求再次和她交往……」

聽到這裡，我對這個叫宇津井的男人再也無法忍受，竟然這樣玩弄一個二十出頭的女孩，簡直太亂來了。

然而，律子接下來說的話更是令我意外。

「宇津井先生是認真的。我記得小篤去峇里島的差不三個月前，說是和宇津井先生的妻子當面談過。」

「當面談？篤子嗎？」

「對，我聽說後來又談了好幾次。在那之後，小篤才真正開始感到痛苦。」

篤子和不倫對象的妻子直接對峙，真教人難以置信。試著追溯久遠的記憶，還是想不出前往峇里島旅行前的她有哪裡不對勁。出發前一天，和我在神樂坂的餐廳吃飯時，提到「水會發光」的篤子雖然散發一股非比尋常的氛圍，在那之前看起來一直毫無異狀。

當時，我和美千代已經維持超過七年的關係。大學順利畢業後也回到總公司，事業一帆風順。和篤子一起在神樂坂生活了三年多，我認為自己當時應該已有關心她的餘力才對。

然而我卻沒有發現，難道是因為這段不正常的情感，讓妹妹一夜之間變成大人了嗎。

律子說，和宇津井的妻子談過後，篤子開始產生破壞別人家庭的強烈罪惡感。

「不能光憑喜歡的心情就做出這麼過份的事。身為一個人，我也不允許自己這麼做。」

這麼說著，篤子在律子面前嚎啕大哭。

父親修治睽違數年的出現，更加深了她內心的痛苦。

「睽違數年？」

我忍不住反問。

修治帶著女店員離家出走，是我小學三年級時的事，當時篤子還在讀幼稚園。從此之後，我連一次都沒見過父親。別說見面，根本沒有任何他的消息。

篤子剛過世那陣子，我曾一度委託徵信社找尋修治的下落。不過，調查在沒有任何成果的情形下結束。篤子生前竟然和父親見過面，此一事實比和宇津井交往的事更令我驚訝。

「小篤第一次和失蹤的父親見面是就讀短大的時候。也不知道從哪裡怎麼找到她的，聽小篤說，當時令尊毫無預警地跑到小篤在三鷹住的公寓找她。」

「可是，我完全沒聽她說過這件事。」

聽到我這句話後，律子說出更驚人的事實。

「小篤說，那是因為德本美千代女士嚴格吩咐她絕對不能讓哥哥知道。」

26

六月十一日星期三，我接到大和銀行近藤昭人常董打來的電話。

四月二十八日，接受純也拜託和近藤常董見面之後，我就沒有再主動聯絡他，他也完全沒有和我聯絡。

相隔一個半月，電話裡的近藤聲音一如往常地輕快。

「這麼久沒問候您真是抱歉，其實今天是有事想找高梨社長商量。不知道能否儘快安排時間和您碰面呢？」

「是和瑟拉爾有關的事嗎？」

我直接了當地問。

德本產業從純也還是社長時開始對瑟拉爾的股票進行增資，現在已經是瑟拉爾的大股東之一。由近藤主導的瑟拉爾重建小組，當然必得在研擬具體重建案時找德本產業商談，拖到現在才聯絡，甚至可以說動作太慢。

「是的。重建案的概要已經確定下來了，務必想聽一聽高梨社長的意見。」

從「想找您商量」變成「想聽聽您的意見」，不知他區分兩種用詞的依據是什麼。

「那麼，今天下午我就過去拜訪。」

主力銀行窗口提出「想儘快碰面」時，按照規矩，當天一定得立刻安排時間見面。

「這樣嗎，那下午三點您覺得如何？」

「好的，那就三點過去。」

不管是接受商量還是提出意見，要對方親自上門來是不可能的事。我們身為借錢的一方，看對方臉色和回應對方任何問題是應盡的義務。這一點在與中央政府官員交涉時也是一樣。

等常董掛掉電話，朝社長室內的時鐘投以一瞥。早上七點二十分。

我每天早上一定會在七點前抵達公司，近藤大概也差不多。

既然已經當到大和銀行常董，平日晚上肯定每天都有與客戶、政府官員或政治家的餐會，週末則大概全都貢獻給高爾夫球了吧。即使如此，每天七點前一定到公司。工作勞累程度毋庸置疑。無論是近藤這些銀行人還是政府那些官僚，肯定都和我一樣，為了工作不惜犧牲身體健康。

然而，若問我和他們有什麼不同，那就是我會對他們的努力工作付出敬意，他們對我這種中小企業經營者的努力卻是毫不放在眼裡。

走向小廚房，把剛磨好的咖啡粉放入保存罐。最近喝咖啡的次數增加了不少，即使是沒有訪客的日子，早上磨好七、八杯份的咖啡粉，一天下來幾乎全數見底。自己都覺得喝太多了，卻怎麼也戒不掉。

尤其是上星期在川崎巧遇戶叶律子之後，經常發現自己回過神來總是邊喝咖啡邊沉浸在思考中。

令我煩心的並非工作上的事，佔據腦中的完全是私事。因為這種原因酗咖啡，身為一個經營者可說是完全不及格。明知如此，我依然一點也沒有把公事放在心上。雖說因為瑟拉爾的經營危機風暴已過，我確實是鬆了一口氣，但公司本身的業績依然不振，今年也好不容易才勉強迴避虧損。就算月底的股東大會能夠順利過關，只要看到這幾年低迷的業績，就算會有幾個股東向我追究經營責任也不奇怪。

社長一當當了十年，終究是太久了。

我也想盡可能早點將這位子讓給後進，始終找不到適任的人卻是不爭的事實。就算對方實力稍嫌不足，重要的是早點把位子讓出去，讓繼任者有更多磨練的機會，這點我也很清楚。問題是，要在長期不景氣的狀況下把社長職務交給資歷尚淺的人，實在很需要勇氣。這兩、三年來，每次和交情深厚的坂崎悅子碰面時，我們都會討論這件事。

這麼說起來，好一陣子沒和悅子說話了。今天從近藤常董那裡聽完瑟拉爾重建案的概要後，馬上找時間和她碰面吧。身為同業，她一定也很想知道瑟拉爾的重建計畫。

下午三點，我準時走進大和銀行總行的董事會客室。常董已經等在那裡了。

令我意外的，是會客室內只有他一人的事。既然是關於重建案的說明，其他工作人員也該到場才符合常理。

祕書一放下茶杯離開，常董就開口了。

「高梨先生，今天勞煩您特地撥冗前來，真是萬分惶恐。」

他以前所未有的鄭重態度低頭致意。

不管是要商談還是問意見，這邊都得小心謹慎，我暗自提醒自己。不能被抓住任何話柄，也不能允諾任何可疑的要求。一邊這麼告誡自己，一邊看著對方。

「聽說這次瑟拉爾重建案由近藤常董主導，肯定各方面都相當勞心勞力，真是辛苦您了。」

我給了公式化的回答，絕對不能說出任何與「支持、支援、提供協助」有關的詞彙。

「最後終於取得世羅社長的同意，他也二話不說退出經營，以結果來說應該可以算是好的形式。」

常董看來有些得意。

截至目前為止，純也遭殺傷的事件尚未公開，或許是三輪春彥在各方面打了通關的緣故。以三輪家的力量，要做到這一點也不是不可能的事。

眼前的近藤對那起事件是否知情，我不得而知。

杏奈每隔兩天會聯絡我一次，向我報告純也的近況。醫生說的沒錯，五日晚上他就恢復意識了，之後也復原得很順利，幾天前開始接受心理諮商。行凶的女性果然是我在新東京國際飯店看過的女人。事件的經過也和那天警方從她口中問到的一樣。她的證詞不假，確實是在兩人搶奪菜刀的過程中失手刺中純也腹部。

「說不定是純也包庇那個女人，配合她的證詞這麼說。」

杏奈不忘加上這句附註。

「重建的作法，果然還是要將瑟拉爾納入大和建設旗下嗎？」

我主動試探近藤。

「不、不是這樣的，把兩家體質衰弱的公司結合起來，也只是浪費體力罷了。」

他給了理所當然的回答。

「可是，瑟拉爾是曾經失去信用的公司，要靠本身的力量重建恐怕不是一件容易的事？」

「您說的沒錯。」

他的反應還是那麼直接。

我想起在新東京國際飯店的酒吧裡喝酒時，純也說的那番話。

他說，重建的做法可能會是先將大和建設和瑟拉爾統一成一間公司，再將兩者交給第三間公司整合。不過，照剛才近藤的說法，首先已不考慮統一瑟拉爾和大和建設的做法。這麼說來，他們是打算讓瑟拉爾單獨併入另外哪間公司嗎？問題是大和銀行集團除了大和建設之外，怎麼想也想不出有哪裡會願意出面接手整合瑟拉爾。

「先前電話裡說有事想找高梨社長商量，其實就是這件事。」

「這件事？」

我無法判斷他說的這件事是哪件事。

「高梨先生，如果由德本產業接手瑟拉爾的經營，不知您意下如何？」

「德本接手瑟拉爾？」

我不明白常董到底在說什麼。

「沒錯。德本產業原本就是瑟拉爾的大股東，我們希望此時能借助貴公司的一臂之力。」

「我不明白您這話的意思……」

德本產業是建材批發商。集團子公司裡當然也有幾間像榮德工業這樣的建材製造商，不過整體來說，公司一直以來最大宗的營業額都來自對各建商批發銷售建材的盈利。就算瑟拉爾是一間得靠竄改帳目苟延殘喘的公司，事業規模還是遠大於德本，區區一介建材批發商要如何合併瑟拉爾這樣的建設公司呢。話說回來，就算真的合併了，合併之後的公司經營又該交給誰來掌理。

「當然不是馬上就要合併的意思，首先從業務合作開始，等打好一定程度的基礎了再進行合併。我們認為這是重建瑟拉爾最好的形式。」

「常董，請等一下。這再怎麼說都太荒唐了。要敝公司和瑟拉爾合併，只會讓兩間公司一起倒閉，這是現在就能預料得到的事。」

「這次本行一定會全面提供金援。這幾個月來，我們仔細查核過瑟拉爾的事業內容。不可否認世羅先生的做法雖然太激進，但以舊有大和優化為中心的住宅改建事業確實可望達到相當規模的成長，這也是不爭的事實。我們的判斷是這樣的，如果此時能和德本產業這麼優秀的建材專營公司聯手，住宅改建事業一口氣步上正軌絕對不只是夢想。」

我盯著眼前的近藤，驚訝得差點合不攏嘴。

以德本產業的財務實力，根本接手不了一間帳目遭竄改，實質上已累積兩百億赤字的公司。更別說公司內部壓根沒有懂建設公司經營的人才，合併之後究竟要由誰來指揮坐鎮？

「近藤常董，您在電話裡說的重建案概要，該不會就是指這個吧？恕我直言，敝公司和瑟拉爾合併是不可能的事。」

「高梨先生，正如您所說，這次的重建案正是德本產業與瑟拉爾的合併計畫。」

「常董，這實在是太不合理的提議了。敝公司絕對沒有足夠的體力承接瑟拉爾的虧損。別的不提，要我以社長身分負擔合併之後的公司經營，我也辦不到。」

「高梨先生，這點您不用擔心。」

坐在沙發上的常董上半身往前一探。

「我們已經找到適任人選了。」

「適任人選？」

意想不到的發展使我一陣錯愕。德本產業和瑟拉爾合併後職掌這間新公司的「適任人選」究竟會是誰？

「請問，這位適任人選是什麼人？」

隱約嗅到一絲硝煙味，我這麼詢問近藤常董。

「是高梨先生也很熟悉的人。」

「我很熟悉的人？」

「是。」

說著，常董微微揚起嘴角。

「我們希望由UZAKI社長宇崎隆司先生來擔任這個職務。」

常董這句話，使我名符其實腦中一片空白。

27

「這完全是篡位嘛。」

坂崎悅子聽完之後，第一句便以不屑的口氣這麼說。

我默默凝視那張激動的臉。

「他們一定從一開始就和宇崎串通好了。」

「從一開始？」

喝一口談到一半時悅子的祕書拿來的罐裝啤酒，我這麼反問。

我的啤酒還有半罐，悅子已經喝第二罐了。

雖然最近鮮少有這樣的機會，直到幾年前為止，我們經常像這樣在這間社長接待室裡喝酒暢談。也有時是悅子來我公司，在社長室裡一起喝。

四點多離開大和銀行，我只讓司機把車開回公司，自己直接搭計程車來日本橋的坂崎工務店。對於我的突然來訪，悅子驚訝之餘也猜到一定出了什麼大事，立刻騰出時間和我見面。

聽著我的說明，她的臉色愈來愈難看。

「發現瑟拉爾做假帳的階段，大和就夥同宇崎想好這整套計畫了吧？更說不定是宇崎從哪裡聽到做假帳的風聲，自己找上大和的。那個男人很有可能做出這種事。」

「照妳這麼說……」

「是啊，打從一開始，他的目標就不是瑟拉爾，而是德本產業。」

「既然如此，何不直接併購我們公司就好了？」

「那可不行。就算淳子是德本的大股東，光靠那些股票也還買不下德本產業，得搞定另一個大股東才行。」

前年美千代過世後，按照遺囑分配了原本屬於她的財產。她擁有的股票均分為二，一半給淳子，一半由我繼承。剩下的財產則全部由淳子繼承。當時美千代的持股佔所有股份的百分之六十二，因此目前德本的最大股東是淳子和我，各擁有百分之三十一的股份。其次是擁有百分之十五的主要往來銀行，也就是大和。只要用淳子的股份加上大和的股份，合計就佔百分之四十六了。

原來如此，我大致明白近藤常董剛才為何會那麼說了。

突然聽見宇崎的名字，導致接下來近藤說得那串近乎脅迫的話，大半沒有進入我腦中。足見「宇崎隆司」這個名字帶來多大的震撼。

「淳子小姐的股份加上大和的股份，再加上大和透過瑟拉爾拿下的股份，輕輕鬆鬆就過半了。這就是宇崎的目的。」

「妳說的沒錯。」

瑟拉爾持有的德本產業股份大概只有百分之八。然而，只要再加上這些，宇崎那邊的股份就達到超過半數的百分之五十四了。

「高梨先生，你打算怎麼辦？」

悅子問得直截了當。

一旦對方確定已掌握超過半數的股份，我這邊幾乎沒有抗衡的方法。這件事，悅子應該再清楚不過。

「就算德本和瑟拉爾合併，後續也不會順利的。即使再與UZAKI整合，下場還是一樣。當然，有了大和的雄厚資金援助，加上UZAKI投入的豐沛財力，頭兩、三年或許能轟轟烈烈地幹一場。可是，宇崎投入住宅重建事業的資歷尚淺，想以這個領域為主戰場大顯身手可不容易，也可以說是未免太小看這一行了。他將會跌得比世羅先生更慘，最後不得不退出這個業界，這是輕易就能預料到的後果。到那時候，德本產業這些年好不容易建立起來的事業，就將不只是失去招牌，而是實質上完全消滅。站在我的立場，當然不會同意這個合併案，太亂來了。」

「那你打算接受大和的提議，以董事長身分留下來嗎？留下來繼續反對合併案？」

「那更是不可能。董事長只是掛名沒有實權，跟個裝飾品沒兩樣。要是接受了這個提案，等於眼睜睜看宇崎毀了這間公司。」

「說的也是……」

悅子的表情比我更走投無路。

近藤常董對我做出的是這樣的提議——

「高梨先生，請你在這個月底的股東大會上退位轉任董事長吧。讓宇崎先生接任德本產業的社長，我們先從UZAKI與德本的合併開始著手。這麼一來，等於先確保網路與實體的建材市場，之後再和建設公司瑟拉爾合併，這是最好的辦法了。」

說得真輕鬆。

「你的意思是，讓宇崎當我們公司的社長？」

「沒錯，高梨先生也已經當了十年的社長，這麼說雖然有點失禮，這幾年來貴公司的業績絕對稱不上優秀。相較之下，宇崎先生在建材網購市場的發展勢如破竹，近年來更投入住宅重建領域。怎麼樣？高梨先生，不如趁現在放手給後進，身為建材業界的大老，就當是為了業界的發展做點犧牲吧。」

近藤這句話，等於大方承認要我退任董事長只是有名無實的人事布局。

「我和宇崎的恩怨，這個業界無人不知無人不曉。大和一定知道我不可能甘於在宇崎手下當一個有名無實的董事長。」

一口喝完罐裝啤酒，我對悅子這麼說。

「這是當然啊……」

她嘆著氣表示同意。

「可是，這樣下去不是教人太不甘心了嗎。」

「總而言之，距離股東大會已經沒有多少時間。他們一定連這點都算計進去，拖到現在才硬塞給我這個提案。目的是不讓我有攻防的時間，打算速戰速決。」

「真傷腦筋。」

就連悅子也失了平日的鬥志。

「我手上擁有的貴公司股份雖然不多，如果派得上用場，請隨時拿去用。只要是我能幫得上的忙，一定提供協助。」

悅子說著，按下手邊的對講機，請祕書追加啤酒。

28

換好衣服，從小廚房裡取出裝咖啡豆的袋子和手動式磨豆機，放在辦公桌上。打開磨豆機的蓋子，將豆子倒入槽中。平常都得分兩次才磨得完，這幾天只磨一次就夠了。自從上星期近藤常董要求我交出社長位子之後，隔天起，喝咖啡的次數就減少了。

坐在椅子上，緩緩轉動把手。把要喝的量磨成細細的咖啡粉。磨豆刀發出咔啦咔啦的聲音，將流向刀刃的豆子一一削細，這個磨豆機採用的不是石臼式的研磨法，而是以銳利的刀刃將豆子削細，可防止咖啡粉因摩擦生熱導致品質惡化，沖出來的咖啡香氣更濃。

沖好咖啡，一如往常端著杯子往窗邊站。

萬里無雲的天空彷彿夏日晴空。

上星期，全國各地紛紛下起大雨，東京更下了好幾次激烈的雷雨。然而，一進入週末，雨瞬間停歇，這星期一直是晴天。加上今天早上吹過街頭的乾爽南風，要是能聽見蟬鳴的話，完全就是一幅夏日風情畫。

將近十一點。

花江她們應該抵達火葬場了吧。

距離火葬場的車程是四十分鐘左右，說不定已經在休息室等待燒好的骨灰了。早上九點，我先去參加了告別式，目送棺木離去才搭計程車來上班。

葬儀場位於門前仲町附近，離水道橋不到三十分鐘。

脫下喪服，換上掛在櫃子裡備用的西裝，現在正喝著今天第一杯咖啡。

絹江過世時的表情很安詳。

比起昨晚守靈時看到的，今天早上的遺容又更柔和了。

安詳寧靜的表情就像在告訴我們，她那漫長的人生終於閉幕，已經放下肩上的重擔鬆一口氣了。

上星期五我才和絹江一起吃過飯。拖了很久的感冒完全好了，人也非常精神。因為下著雨，我再次帶她到淺草橋的小料理店。她依然戴著那頂毛帽，背對包廂裡的凹間，坐在暖炕式的矮桌邊，把端上桌的餐點全部吃個精光。

「花江說，等她適應新工作了，就在新宿旁邊租間房子，接我過去一起生活。」

她開心地這麼說。

花江雖然已經辭去實演販售士的工作，卻還是住在神田和泉町那棟破公寓裡。在神樂坂見面時，我勸她再次搬回淺草橋。

「還是得先做個了斷才行。」

見她依然顯得躊躇，仔細一問才知道，她什麼都沒告訴一條，連找到新工作的事都沒說。

「這種事愈晚說，對方會愈不開心的。」

我這麼說。

「這個我很清楚，只是找不到時機說。」

花江露出煩悶的表情。

我第一次和絹江說話，是三月初造訪神田和泉町那棟公寓時的事，算起來和她之間只有短短三個月的緣份。然而，一想到兩人多次對坐飲酒，又覺得這份緣絕對不算淺。

總覺得絹江的死，把我心中的空洞掏得更大了。

她的一生到底算什麼？

先是失去重要的獨生女，又因為這件事遭外孫女排斥，一個人長年守著神保町那家小小的洗衣店，卻因遭到火災波及而不得不搬走，最後死在我的員工宿舍中。甚至來不及和最愛的外孫女道別，上完廁所走出來時，措手不及地因腦中風而倒下。

我在兩天前的星期一下午，接到花江傳來這個噩耗。她說天亮前發現倒在廁所外的絹江，急忙叫了救護車將她送往醫院。當時勉強還有呼吸，但最後仍急救不及，不到中午就斷氣了。

我趕到醫院時，病房擠滿一條龍鳳齋和花江其他師兄弟姊妹們。

以為一定陪伴在旁的堀越夫妻卻不見人影。

一問花江才知道，直到絹江被搬上救護車都沒看到他們夫妻倆，按了好幾次一樓管理員室的電鈴，也沒有人回應。

夫妻倆為何一起在那種時間離開管理員室，真教人想不通。我看過絹江的遺容後，離開醫院時試著聯絡他們，但是無論管理員室的電話或堀越先生的手機都沒人接。

從那天起，直到今天仍沒有他們的音訊。

堀越夫妻就這樣不告而別，忽然離開了員工宿舍。

十四日星期六傍晚，花江和平常一樣來絹江這裡過夜。前往絹江房間前，還一如往常地先繞到管理員室，拿了伴手禮的點心給他們夫妻。

「所以至少是在那之後才失蹤的。這麼說起來，星期天一整天都沒見到他們。」

守靈那晚，我將堀越夫妻下落不明的事告訴花江，她也露出疑惑的表情這麼說。

我想起出殯時嚎啕大哭的花江。一條寸步不離地陪在她身邊，兩人的身影看起來就像一對老夫少妻。

花江在人生中重大時刻依賴的，終究還是一條龍鳳齋。

與父親彰宏舉行葬禮時一樣，絹江的守靈儀式與葬禮都由一條主導。至於我，就和一般弔唁者沒有兩樣，頂多只能送花與弔電。

守靈那晚，我和龍鳳齋說了一會兒話。

「昨天聽花江那傢伙說，她好像開始做其他工作了是吧？就是因為她幹了那種蠢事才會這樣啦。那傢伙最適合的工作只有實演銷售士，除此之外沒有其他生存之道了。」

他主動走向我，一上來就說了這番話。我裝作沒事人的樣子聽過就算，心想這是他對我的牽制吧。

「我年輕時真的深受絹江女士照顧，她走得這麼突然，實在太令人遺憾了。」

這麼說著，我凝視龍鳳齋的表情。他深深點頭。

「這麼說來，高梨先生之所以有今天，都是拜絹江女士之賜囉？」

他用萬分感慨的語氣這麼說。

龍鳳齋身上散發的氛圍，給我一種深不可測的感覺。隱約察覺這男人能夠生存下來，靠的絕不只是欲望或算計。這麼一想，腦中不經意地閃過大和銀行近藤常董的臉。

和近藤那種男人比起來，眼前的龍鳳齋身為一個人的格調絕對高多了。

一邊眺望窗外景色，一邊將咖啡喝完後，我並未走回辦公桌邊，而是坐在接待區的一人座沙發上。

今天傍晚約了很重要的人見面。

德本產業的股東大會訂於本月二十七日舉行。給各股東的通知書已經寄出了，剩下不到十天的時間。如果我想在這麼短的期限內挽回劣勢，能使用的手段極為有限。

正好一星期前，近藤對我下了最後通牒，之後我一直在思考反擊大和銀行與宇崎的方法。要怎麼做才能造成對方關鍵性的損傷，並一舉粉碎他們強奪德本產業的野心。有什麼是我能做的？

我想到兩個方法。

一是德本產業緊急與另一家公司合併。

若是落入宇崎與大和銀行手中，德本產業一定會和構成負擔的瑟拉爾同歸於盡。就算靠網路銷售在業界異軍突起，憑宇崎隆司那點經營本事，無論如何都沒有辦法順利重建瑟拉爾。

即使對方陣營的持股超過半數，只要現在立刻閃電宣佈德本產業將與另一家公司緊急合併，大和陣營也無法反對。

比方說，和坂崎工務店合併？

我認真考慮祭出這一招。儘管剩下的時間不多，還是可以試著跟長年來的盟友坂崎悅子商量合併案。

然而，這麼做只是單方面將坂崎工務店拖下水，害他們捲入我和宇崎那夥人的無意義戰爭中。身為一個經營者，悅子具有冷靜的判斷力，不管和我交情再怎麼好，想必不會答應這個提案。

只不過，雖然不是借用近藤常董的話，今後中型承包建商併入德本這種專營建材的商社，絕對不是一件壞事。如果現在能爭取多一點時間的話，或許也能說服悅子。

另一個方法，是直接促使宇崎反悔。

只要宇崎放棄這次的篡奪計畫，一切就能圓滿了結。一旦打算送過來當社長的人選反悔退出，大和銀行的瑟拉爾重建計畫也不得不退回原點。

話說回來，宇崎隆司為什麼著手籌劃了這齣強取豪奪大戲？

假設點燃宇崎野心的是淳子繼承的德本產業股份，就表示這件事淳子也有份。

他們為什麼事到如今才選擇介入德本產業的經營？

有一個可能是，想讓流有德本家血脈的舜一繼承德本產業，但是，舜一現在還只是個國中生，有什麼必要非得現在大費周章地驅逐我。反正等到舜一長大成人出社會時，我肯定已從公司退休。等我確定退休時再談讓出股份的事就行了，像現在這樣把事情鬧大，只是引發無用的對立罷了。

這麼說來，不惜與我正面敵對也要搶下德本產業的宇崎，這麼做的動機究竟是什麼？

絞盡腦汁思考的結果，答案只有一個。那就是：這或許是一場宇崎一手策劃的復仇大戲。

妻子出其不意地跑來自己工作的地方，還試圖在社長室自焚。儘管最後沒有死成，他卻必須負起責任，毫不容情地被趕出德本產業。名義上雖然是自請離職，事實上，美千代對玩弄愛女感情又毀損公司信譽的宇崎態度相當嚴厲。不僅宇崎前妻住院時沒有拿出任何慰問金，還大幅削減了宇崎的退職金，實質上形同懲戒解僱。

就當時跟在美千代身邊的我看來，美千代憤怒的對象其實不只宇崎，也包括了淳子。然而，得知一年後淳子與我結婚的事，宇崎或許會認為只有自己遭到單方面的論罪。

業界內盛傳宇崎在熊本創立UZAKI時，頻頻展現出對美千代及德本產業的強烈恨意。聽說他曾對身邊的人說：「我老婆在她面前自焚，德本社長不但沒有制止，還默默看她動手。唯有那個人我絕對無法原諒。」

「誣賴人也該有個限度。」

聽到這個傳聞的美千代，一臉不屑地拋下這句話。

對宇崎來說，無論是搶回淳子和舜一，還是企圖將德本京介及美千代苦心經營建立的德本產業據為己有，所作所為都是為了報復美千代以及她最大得力助手的我罷了。

愈想愈覺得我的推測沒有錯。

回想起來，還坐在同個辦公室工作時，宇崎這個男人就展現出異於常人的執著。一方面憑著卓越的業務實力在公司裡吸引了不少崇拜者，另一方面，只要曾和他對立過的人，都揶揄他是「像蛇一樣善於記仇的男人」。

蛇一樣的男人啊……

我輕輕苦笑。

情不自禁想起上次那間愛情賓館的招牌。

那間名為「海蛇」的老賓館浮現腦海。看到「海蛇」之後不久，就與篤子昔日摯友重逢了。

戶叶律子之所以將宇津井的事與父親修治的事告訴我，是因為去年她為了照顧母親回國不久後，便聽說了宇津井已過世的消息。

「小篤走了之後，宇津井先生偶爾還會跟我聯絡。也和我一起去巢鴨的墳地祭拜過好多次。只是我因為先生工作關係經常待在國外，宇津井先生也有很長一段時間在國外工作，這幾年一直失去聯絡。結果去年，就像今天一樣在街上巧遇另一個共通朋友時，才知道兩年前宇津井先生已經過世了。後來他和太太也離婚了，死時只有自己一個人。」

關於修治，律子當然什麼都不知道。美千代要篤子隱瞞我的原因，律子也不甚清楚。

「我只聽小篤說過，令尊突然找上門說要跟她借錢。小篤嚇到了，就去找形同母親的美千代女士商量，然後美千代女士就去和令尊見面了。從此之後，雖然令尊偶爾還會去找小篤，但好像沒有再開口借錢。就算有美千代女士阻止在先，之所以隱瞞高梨先生你，大概也因為有這件事的關係吧。」

父親修治竟然跑去找篤子要錢，這件事讓我非常驚訝。

記憶中的父親雖然懶惰，但並不是個自甘墮落的人。如果律子說的是事實，美千代去和父親見面時，恐怕也給了他一筆錢。因為這樣，他才不再跟篤子提錢的事，也一定答應過美千代絕對不會來找我。

那是發生在篤子上短大期間的事，當時正好是我被調到榮德工業，晚上還在日大上夜間部的時期。和美千代之間已維持了四年的關係。

依照美千代的個性，很有可能因為顧慮我的將來而做出這樣的事。

聽說修治一年大概會去找篤子一兩次。也曾有過超過一年音訊全無的時候。篤子出社會第四年，正為了宇津井的事煩心時，修治正好去了篤子公司。面對好久不見的至親，篤子似乎忍不住對他吐露了內心的苦悶。

「那時宇津井先生已經開始跟妻子談判，小篤就像找我傾訴時那樣，把宇津井先生的事告訴了令尊。結果事情就鬧大了……」

修治聽了篤子的話，憤慨激昂地把宇津井叫到公司外威脅他。我原本以為是用這件事要脅宇津井給錢，結果並不是那回事。

「他好像說了很多類似『要是敢不跟我女兒結婚，你跟你家人都別想好過』之類的話。宇津井先生嚇得急忙找小篤哭訴。」

這件事就發生在篤子去峇里島前，也因為這件事，篤子才會在與律子吃飯時說了「腦袋快要爆炸」的話。

「我也只能鼓勵她說，暫時拋下一切煩惱去峇里島海邊喘口氣吧。吃完飯道別時，我聽到小篤不經意說了一句話，她說『乾脆不要回來日本好了』。」

這句話還縈繞在耳邊，律子就接到篤子在峇里島失蹤的消息。從那一瞬間起，律子認定了篤子的死是自殺。

在川崎聽完律子這番話後，我一直思考關於篤子自殺的可能性。

想起愈多當年的情形，愈不認為篤子會走上自殺這條路。小時候遇到車禍導致腳不好，使得篤子一輩子都得帶著這缺陷過日子。然而，她卻用堅強的意志力克服了這個缺陷。不被行動不便的腳打倒，成為一位頭角崢嶸的游泳選手。與生俱來的開朗個性，也幫助她跨越各種考驗，不但考上第二志願的短期大學，找工作時還進入第一志願的公司。

和宇津井這個有妻小的男人經歷種種糾葛，再加上原本拋棄自己的父親不但突然找上門，更插手過問這段戀情，把問題搞得更複雜。即使發生了這些事，我還是不認為以篤子的個性，會選擇以死來逃避痛苦的現實。

當年篤子和律子見面的隔天晚上，我和篤子也一起吃了飯。

「哥哥，水這種東西啊，是有生命的喔。我想，我看過的一定是水的生命之光。」

篤子這麼說。

「我感覺得到水本身發出的光。並不是每次喔，只是那種時候，在水中的我就像全身被光籠罩，真心覺得再也不想從水裡離開。」

她也這麼說了。

說不定，篤子在沓里島海水中想的不是「乾脆不要回日本」，而是「再也不想從水裡離開」。

於是篤子就這樣游得愈來愈遠，最後終於回到那個發光的水中去了吧。

29

聽完我的說明，淳子暫時沉默了一會兒。

微皺眉心，半低著頭，像是正盯著灰色的地毯。這種時候的她，正在用那天生縝密的頭腦深入思考。

我忽然發現，美千代過世前後，我們雖然見過幾次面，也談了一些話，不過離婚後從未像這樣在一個空間裡獨處。

離婚十年了，淳子的外表一點也沒變。

她今年即將四十二歲。仔細想想，與我第一次發生關係時的美千代，比現在的淳子還大一歲。儘管五官並不太像，外表年輕不顯老這點，或許遺傳自母親。

「沒想到那個人做了這種事……」

抬起頭，淳子以不帶感情的語氣說。

「妳不知情嗎？」

從她的表情，我分辨不出是假裝不知情，還是真的被蒙在鼓裡。

「完全不知道。」

「可是，那些股票的持有人是妳吧。再怎麼說，宇崎先生也不可能連一句話都不跟妳商量，就做出這麼重大的事。」

「那個人就是這種人。」

這回，淳子的語氣裡多了點嘲諷。

「那個人深信，不管多強的對手，最後都會對自己言聽計從。」

打電話給淳子是十五號星期天的事。

星期三和近藤常董見面，煩惱了一整個週末後，我決定先說服德本產業的另一個大股東淳子。

撥了兩年前她告訴我的電話號碼，淳子的聲音聽來有些驚訝。我說無論如何都想儘快和她碰面，她也二話不說答應了，連原因都沒問。因為這樣，我才以為她對整件事早就知情。

我們約定今天下午六點在新東京國際飯店碰面。

「因為要談的是機密事項，我想訂個房間。」

我如此提議。

「那樣比較好。」

她也毫不猶豫贊同了。

於是現在，我在飯店最高樓層的總統套房與她相對而坐。

「你說的我完全搞懂了。」

淳子拿起裝了咖啡的紙杯。咖啡是我用那水壺裡的水沖的。離開公司時，我將現磨咖啡粉沖的咖啡裝進熱水瓶，和紙杯一起帶來。

「好好喝。」

啜飲一口，淳子這麼說。

我們還是夫妻時，唯有沖煮咖啡這件事一直由我負責。

「只要不要讓那人自由運用我的股份就行了吧？這麼一來，那人也無法輕舉妄動。」

「可是，事情已經進展到這個地步了，能突然說拒絕就拒絕嗎？」

「德本產業的股票是我的啊，怎能讓那個人隨便亂來。」

「不過，如果真的這麼做，宇崎先生在大和面前將會信用破產喔。」

「這點教訓，對那個人來說剛剛好。」

淳子冷冷地說。

「你說得沒錯，那個人根本沒有重建瑟拉爾的能耐。更別說還要合併德本產業，簡直就是胡搞瞎來。UZAKI原本就是靠吃掉德本部分客戶才壯大起來的，事到如今才說要兼顧網路銷售和實體販賣，任誰一看就知道是不可能的任務。UZAKI既沒有培育任何一個能帶到德本來的人才，就算單槍匹馬入主瑟拉爾和德本，也不會有任何人願意聽那個人的。」

不愧是淳子，一如往常地迅速進入狀況。

「話是這麼說沒錯，可是宇崎先生為什麼要做這麼衝動的事呢？更別說連要動用妳手頭股份的事都沒好好商量過……」

我提出這幾天盤旋腦中的疑惑。

「因為那個人想奪取一切。」

「一切？」

淳子用力點頭。

「對，一切的一切都想要。」

所謂的一切也包括妳和舜一嗎？面對曾經是妻子的人，我在心中這麼問。

「打從一開始他就是這種人，和你完全相反。」

淳子第一次用「他」來稱呼宇崎，而不是「那個人」。

「直到現在我還是覺得真的很對不起你，這十年來從來沒有忘記過那件事。我答應你，這次不管宇崎說什麼，我連根手指頭都不會讓他碰我的股份。」

「那就拜託妳了。」

我對淳子低下頭。

「我想，自己在這個位子上的時間也不會太久了。老實說，當了十年社長也累了。手頭的股份，我也打算總有一天還給隆伸。死去的社長原本就是這麼打算，才把股票留給我的吧。」

另外又附加了這番話。

「我媽怎麼可能做那種打算。她是認為德本產業只能交給你，才會把最重要的東西留給你喔。」

我默默看著淳子。

「我從沒把她當成母親過，從小我就被交給保母帶，她幾乎不在家。可是，我很清楚媽媽多拚命守護那間公司。臨死之際她之所以要見我，說到底也是為了公司。她是希望舜一能在你之後繼任社長，所以才會在最後一刻跟我和好。」

我想，淳子說的恐怕沒錯。收到淳子的信才得知我們離婚的事時，美千代曾這麼說：

「修一郎，對我來說啊，你遠比淳子重要得多。」

如果當時，她說的是「淳子或舜一」的話，我或許不會撮合形同斷絕母女關係的淳子和美千代和好。美千代並非拋棄淳子而選擇我，她只不過是把親生女兒和公司放在天平的兩端，然後毫不猶豫地選擇了公司。

我舉起紙杯，啜飲一口咖啡。

沒想到事情會談得這麼順利。順利得過了頭，我甚至還有點難以置信。不過，從淳子的表情看來，她絕對不是用天花亂墜的說詞來誆騙我。

用以前的名字「舜一」來稱呼「隆伸」這點，也讓我感到意外。

「你是不是以為我也和他們一夥？」

這時，淳子用彷彿看透我內心想法的眼神這麼說。美千代也經常露出這種眼神。

「這個嘛……」

我含混回應。

「其實我們一直是分居狀態喔，所以我才什麼都沒聽說。」

「分居？」

把手上的紙杯放回桌上，我望向她的眼睛。

「妳說『一直』，是從什麼開始的？」

忍不住這麼問。

「從媽死掉之後，已經兩年了。我和舜一現在住在代官山的公寓。宇崎則是在東京和熊本之間來來去去。話是這麼說，到東京來的時候，他也是自己一個人住在日本橋的公寓，很少來代官山，頂多偶爾和舜一約在外面。」

「分居的原因是？」

我直截了當地問了。

「儘管是個不稱職的母親，媽的死對我打擊還是很大。看到她死去時的臉，我心想，母親明明是這麼強悍又任性自私的人，身為女兒的我幹嘛老是在忍耐？所以，就開口要那個人搬出去。」

「忍耐？」

「對。」
淳子點點頭，輕聲嘆氣。
「那個人，和前妻一直藕斷絲連。UZAKI總公司之所以設在熊本，最大的原因就是為了這個。每次回熊本，他都在前妻家過夜。」
淳子的話令我一頭霧水。
宇崎為什麼還和離婚的妻子繼續往來？
「既然如此，他為什麼要和妳結婚？」
「他和我結婚，是因為知道舜一其實是他的兒子。和前妻沒有分手，是因為對方為了他可以不顧性命。他是這麼說的。」
「不顧性命？」
「對。他也乾脆把話講白了，說什麼『能為了我不顧性命的只有她了。所以，我有義務照顧她一輩子』。」
我聽得傻眼。
「妳是什麼時候知道那件事的？」
「帶舜一去熊本之後不久，和他去登記結婚前。如果你願意的話，其實我是想回你身邊的，不過，你絕對不可能原諒我做出的那種事吧？所以，我才選擇和那個人在一起。」
淳子始終維持相同的表情，淡然地這麼說。

「既然如此……」

為了整理混亂的腦袋，我頓了一頓。

「既然如此，妳為什麼要向我坦白。只要讓我一直以為舜一是我的孩子不就好了嗎？」

淳子嘴角微微上揚，望向我。

「舜一出生之後，你連一次都沒抱過我不是嗎？那讓我知道，我們之間已經完了。事到如今我也很後悔，當初應該先跟你好好談談才對，不過，那時的你什麼話都不肯說，不管我說什麼，你也一定聽不進去吧。」

「這孩子不是你的」。聽到妻子忽然這麼坦承時，身為丈夫的究竟該用什麼態度聽她說話才對？

「其實，我很希望你能原諒我。就像我原諒你那樣，希望你原諒我。」

沒想到，淳子卻在最後像是豁出去似的，硬是多加了這句話。

30

奇妙的梅雨季持續著。

前天還是盛夏般萬里無雲的晴空，氣溫高到將近三十五度，昨天白天也還繼續炎熱的天氣，一到傍晚就開始下雨了。

今天則從一大早就下著雨，溫度驟然下降。冷得不穿長袖可能就會感冒。根據氣象預報，下星期會有一個以七月來說前所未有的大規模颱風直擊日本列島。

在神樂坂老地方的壽司店，我和花江並肩坐在吧檯席。

雖然不算是代替絹江，不過最近，每週五我都和花江一起吃晚餐。

而且吃的一定是壽司，地點也固定是這間店。

吧檯裡的大廚已經記住花江了。我們看起來既不像父女，也不像兄妹，而我又從未帶女人來這裡用餐，第一次帶花江來的時候，大廚一副摸不透我們關係的樣子。

「學生時代打工的地方有個很照顧我的老人家，這位是她的外孫女。」

於是，上星期我便這麼說明。直接挪用對一條說的謊，不過，總覺得這麼說，周圍的人最容易接受。

為了慶祝她找到工作，第一次邀花江來這裡那天是六月五日。十一天後，絹江就過世了。花江換工作本是為了好好照顧絹江，在絹江本人過世後，可想而知她內心有多失落。

即使如此，花江還是繼續在新的職場工作。最令我意外的，是絹江葬禮結束四天後，花江退掉神田和泉町的那間破爛公寓，搬到淺草橋的員工宿舍，直接住進原本絹江住的那間位於五樓最邊角的房間。

我還以為花江於公於私都會迅速回到一條身邊，因此這個選擇令我非常驚訝。

「老爸和外婆的葬禮都讓師父出了錢，總覺得這下就兩不相欠了。」

上星期在這間店碰面時，花江這麼說。

「可是，一條先生斬釘截鐵地跟我說，妳最適合做的還是實演販售士的工作，沒有其他生存之道。」

我把守靈時一條說的話告訴她。

「師父總是動不動就用那種斷定的語氣說話，那是他的老毛病了啦。」

看來她一點也不當一回事。

「話說回來，大叔他們到底上哪去了……」

朝生魚片拼盤伸出筷子，花江喃喃嘀咕。

今晚我們兩人都喝日本酒。花江喝獺祭，我照例喝天狗舞。

「後來警方什麼消息都沒有。」

我面朝正前方這麼說。

堀越夫妻已經失蹤二十天了。檢查了管理員室，似乎沒有帶走什麼東西，也沒找到留書。冰箱空無一物，髒衣籃裡沒有待洗衣物，垃圾桶裡也沒有半片紙屑。幾乎可以肯定是計劃性地離家出走。儘管這麼判斷，我們還是等了一星期，見兩人依舊沒有回來，才在隔週一向警方提報失蹤。

警方似乎已經與堀越夫妻的大女兒取得聯絡。根據警方的回報，大女兒也對雙親的下落毫無頭緒。

之後又過了十天。

「是不是應該再詳細檢查一下那個房間比較好？」

花江轉向我。

「可是，已經報警了啊。」

「又不是報過警就有義務保留現場原狀，那間房間本身並沒發生任何事件吧？」

在聯絡警方之前的六月二十一日，我們曾先進過一次堀越夫妻的房間。那天是星期六，因為我也不好一個人進去，正好準備搬進絹江房間的花江來了，我們就一起在堀越家中查看了一番。

「妳說得對，警方大概也不會重新來調查一次了吧。」

「既然這樣，我們再試著檢查一次看看吧。畢竟上次只是大概看一下而已。」

二十一號那天，堀越夫妻雖然已失蹤將近一星期，我們還是覺得兩人可能會回來，因此只是約略查看一下室內的東西而已。

「那這次就徹底檢查一下好了。」

「後天下午如何？因為是星期天，中午前應該就能結束工作了。」

花江在展售中心工作，週末經常需要上班。

「好的，那就後天下午三點，我到花江小姐房間跟你會合。」

「了解。後天也試著找找櫥櫃或抽屜裡面的線索吧。」

「好。」

一邊和花江對話，一邊想起世羅純也舉行記者會那天晚上，我和堀越先生一起去「繪島」喝酒的事。那時我們也像這樣並肩坐在吧檯席，點日本酒喝。堀越先生和今晚的花江一樣，喝的是獺祭。

關於堀越夫妻背負的苦衷，上次一起檢查房間時已告訴花江。花江說，那起事件她還記憶猶新，沒想到兇手的父母就是堀越夫妻，還忍不住倒抽了一口氣。

後天查看櫥櫃時，說不定會看到堀越先生提到的那本相簿……

「整理壁櫥的時候，找到那傢伙小時候的相簿……忍不住和咲子兩人打開來看了……那張臉真是可愛。笑咪咪的……可是，忽然就會回過神來，想起被害者的父母也像這樣打開死去女兒相簿時，不知會是什麼樣的心情呢。」

堀越先生還這麼說：

「當時我對咲子說『喂，我們還是去死吧』。如果是現在的話，我確信一定可以順利死成了。」

難道……我內心暗忖。

堀越先生他們從那個櫥櫃裡找到另一種「相簿」了嗎？

因為看到那個，所以再次得到「現在一定可以順利死成了」的確信？

店家端上海膽茶碗蒸。

花江發出開心的歡呼。

「小姐，妳喜歡吃這個對吧。」

看來大廚已經摸透花江的喜好了。

「今天是利尻產的蝦夷馬糞海膽，滋味最棒了，其他海膽沒得比喔。」

「謝謝！」

花江用朱漆小匙舀起一口茶碗蒸，送到嘴邊。

我們就這麼默默吃了好一會兒。

吃完茶碗蒸，花江才開口。

「我說，社長先生。」

「什麼事？」

我一口喝乾手邊杯中的酒，轉頭望向她。

「你覺得，我們住在一起怎麼樣？」

理所當然的語氣。

「我們指的是誰跟誰？」

「這還用問嗎？當然是我和社長先生你啊。」

「為什麼？」

面對她這天外飛來一筆的提案，我不禁有點錯愕。

「沒什麼特別理由，只是覺得好像應該這麼做比較好。」

「住在絹江女士的房間裡，反而讓妳難受嗎？」

「倒是沒有這回事啦。我很慶幸搬到那間房間喔，也非常感謝社長先生你。」

正想倒酒，才發現兩合酒瓶已經空了，匆匆加點了天狗舞。

「只是啊……」

花江舉起空杯，對大廚說「再來一杯一樣的」。

「一個人在那間房間裡，老是會忍不住放空。」

「放空？」

「對，好幾個小時只是發呆。」

「這樣啊……」

花江的杯裝酒先送上來，她對大廚點頭說聲「謝謝你」。

「社長先生也一樣對吧？」

喝一口獺祭，她這麼說。

「一樣？」

「對，總覺得社長先生最近一直心不在焉。」

「有嗎？」

「沒有嗎？」

「被妳這麼一說，確實是……」

「是吧？」

「可是，就算花江小姐和我都會放空，為什麼我們兩個就必須住在一起呢？」

「剛才不是也說過了嗎，總覺得這樣比較好。」

「為什麼？」

我重複一樣的疑問，花江露出焦躁的表情。

「沒有特殊原因啊，該怎麼說呢，總覺得這樣下去很不妙。」

「不妙？」

「對。至少我自己是這樣啦。不過，最近開始覺得社長先生你也是。」

「我嗎？」

「你自己應該心裡有數吧？」

心裡有數。被她這麼一說，我不禁思考了一下。

對自己的「不妙」心裡有數？

宇崎隆司和大和銀行串通策劃的瑟拉爾重建案，在我的苦肉計奏效下退回原點。上個月二十七號，公司的股東大會順利落幕，現在我仍穩坐在德本產業社長的位子上。

只是，花江說的也沒錯，我現在確實有種維繫自己與公司的最後一根繩索終於碎成萬段的心情。

和淳子見面這一點，或許是相當大的致命傷。

為了保住德本產業，淳子答應不讓宇崎擅自動用她的股票這點，我當然非常感謝。然而，和她睽違十年的長談也使我明白，現在的心境和當年突然聽到她提分手時幾乎沒有兩樣。

都已經帶著舜一飛奔到宇崎身邊了，卻得知宇崎根本沒和前妻分手，肯定讓她陷入激烈的失望之中。但也不能因為這樣，就說得好像責任都在我身上一樣。聽到她那麼說時，我不由得愕然失語。

她到現在都還不明白自己做出的是什麼樣的事嗎？

嘴上說「非常抱歉」，同時又在自己因希望落空想回東京卻不能如願時，歸咎於我不寬容的態度，到現在還對我心存怨恨。

說什麼「我已經原諒你了，為什麼你不能原諒我」。

假使她口中的原諒指的是我和美千代的關係，婚後仍與宇崎私通，甚至懷了宇崎孩子的她，到底「原諒」了我什麼？

至少，我在和淳子結婚的三年前就已結束與美千代的關係，可不像她是婚姻中明顯的背叛。

大和銀行的近藤常董之所以放棄德本產業和瑟拉爾的合併案，並不是因為得知宇崎無法自由運用淳子股票的關係。

那天，在新東京國際飯店確定淳子的想法後，等她一離開，我在那個總統套房內又見了另一位比淳子更重要的對象，那就是三輪春彥。

我仔細說明德本產業與瑟拉爾陷入的苦境，懇切表達想借三輪之力說服大和銀行撤回此次重建案的請求。

三輪幾乎沒有反問我什麼就說：

「站在我的立場，也絕對無法忍受重建瑟拉爾的事給德本產業造成負擔。包括純也在內，與貴公司的合併絕非世羅家族所願。我已經考慮這件事一陣子了，這次還是應該由大日本水泥出一份力才是。我和大日本水泥會負起責任接手瑟拉爾。不只近藤常董，我也會去見星野總裁，向他們說明這件事就循這個方向解決。讓高梨先生多擔了不必要的心，真的非常過意不去。」

說著，他還對我低下頭。

一星期後，接獲近藤常董的聯絡，我再次前往大和銀行。一走進董事會客室，近藤就笑容滿面地迎上前來，還殷勤地握住我的手：

「哎呀，果然和高梨先生商量是對的。有大日本水泥撐腰，瑟拉爾就不用擔心了。這次多虧高梨先生費心盡力，不只是我，星野總裁對您也是滿心感激。」

竟然這麼說。不過兩星期前自己是如何逼迫我讓出社長職位的，難道全忘光了嗎。

過去，我一直非常討厭高梨修一郎這個男人，認為他既脆弱又愚蠢，無法帶給任何人幸福。但是最近，我開始發現，或許錯的不是高梨修一郎本人，圍繞他的世界才是種種罪惡的根源。

說不定，高梨修一郎也只是這醜惡世界中的一個小小犧牲者罷了。

「噯，你怎麼了？幹嘛突然不說話？」

花江的聲音將我拉回現實。

「不好意思，我放空了。」

「看吧？」

她得意洋洋地笑起來，又「噯」了一聲，把肩膀靠過來。

「社長先生，你剛開始不是說過，總覺得和我很有緣？」

「是啊，現在也還這麼認為。」

「既然如此，我和社長先生一起生活也完全不會有問題吧？」

花江用不可思議的眼神窺看我的臉。

31

被客廳裡的電話聲吵醒。

手機放在寢室，家用電話則安裝在客廳。最近家用電話很少響起，一時之間還判斷不出那是什麼聲音。

跳下床，走向客廳。

頭隱隱作痛。接近天亮時忽然感覺一陣寒意，說不定是感冒了。也可能是昨晚和花江在神樂坂喝的日本酒殘留體內作祟。

大概是後者吧。

這幾年會打家用電話找我的，不是推銷東西，就是銀行或證券公司通知什麼事的電話。

「您早，我是滋賀的三枝幸一。」

耳邊傳來的是獨特而令人懷念的聲音。

「喔，好久不見。」

三枝幸一是公司過去的總務部長，也是推薦堀越先生來當員工宿舍管理員的人。退休後，回到故鄉滋賀過著悠哉的生活。

「社長，好久沒問候您了。」

還在公司任職時，他就是個禮數週到的男人。年紀雖還比我大一點，遣詞用字依然謹守分際，恭敬有禮。

「別這麼說，我也疏於問候。」

一邊答話一邊望向時鐘。上午九點，雖說是星期六，我也未免睡得太晚了。

話說回來，三枝怎麼突然來電？兩年前退休後，彼此就沒有聯絡了。

「其實，是剛才接到堀越先生大女兒的電話，說希望能儘快跟社長您取得聯繫，問我能不能告訴她您的電話號碼。」

果然不出所料，這通電話跟堀越夫妻有關。

「堀越先生的大女兒？」

包括失蹤的事在內，由於不知道三枝知悉到何種程度，我便先以反問的形式試探。

「是，堀越先生好像聯絡了她，關於這件事，她說有事想跟社長說。」

「三枝先生，你知道堀越夫妻失蹤的事嗎？」

「是的，堀越家的大女兒名叫真奈美，上星期真奈美聯絡了我這件事。問我是不是有聽她父母說過什麼，我也只能說什麼都不知道。」

「這樣啊……」

「聽說昨天真奈美收到一封信。也因為這樣，她說有無論如何都想跟社長您說的事，我可以把這個電話號碼告訴她嗎？」

還以為是堀越先生打電話給女兒了，沒想到只是寫信，倒令人有點意外。

「當然沒問題，麻煩你了。對了，知道信裡寫些什麼嗎？」

「詳細內容我也沒問，只知道堀越先生和咲子夫人目前都很好。」

「這樣啊，那太好了。」

聽到是信件時，腦中瞬間閃過遺書之類的懷疑，這下總算可以放心。

「那我就先把這個電話號碼告訴她了。」

「啊、請等一下。既然如此，請把我的手機號碼告訴她吧，我現在唸給你。有什麼事打手機也比較方便。」

我急忙這麼提議。

「說得是。手機可能比較好。」

三枝也表示同意。

告知手機號碼後，他一邊複誦一邊寫在便條紙上。

「我現在馬上打電話給真奈美，她應該很快就會聯絡社長您。星期六一大早就這樣打擾您，真是不好意思。」

三枝從頭到尾都不忘講究禮數。

「話說，三枝先生您最近好嗎？」

知道堀越夫妻平安無事後，心情上輕鬆許多。不知不覺之間，頭也不疼了。

「是，託您的福，生活過得很自在。」

「這樣啊……」

「社長如果有來關西這邊，請務必過來大津走走。話雖如此，您公務這麼繁忙，可能也很難勞煩您專程來滋賀一趟呢。」

「別這麼說，我一直很想去大津看看。到時候一定提早電話聯絡三枝先生，不會客氣的。」

「這樣啊，那我就恭候社長您的聯絡了。還在德本產業時，受到社長先生您那樣厚待，現在輪到我使出渾身解數好好招待您了。」

說完，三枝又重複了一次「打擾您真的不好意思」才掛上電話。

十分鐘後，堀越真奈美就打電話來了。

聽她說，昨天傍晚收到父親寄來的信，裡面有管理員室的鑰匙，還有一封註明要給我的信。給真奈美的信上只簡單寫著「我們很好，絕對不要找我們」。

「真奈美小姐對於令尊令堂突然失蹤的原因有任何頭緒嗎？」

我這麼問。

「其實我也想跟您談這件事，如果可以的話，明天能和您見個面嗎？」

她這麼回答。

目前她住在名古屋，明天可以到東京來。

「也得把鑰匙和信交給您才行……」

說話方式雖然委婉，仍強烈傳達出她對父母的掛念。

「那麼，請妳明天三點到堀越先生太太住的淺草橋員工宿舍。我明天也打算再進一次管理員室查看。如果真奈美小姐在場的話，或許能調查得更深入。」

「謝謝您，那我明天三點拜訪貴公司的員工宿舍。」

「真奈美小姐，妳來過淺草橋嗎？」

「沒有，不過我曉得地址。」

「這樣的話，抵達員工宿舍後，請打我手機，我到玄關接妳。」

「那就麻煩您了。」

「我才要麻煩妳了。」

我沒提花江的事，暫且先掛上電話。

明天只要按照預定安排，三個人一起進入管理員室就好。多一個女孩子在場，堀越真奈美也會比較安心吧。

從她對我提問的反應看來，對雙親的失蹤似乎知道些什麼。當然，就算不是這樣，身為女兒的人一定想在直接碰面，親手把信交給我後詢問信件的內容，這是人之常情。

32

遞過來的名片上寫著「堀越真奈美」。

頭銜是「糸田股份有限公司　總務部總務負責人」。之前聽說堀越先生的大女兒原本是幼稚園老師，二女兒是美髮師，那起事件過後，大概也無法繼續幼稚園老師的工作了吧。

細長的臉型配上細長的眼睛，挺直的鼻樑，單薄的嘴唇，氣質很好。找不到缺點的五官令我聯想起上個月在川崎巧遇的戸叶律子。

準時三點到員工宿舍玄關接她，先跳過管理員室，帶她到五樓花江的房間。

圍著四人小餐桌，我和花江坐一邊，堀越真奈美坐另外一邊。

堀越武史犯下那起事件是距今十三年前的事。當年武史二十一歲，真奈美比她大兩歲，所以今年是三十六歲。二女兒比武史小一歲，比花江大一歲，今年三十三歲。監獄裡的武史今年已是三十四歲。

眼前的真奈美外表比實際年齡年輕不少，看起來甚至比旁邊的花江還小，五官也比花江漂亮多了，但花江的光彩卻更吸引人。就這點來說，好像也很類似戶叶律子和篤子之間的關係。

「現在樓上住的是和堀越先生太太熟識的女性，查看管理員室時，我也請她一起去。先讓我為妳們介紹一下好嗎。」

上樓前，我先這麼問。

「當然好。」

真奈美二話不說地答應了。

面前放著花江泡的三人份綠茶，喝第一口的是真奈美。

「好好喝。」

她笑著望向花江。

「我很擅長泡茶喔。」

花江說。

「咲子太太泡的茶也非常好喝。」

又補上了這句話。

「這樣啊。我們太久沒生活在一起，母親泡的茶是什麼味道，我都記不得了。」

真奈美如此低喃後又說：

「抱歉，我沒有別的意思。只是父親與母親現在下落不明，滿腦子都只有這件事……」

雙手合掌放在胸前，一臉不知所措。

「妳一定很擔心吧。」

花江輕聲這麼說。

「雖然信裡寫了他們現在很好，可是……」

「沒有寫地址嗎？」

「對，只能從郵戳知道是大阪寄出的。」

「大阪。」

兩人繼續對話。

「關於工作或現在正在做什麼之類的事也都沒有寫嗎？」

聽了花江的話，真奈美從放在一旁椅子上的背包裡拿出一個資料夾，放在桌上，抽出裡面的東西。那是兩封信，以及一個厚厚的紙袋。

「這封是給高梨先生的信。這封是給我的。至於這個，我想應該是管理員室的鑰匙。這三樣東西一起裝在一個大信封袋裡寄來的。」

一封信已經拆開，沒拆開的那封上只寫著我的名字，沒有任何地址。

「不好意思。」

說著，我拿起給自己那封信。整體來說並不厚，我小心翼翼地拆封，抽出信紙。當著兩人的面讀起來，很快地看完之後，直接轉交給眼前的堀越真奈美。

「我可以看嗎？」

她先這麼問，然後才接過寫在兩張信紙上的那封信。

「我也可以看嗎？」

我指著寫給真奈美那封信。

「當然可以。」

她這麼回答。

花江默默看著我們。

寫給真奈美的信也用了兩張信紙，我一下就看完了。過了一會兒，真奈美讀完了寫給我那封信。她先看了我一眼，再把信紙遞給花江。我也把真奈美那封信疊好，放在花江手邊。

花江微微點頭致意，依序讀完兩封信。

真奈美和我都沒說話，讀完兩封信的花江也沉默了半晌。

「總之……」

我先開口。

「最令人在意的，是給我那封信最後寫到的『貴重物品』。不如我們先確認那個貴重物品到底是什麼吧？」

「我贊成。」

真奈美說。

「確實那樣比較好。」

花江也表示贊同。

三人的想法是一樣的。

給真奈美的信中，除了她說的內容外，也提到要她將管理員室鑰匙歸還給我，以及一定要再三向我道歉的事。另外，關於管理員室裡夫妻倆的東西，則要真奈美和我商量後再行處理。

給我的信中，先花了很長的篇幅表達至今的感謝與歉意，最後才提到管理員室的寢室壁櫥裡有個藍色的衣物收納箱，「貴重物品」就放在裡面，拜託我將那些東西交給兩個女兒真奈美及小百合。

搭電梯回到一樓，走向從正門進來直走到底的那扇門前。門後就是管理員室，一樓除了設有能容納兩輛汽車的停車場、腳踏車停車場、垃圾場和機械室外，能入住的房間只有這間管理員室。

我用事先準備好的主鑰將門打開。

剛踏入屋內一步，悶蒸的暑氣便撲面襲來。我、真奈美與花江依序走進屋內。

閒置了半個月的房間瀰漫混濁空氣。

拉開窗簾，打開所有窗戶，先讓屋內通風。換氣五分鐘後，感覺得出整個屋子像是復活了一樣。或許與大型颱風正接近沖繩也有關係，今天雖然沒有下雨，從一大早就颳著強風。

真奈美在雙親長年居住的兩房兩廳屋內走了幾圈，好奇地查看每個地方。

屋子整理得井然有序，乾淨得連一粒灰塵都沒有。

「冰箱是空的，也沒有待洗的髒衣物。正如所見，他們幾乎沒有帶走任何東西。」

聽我這麼說，真奈美點點頭。

五坪左右的客廳旁是一間和室，裡面放著佛龕。牌位還留在佛龕上。

「只是，因為看到牌位還在，也曾想過他們或許還會回來……」

一邊這麼說明時，我再次體認堀越夫妻的失蹤內情並不單純。

「去寢室看看吧。」

我對她們兩人這麼說。

寢室是設在玄關旁的獨立西式房間，空間狹窄，只有兩坪多一點。上次確認過，壁櫥和床都在這裡面。

我率先踏入寢室。

將白色的壁櫥門打開，右邊角落放著一個藍色的衣物收納箱。除此之外，沒有看到其他藍色箱子。蹲下來，回頭以眼神向兩人示意後，拉開衣物收納箱的抽屜。

折疊整齊的毛衣和針織外套上，放著一個大大的茶色信封。

所謂「貴重物品」，肯定就是這個茶色信封了。

我拿著信封站起來，遞給真奈美。她用雙手接過，小心翼翼地揣進懷中。

「是文件資料之類的東西吧。」

因為說是貴重物品，我想可能是存摺或證券類。把這些東西留著就走，堀越夫妻到底打算去哪裡。

「回樓上去好了。」

大概感覺空氣變得沉重，花江提議。

「就這樣吧。」

在我的敦促下，堀越真奈美輕輕點頭，應了一聲「好的」。

33

回到花江房間，各自坐回剛才的位置上。

手錶指著三點五十分。

和真奈美碰面到現在，還不到一小時。

即使如此，花江和真奈美看起來已相當熟稔。我心想，真是不可思議。

花江為我們沖咖啡。

這是我第一次喝到她沖的咖啡，味道頗有深度。

「好好喝。」

真奈美說。

「我很擅長沖咖啡呢。」

花江抬頭挺胸地說。

「這麼說起來，好像沒喝過咲子太太沖的咖啡。」

又補充了這一句。

「家母不敢喝咖啡。」

「這樣啊。」

「是啊，家父很愛喝就是了。」

「那，堀越先生都是自己沖咖啡的嗎？」

我在一旁插話。

「因為家母不喝，家父在家總是忍著，自己外出時才經常喝的樣子。」

「是喔，他們從以前感情就這麼好啊。」

花江發出讚嘆的聲音。

「應該說，家父家母好像是私奔之後才結婚的，兩人的故鄉都在岡山，家父和家母認識時，家母是有夫之婦。」

「所以是外遇嗎？」

「是的。家母娘家在岡山是有名的餐具批發商，因為家裡就只有兩姊妹，身為長女的家母年輕時就招贅了。」

「原來是這樣啊……」

我這麼說。

「那時，家父是個在國中教理科的新任教師，住在家母的娘家附近，忘了兩人因為什麼事認識，不到三個月就私奔了。後來，家父和家母一直都和自己原生家庭斷絕關係，所以我和妹妹從來沒看過祖父祖母與外公外婆。」

聽到真奈美這番話，我想起以前聊天時堀越先生說的話。當我表示羨慕他們夫妻感情好，他卻苦笑回答「倒也沒有感情和睦喔」，還說「只是彼此都沒有其他能替代的人，不得已才繼續在一起罷了」。

我原本以為這幾句話聽起來感觸這麼深，和兒子犯下那種案件有關，原來他們打從相識之初就是「其他人無可取代」的關係了。

「真是牽絆很深的夫妻呢。」

花江也以感觸良深的語氣這麼說。

「或許吧。」

真奈美把手放在桌上的信封上這麼說。

「那麼，差不多該來確認信封裡面的東西了。」

我提議。真奈美應該也做好一定程度心理準備了吧。

「好的。」

她拿起信封，打開沒有黏住的信封蓋，把手伸進去。

取出來放在桌上的有兩份壽險保單，一本存摺、一個印章和一張金融卡。

存摺的名義人是「堀越讓」，那是堀越先生的名字。金融卡的名義人也是以片假名寫成的「堀越讓」。

將存摺與印章、金融卡移到一邊，真奈美在桌上攤開那兩張保單。

我和花江一起探身湊上前看。

兩張保單的「被保人」都是「堀越咲子」。簽約的要保人也是咲子。

不同的是死亡保險金的「受益人」名，一份寫的是「堀越真奈美」，另一份寫的是「堀越小百合」。

死亡保險金額除了主要合約上的死亡保險金三百萬外，還要加上從平成十九年五月一日起，到平成二十九年四月三十日止的十年定期保險特約金額兩千七百萬日圓。

換句話說，除了「故意造成的事故及指定傳染病」之外，無論死亡原因為何，兩位受益人能領到的保險金各自都設定為三千萬日圓。

我拿起其中一份保單，詳細閱讀內容。

主要合約與定期特約的簽約日期都是平成十九年五月一日。平成十九年正是七年前，長子武史的無期徒刑確定成立，堀越夫妻前來應徵宿舍管理員那年。

保單簽約至今已過了七年，這表示，就算被保人的死亡原因是「自殺」，兩個女兒還是能領到保險金。

留下存摺和兩份保單後失蹤，事後再用寄信的方式讓兩個女兒拿到這份「貴重物品」……

這麼看來，堀越夫妻接下來要走的路或許只有一條？

我情不自禁深深嘆了一口氣。

眼前的真奈美，一臉走投無路的神情盯著桌面。

「社長先生……」

花江開了口。

真奈美朝她轉頭望去。

「總之，是不是該通知警方他們兩位留下這種東西的事？」

「我也這麼想。」

真奈美立刻表示同意。我們三人想的又是一樣的事。

「沒錯，明天一大早我就打電話給警方。真奈美小姐，請妳也和上次聯絡妳的警察聯繫，把壽險保單的事告訴他們。」

「我會的。」

「不過，他們兩位還沒決定執行那種事，對警方來說，或許很難光靠這些文件成立案件並展開追蹤調查……」

「的確，保單在誰手上都一樣，甚至可以說本來就該放在受益人真奈美小姐妳們手邊。要解釋成因為這樣所以留著沒帶走也可以。真奈美小姐，妳之前完全不知道有這兩份保單的事嗎？」

被花江這麼一問，真奈美用力點頭。

「存摺裡還有多少錢？」

我提出詢問。真奈美這才像想起還有存摺似的拿起來看。

「裡面有多達五百萬。」

打開存摺確認數字後，她驚訝地望向我們。

「我想，這大概是家父家母的所有財產了……」

接下來好一陣子，三人陷入一陣沉默。

「確實……」

過了一會兒，我才打破沉默。

「咲子太太確實投保了壽險。不過，也不能因為這樣，就說他們是為了留錢給真奈美小姐和令妹，選擇不惜了斷自己的生命。就算他們真的打算哪天這麼做，為什麼會在突然之間下定決心呢？我想不出原因會是什麼。從最近的他們兩人身上感覺不出這種跡象。更別說兩個多月前我和堀越先生喝酒時，他還說過『一想到女兒就死不了』的話。他說，若是自己背負兒子的罪過而死，被留下的女兒們將如何是好。他擔心萬一妳們也跟著尋死怎麼辦？這種想法或許是為人父母的自私，可是自己和太太無論如何都不能死。當時他確實這麼說了。」

我一邊說，一邊也察覺到，即使如此，會不會是因為堀越夫妻仍然下定決心尋死，所以才離開員工宿舍。

或許他們兩人之間，發生了什麼即使必須拋下女兒也非尋死不可的特殊事件？

比方說，其中一方罹患了某種不治絕症之類的……

原本半低著頭的真奈美抬起臉，凝視著我。

「有的。」

過了一會兒，她這麼說。

「有什麼？」

提問的人是花江。

「令家父和家母下定決心赴死的事。」

真奈美小聲地說。

「怎麼辦……」

雙手摀著臉，再也說不下去。

接下來，我和花江聽了真奈美長長的一番剖白。雖然眼中噙著眼淚，她依然堅強地把事情的始末告訴了我們。

事件的開端，是二女兒小百合的自殺未遂。

六月八日深夜，小百合在自己家中割腕，被正好來訪的男友發現送醫。傷口非常深，出血量也大，可能有生命危險。聽說過去她也割腕過好幾次，但這是第一次傷得這麼嚴重。

「醫生怕有萬一，所以要他聯絡小百合的家人。雖然猶豫了很久，他還是在十日上午打了電話給家父與家母。」

小百合的自殺傾向，始於武史那起事件之後，但真奈美完全沒有讓父母得知妹妹這樣的狀態。事件發生不久，兩姊妹就離開大津，搬到名古屋市內居住。一方面是因為小百合精神不穩定，剛開始兩人一直住在一起，直到最近幾個月才分開生活。

「和打工地方的上司江口先生交往後，小百合說想自己租房子住。我說只要和我住得近的話就沒關係，於是我們開始分開來生活。江口先生和她過去交的男朋友完全不同，是個很認真正派的人，我想如果是這個人的話，或許可以放心把小百合交給他。」

在毫無心理準備的狀況下得知二女兒自殺未遂的消息，堀越夫妻匆匆趕往名古屋市內的醫院。當時，小百合好不容易剛脫離危險期。

「我雖然也去醫院安頓了父母親，因為工作還沒做完，只好先將他們兩人留在病房，自己先回公司。就在我離開的期間，江口先生正好來探病。他們當然知道這位是小百合的男朋友，也知道他是第一個發現小百合自殺的人，不過，這還是三人初次見面。結果，江口先生就把真相告訴我父母了。」

「真相？」

聽到真奈美這句話，我和花江同時提出反問。

「是的。江口先生他、他把小百合為何會在我弟弟犯下那起事件後反覆自殺未遂的原因告訴了家父家母。我因為沒料到小百合已經對江口先生坦白了，所以完全沒想到要事先阻止他。」

從二女兒的男朋友口中，聽到對父母而言除了驚愕之外別無其他感想的事實，似乎令堀越夫妻陷入半瘋狂的狀態。

「等我稍晚再回病房時，只看到家父家母臉色蒼白，而當時江口先生又已經離開，不管我怎麼問，他們都不回應。家母只是不斷哭泣。」

在真奈美堅持追問下，才知道父母已從江口先生口中得知小百合從小到大的遭遇。

「小百合從小一直被大她一歲的武史性侵。在武史上高中，住進寄宿學校的宿舍前，他一直用各種方式凌虐小百合。我是在小百合國一時知道這件事的，在她告訴我之前，我一點都沒有察覺……問她要不要告訴爸媽，她說要是我說了，她就會去死，所以我什麼都不敢說。當時我已離開家裡，在大阪讀女校，沒辦法監視武史。兩年後他也離家上高中時，我還一心以為這樣就會沒事了，畢竟小百合也變得比以前有精神。來到東京讀大學的武史犯下那起事件後，我們姊妹倆無法繼續在大津住下去，從那時起，小百合開始出現異狀。剛開始我以為是因為被迫放棄最愛的美髮師工作，加上必須搬到沒有父母的環境導致，完全沒想到原因和武史過去對她做的事有關。她第一次割腕時，我才從她口中得知真正的原因。小百合說『說不定我也差點跟那個女生一樣被殺掉』，還說『可是，如果我真的被殺掉了，那個被害人說不定就不會死』……『如果我當時能把哥哥做的事告訴爸媽，或者至少不阻止姊姊去說的話，哥哥也不會做出那種事了吧』。武史性侵她的事，一直是我們兩姊妹之間的禁忌，直到那時候，她才第一次具體告訴我武史對她做了什麼。只能說，那不是人做得出來的事，聽完之後，我的心都快碎了。也終於明白妹妹為什麼始終想隱瞞。」

得知武史犯下那起事件後，復甦的恐懼與自責逐漸侵蝕小百合的心。同時，她也坦承，父母對她從小學起持續遭到性侵一事渾然未覺，令她對父母懷抱深深的絕望與憎恨。

「爸爸和媽媽被那像惡魔一樣的哥哥騙了，對我見死不救。」

小百合在我面前哭著這麼說——聽說江口這樣告訴堀越夫妻。

兩人下跪道歉，說自己「什麼都不知道，真的非常抱歉」。

「求求你們，什麼都不要跟小百合說。」

真奈美唯一能說出口的只有這句話。

堀越夫妻在醫院那段時間，小百合始終沒有恢復意識。

「像我們這樣的人，真應該早點去死才對。無論對被害人家屬或對小百合來說，我們還活著這件事本身或許就是罪惡。」

夫妻倆在真奈美家住了一晚，離去之際，堀越先生不經意低喃的這句話，直到現在仍在真奈美耳邊縈繞不去。

「從警方那裡接到父母失蹤的聯絡時，我立刻想起家父這句話。」

真奈美強忍著眼淚，這麼對我和花江說。

34

「已經二十二年了哪……」

島田富士子感慨萬千地說。

「不知道該說是已經二十二年了，還是該說才二十二年。前天，聽著巢鴨寺院裡的僧侶誦經，我一直在想，二十二年真是個不長不短的時間。」

我一口氣喝乾第一杯點的啤酒，再照慣例點了紅酒後這麼說。

今天也非常炎熱。傍晚的電視新聞說，市中心白天的體感溫度高達將近四十度。

「對家人來說或許是這樣吧。不過，二十二年還是很長的。當年我那個還在讀幼稚園的大兒子，現在都已經二十六歲，今年秋天就要結婚了呢，更別說他明年還要當爸……」

今天是八月五日，也是篤子的第二十二個忌日。前天在巢鴨的菩提寺舉行了第二十三回忌的法事，說是法事，其實只是拜託寺裡的僧侶誦經，出席者除了我之外沒有別人。

儘管今天不是假日，「帕尼尼」還是一如往常客滿。

前陣子為了處理瑟拉爾引發的種種問題，差不多半年沒像這樣邀島田富士子一起吃飯了。以往我一直保持三個月和她聚餐一次的習慣。

並非把這當作工作的一部分，只是因為自己年紀輕輕就當上社長，我幾乎沒有和同時期進公司的平輩或後輩放下頭銜把酒言歡的經驗。能默默聽我抒發工作上煩惱或抱怨的人，除了美千代之外，大概就只有島田富士子了。

不能告訴部下的公事或自己的煩惱，我都會找富士子商量。這是從升任董事時開始的習慣，至今也維持十幾年了。

到現在，能讓我敞開心胸暢談的對象，或許只有眼前的富士子和坂崎悅子兩人了吧。

從年輕時，我就和年紀只相差一歲的她莫名投緣。

她因為早婚，孩子們早已成年。大女兒二十八歲，預定今年秋天結婚的大兒子二十六歲，還有一個二女兒正在讀大學。大女兒好幾年前就出嫁了，生了兩個孩子，所以今年五十一歲的富士子，已經是個不折不扣的阿嬤。聽說富士子的丈夫是她高中學弟，三十五歲左右時辭去上班族的工作，成為日本傳統玻璃工藝「江戶切子」的師傅。

我家也有幾個她先生做的切子杯，看來應該是位頗有實力的切子師傅。只不過，要養家和帶大三個孩子，還是得靠這位「某大姊」的經濟能力吧。

我經常和她來吃貝尼尼，富士子對這裡也很熟了。

今天的前菜是鱸魚薄片和啤酒炸花枝，我還另外點了火腿及義式臘腸拼盤。富士子和平常一樣用筷子吃得津津有味。她對酒的種類沒什麼興趣，總是點和我一樣的酒。話雖如此，不管喝幾杯都面不改色的她，酒量應該在我之上。

一邊享用餐點，一邊將最近思考的事告訴她。

由於自己一直無法下定決心，與其說是為了堅定心意，不如說真的很想聽聽她率直敢言的意見。

「我覺得很好啊。」

一聽我說完，富士子就這麼說。

「高梨先生雖然已經當到社長了，實際上還很年輕嘛，從現在展開另一個全新的人生也不是不可能的事。」

接著這麼附加說明。

「其實我也這麼想。」

我也老實說出心中的想法。

「只是，一考慮到公司的將來，總覺得不能那麼輕易辭掉。」

「可是，你已經當了十年社長了吧？把這份重責大任交給後進也不會遭天譴的啦。」

「這樣說也是沒錯，合適的繼任者卻不是那麼好找的啊。」

「何不交給大庭先生？」

富士子說得很乾脆。大庭前年升任總經理後，一直是社長繼任者的第一人選。

「他會不會太老好人了？」

關於大庭，最令我不安的就是這一點。

「可是，那個人的笑容很棒，笑的方式很好看。」

「笑的方式？」

「對，既不會太豪邁，也不會太優雅。大庭總經理是個能笑得暢快又爽朗的人喔。高梨先生是個不太笑的社長，繼任的社長如果是那樣的人一定很棒。」

「我真的那麼不常笑啊？」

「對啊，之前不是也說過嗎，高梨先生太節省你的臉部肌肉啦。不只是笑容，你根本吝於展現各種表情。」

「沒有這回事吧。」

每次在公司櫃台遇到富士子，她都會說「社長，笑容！多笑一點！」所以對她這樣的批評，我已經不會放在心上。

「總覺得如果是大庭先生，在這嚴苛的時代也能用那天賦的笑容克服。你要信任對方，否則什麼也無法放心交出去。美千代董事長決定把公司交給才四十出頭的高梨先生時，內心一定也有許多不安。」

「那時，她還特地退居董事長職位呢，原本以為她會直接退休的。」

「不過，在經營上，美千代董事長都放手讓高梨先生去做了對吧？」

「這倒是。」

「那就表示包袱沒有你想的那麼重不是嗎？這次不也一樣？」

「嗯，妳這樣說也有道理。」

「高梨先生離開公司確實令人寂寞，不過，我很贊成像高梨先生你這樣的人下定決心辭去職務喔。正因為過去太辛苦了，差不多也該經營自己的人生才對。現在開始結婚生小孩也一點都不遲啊。」

「那種事我完全沒想過。」

「可是，像是身體狀況的問題，說不定只要一辭掉工作就會改善了喔。」

淳子的事和我身體的狀況，對富士子都毫無保留地提過。

「高梨先生，你有什麼想做的事嗎？」

正因富士子深知我除了工作之外毫無長處可言，才會提出這個問題吧。

「我知道得做點什麼才行，就是想不到該做什麼。也不想繼續現在的工作，再也不想跟許多人一起工作了。」

「不然開間店？」

「好像也可以喔。」

「高梨先生沖的咖啡真的很好喝，不如開間咖啡店好了。你喜歡喝燒酌，晚上就經營燒酌酒吧。」

不愧是富士子，觀察敏銳，真令人佩服。我明明沒對她說過父親修治的事，她卻總能切入重點。

「我也這麼想過或許可以這麼做。」

「不過啊……當了德本產業十年社長，現在才要開店做生意的話，一開始或許不會很順利喔。」

「不會吧。」

「長年下來身上散發的氛圍不是那麼容易消失的。」

她用饒富興味的表情看我。

「所以說，我看你還是需要一個伴啦。」

富士子咧嘴一笑，舉起紅酒杯。

在神保町車站入口和她分開後，一方面也為了醒醒酒，我決定沿著靖國通走一會兒。

富士子贊成我辭去職位，令我有些意外。在我的想像中，還以為她會說些「在多年不景氣的狀況下拋下公司，不像高梨先生會做的事」之類的話。她對大庭總經理的評語也讓我有種開竅的感覺。

原來如此，大庭確實無論對誰都能展現笑容。

那堪稱天賦的笑容，一定能帶領公司跨越時代的考驗——富士子的這番看法雖出乎意料，但也意外正確。

我這十年來似乎蒼老許多。或許因此失去了原本敏銳的直覺和敦厚的同理心。

年齡固然只有將近五十歲，以實際感受來說，每當一年社長，感覺就像老了三歲。這麼說來，精神年齡已經七十歲了。果然沒錯，這樣算下來更符合自己現在的心境。

無論是否可能，真的差不多該努力挽回徒然失去的青春了。這麼一想，總覺得這是最後的機會。

大概因為起風的關係，體感溫度一口氣下降不少。

乾脆直接走回兩國好了。

這麼想時，正好走到駿河台下的十字路口。

從這裡走回住的公寓大約四十分鐘，中間會經過花江住的神田和泉町和員工宿舍所在的淺草橋一帶，再橫渡隅田川上的兩國橋就到了。一路直通到底，不用轉彎。

從這個月一號開始，員工宿舍僱用了新的管理員。

堀越夫妻的東西暫時搬到宿舍裡的空房間。真奈美和妹妹小百合趁暑休時來整理了。小百合已經出院，現在身體一切正常。

堀越夫妻失蹤超過五十天了，在花江房裡和真奈美見面，也已經是一個多月前的事。直到現在，他們夫妻倆還是下落不明。

如果目的是為了給兩個女兒留下保險金而選擇死亡，他們一定會找一個死後不出幾天就被人發現的地方。這麼說來，至少現在堀越夫妻還好好地活在什麼地方吧？我、花江和真奈美都這麼認為。

存有高額存款的存摺也沒帶走，堀越夫妻到底流浪到哪裡去了呢？

下定尋死的決心後，為了看世界最後一眼，正在日本各地旅行嗎？

或者，夫妻倆已經在遠離人煙的地方了結生命，只等著被人發現？

姑且不論保險金的事，我無論如何都不認為等著我們的會是悲劇。

總覺得他們兩位還活著。

過去，我曾前往峇里島海邊尋找失蹤的篤子，儘管最後是在毫無線索的狀態下回到日本，踏上峇里島土地的那一刻，第一眼看到篤子失蹤的大海景色時，我就知道她已不在這個世界上了。

夜風吹在發燙的臉上，感覺很舒服。時間剛過晚上九點，靖國通上還車水馬龍。

想退休的模糊想法，從兩年前送走美千代後就一直縈繞腦中。不過，明確開始思考這件事則還不到一個月。當然，順利擺脫瑟拉爾帶來的種種麻煩也是原因之一。

不過，最重要的是另一個原因。

最近，這件事幾乎佔據了我所有心思。回過神來總是在思考這個，同時，最後一定會做出「差不多是時候了」的結論。

終於可以捨棄美千代交付到我手中的德本產業了——這個念頭，強烈得近乎可說是確信。

見到戶叶律子那個星期六，我從櫥櫃裡搬出篤子的遺物。我將她所有的遺物打包在五個紙箱裡，不過，自從打包之後就再也沒有開封過。睽違二十二年之久，我打開那五個箱子，一樣一樣重新檢視裡面的東西。尤其是篤子短大時代的日記和進公司後的行事曆手冊，更是一頁一頁仔細翻看。

根據律子的說法，當年父親修治是突然跑到篤子獨居的三鷹公寓找她。然而，讀遍篤子住在三鷹時的日記，卻連一行都沒找到修治曾經和她接觸的蛛絲馬跡。

「妳爸爸的事我會想辦法解決，相對的，這件事絕對不能告訴妳哥，要是讓妳哥知道了，他們父子倆肯定會大吵一架。」

篤子找美千代商量時，她大概這麼叮嚀了吧。

因此，連在有可能被我翻到的日記本裡，篤子都避免寫上與父親有關的事。絕對是這樣沒錯。

最後，我只在篤子上班時使用的行事曆手冊中，找到可能是父親聯絡方式的訊息。

大約是篤子過世半年前的行事曆格子上，寫著一行「S氏聯絡方式」，後面是位於板橋區的地址和一個電話號碼。

「那時宇津井先生已經開始跟妻子談判，小篤就像找我傾訴時那樣，把宇津井先生的事告訴了令尊。結果事情就鬧大了……」

律子是這麼說的。這是發生在篤子去峇里島之前不久的事，這裡的「S氏」八九不離十，指的應該是修治。

相隔二十二年，我再次聯絡了過去委託搜尋修治下落的徵信社。當時負責搜尋的長瀨偵探還在，我立刻請他到公司來，請他依據「S氏聯絡方式」再度展開調查。

「假設手冊上的地址和電話真的屬於令尊，應該能根據這個查出他後來去了哪裡及做了什麼。」

和過去的毫無線索不同，儘管已是二十多年前的資訊，光是得知失蹤者某一時期使用過的地址和電話，搜查結果將會截然不同。

「人這種動物啊，比想像中更安土重遷。甚至很有可能二十幾年都待在同一個地方呢。」

長瀨這麼說。

上次的搜尋結果，只掌握到父親離家之後不久的行蹤。離開東京之後，父親似乎到大阪住了一陣子，之後就下落不明了。

委託調查的大約一個月後，七月九日，長瀨再度來到公司向我報告詳細的調查結果。

就在那三天前，我才剛和堀越真奈美見了面，當天花江也在場，三人一起討論了失蹤的堀越夫妻的事。我從最早得知堀越夫妻失蹤時，就直覺感到或許能在這次調查中發現修治的蹤跡。另外，在得知絹江過世時，腦中忽然浮現的也是修治的事。

調查結果，修治死於一九九四年八月五日。

我將發現篤子遺體那天定為篤子的忌日。修治正巧死於同一個日期。換句話說，那是篤子消失在del里島海中下落不明的三年後，也就是發現遺體並定為忌日的整整兩年後。

享年六十歲。

不知為何在絹江的葬禮進行中想起修治，當時已有他不在人世的預感。也因為這樣，聽聞父親的死，我並不怎麼意外。不過，怎麼也沒想到篤子死後才短短兩年他就跟著離世，而且還死於篤子的忌日，簡直就像追隨女兒腳步而去似的。想到這樣的父親，不由得一陣心痛。

母親和篤子都過世了，連剩下的父親也早就死了。

我清楚的感覺到，得知絹江死去時內心那個被掏空的大洞，現在一口氣變成了兩倍、三倍之大。

長瀨的報告書中最讓我意外的一點，其實是父親過世的場所。

沒想到，他竟然死在我們過去生活過的川崎。

修治在篤子葬禮的三個月後，將位於板橋的租屋解約，搬到川崎居住。就在我們曾經住過的地區對面，中間隔著一條東海道本線的鐵軌，從JR川崎車站西口走路大約十五分鐘的地方租了個房子。更出乎我意料的是，他在那棟公寓一樓也租了店舖，搬到川崎不久後，開始經營起咖啡廳。

那家咖啡廳的名字叫做「樂園之樹」。

過去我們家在川崎市公所旁經營的咖啡廳名叫「樹」。店名「樹」，讀音是「ITSUKI」。他在這個「樹」的上面加上「樂園」兩字，做為自己新開的咖啡店名字。

開了「樂園之樹」的第二個夏天，父親死於腦溢血。

聽說守靈、葬儀和那間店的後續處理，全部由當時和他住在一起的女人一肩扛起。

女人名叫香田美智子。是小父親十五歲的女朋友。

長瀨找到這位香田美智子，從她口中打聽到父親過世前最後的狀況。

「她也知道高梨先生的事，聽說令尊生前經常提起你。我問她如果委託人也就是高梨先生您提出希望的話，她會願意和您見面嗎，她也表示很樂意。」

當年四十五歲的美智子，現在已經六十五歲了。隨著父親的死，「樂園之樹」也收掉了，不過她到現在還住在川崎。

「令尊過世後，她另外有了新的交往對象，不過對方也在幾年前過世了。香田女士現在一個人和兩隻貓一起住在車站前新蓋的高層公寓裡。」

長瀨這麼說。

從他那裡得到美智子家的電話號碼，我立刻聯絡了她。

那個星期六，我為了和她見面，再次來到川崎。

35

靖國通正好與神田川平行。

過了淺草橋之後，漸漸開始接近靖國通與神田川，在隅田川上的兩國橋附近交會。換句話說，神田川在此兩國橋下與隅田川匯流。兩國橋旁正好是台東區、中央區和墨田區三個行政區的交界處。

橫越通往淺草的江戶通時，我瞄了一眼手錶。

已經看得到「兩國橋西」十字路口和前方的橋口了。

差不多快十點。

從出發到現在走了五十分鐘，在夜風吹拂下，我一邊環顧四周景色，一邊慢慢散步。

今晚我和島田富士子在貝尼尼一共喝掉兩瓶葡萄酒。

葡萄酒隨著血液流遍全身，腳下彷彿自地面騰空了幾公釐，身體輕飄飄的。視野雖然清晰，意識卻像籠罩在霧中一般，有些模糊。不覺得不舒服，心情反而可說有點雀躍。

富士子說我是個不常笑的人。還說不只笑容，我缺乏各種表情……

自己其實沒有察覺，但或許她說的沒錯。

偶爾也會思考，我是從什麼時候開始失去笑容的呢。

是父親離家出走之後，母親過世之後，還是失去篤子之後呢，或者，是在得知淳子的背叛之後。每一個都有可能，但也覺得每一個都不是正確答案。

最有可能的答案，應該是從美千代忽然將社長職位讓給我之後。

當上社長，必須守護超過五百個員工和他們的家庭。

——只能抱定必死的決心。

我當時這麼想，腦中自然浮現「常在戰場」四個字。在那之前，我甚至從來沒想過這個詞彙。

姑且不論我是否從此就不笑了，或許可以肯定的是，從那時起，我就笑不出來了。

兩國橋是一座太鼓橋，中央高起，左右兩端則位於低處。

過橋時得先往上爬再往下走的拱橋形式。

以平假名寫著「兩國橋」的主橋墩上有個大大的球體，我曾聽說那是模仿兩國國技館屋頂設計的造型，乍看之下就像一個地球儀。

走到橋端，我先做一個深呼吸，讓夜風滲入體內，等待腳下輕飄飄的感覺變得踏實。

若是辭去社長職務，是否就能重拾笑容？

島田富士子說「差不多該展開自己的人生了」。可是，她同時也反手捅了一刀說「長年下來身上散發的氛圍不是那麼容易消失」，還說「我看你還是需要一個伴」。假若無法找到長伴一生的伴侶，我是否將無法展開屬於自己的人生。

這麼一想，曾幾何時堀越先生說的那句「性命的支柱」，自然而然浮現腦海。

難道沒有相互扶持的伴侶，人生就無法重新開始，也沒辦法走自己的路了嗎？

上個月和香田美智子見面，從她口中聽到與父親有關的事，似乎也證實了這個論點。

美智子說，通知父親篤子過世的是美千代，無論是在峇里島失蹤的事，還是一年後找到腐壞遺體的事，也都是美千代通知他的。守靈時，他還小心翼翼喬裝出席了。

「他說是那位社長帶他進去的。在答應她從此絕對不會出現在修一郎先生面前後，他還收了人家一筆錢。你父親就是用那筆錢在川崎開店的。」

美智子這麼說。兩人是在父親開了「樂園之樹」後開始交往。美智子經營的花店父親開的店對面，從偶爾聊天的交情，慢慢和父親變得親密起來。

「對女兒過世的事，他一直很懊悔。總是把『自己應該代替她死』掛在嘴上。聽說從前他在市公所附近開了一間叫『樹』的咖啡廳，為了不忘記篤子小姐在峇里島過世的事，所以多加了『樂園』兩個字，取名為『樂園之樹』。他真的很會沖咖啡，很多客人都是衝著你父親沖的咖啡來的喔。我最早也是為了想喝他沖的咖啡，才會經常跑去那間店。」

美智子露出懷念的表情，說起與父親之間的回憶。

父親為什麼回到曾和妻兒一起生活的川崎呢。明知妻子、女兒和兒子都已不住在那裡……

逃回喪失的故鄉，是想挽回失去的光陰嗎？

和家人一起經營「樹」的光陰，對父親而言是人生中最幸福的時代嗎？

——樂園之樹啊……

一腳踏上兩國橋時，我在心中喃喃低語。沿著緩緩隆起的拱橋，一步一步向前走。

用「樂園」來形容女兒喪生的峇里島，或許父親希望說服自己，篤子不是死了，而是回歸樂園。

想到這裡，忽然察覺一件事。

總覺得最近好像在哪裡聽過「樂園之樹」這個詞彙。

到底是哪裡呢。是路上看到的招牌，還是在書籍或雜誌裡讀到的嗎？

樂園之樹、樂園之樹、樂園之樹……

我一邊喃喃複誦，一邊往前走。

踏上橋後還走不到十公尺，我就停下腳步。

「對了，是天堂樹蛇。」
忍不住輕聲這麼說。
天堂樹蛇「The paradise tree snake」的「paradise tree」，不正是「樂園之樹」嗎！
為什麼我到現在都沒有想到？
明明長瀨提出調查報告，以及三天後拜訪美智子時，兩人都曾提到「樂園之樹」好多次。
睽違二十八年再訪川崎，得知原本名為「Double Angel」的愛情賓館改名為「海蛇」。看到寫著「海蛇」兩字的招牌時，我不是還想過乾脆改成「天堂樹蛇」更好。當下內心還想著「天使」變成了「蛇」，其中好像有什麼含意，就在那之後不久，與戶叶律子巧遇。
接著，這次又得知父親最後經營的咖啡廳叫做「paradise tree（樂園之樹）」。這些令人驚訝的巧合，究竟代表了什麼？
我蹲下來，腦中依然有如籠罩一層薄霧般朦朧，醉意大概還很深。
熱帶雨林裡，靠著大幅改變體型，從一棵樹滑翔到另一棵樹上的天堂樹蛇。人生中一定也有某個瞬間，能像那樣一口氣轉變一切——曾幾何時，我好像這麼想過……
站在兩國橋的欄杆旁，盯著腳下沉思。
一陣強風吹來，我抬起頭，想讓風吹去臉上殘留的酒氣。
昏暗的河面被風吹得波濤洶湧，抬起視線，看得見遠方幾艘屋形船的燈光。這一帶過去曾是熱鬧的花街，有好幾個船屋和屋形船碼頭。

對岸是沿河川延伸的首都六號高速公路，高架橋的另一端可見到背後襯著無雲夜空的巨大東京晴空塔，發出白色的光芒。

搭計程車或電車時也常隔著窗戶看到它，不過，已經很久不曾像這樣直接站在夜晚的兩國橋上眺望晴空塔了。

今夜的晴空塔看起來比平常更大更美。「天望甲板」上方與下方分別發出閃爍的燈光，閃耀青白色的光輝。

我靠在橋欄上，情不自禁看得入迷。

眼前這座晴空塔，豈不正是樂園之樹[7]。

就在這時。

我忽然發現，晴空塔的天望迴廊與頂端細長天線之間，似乎掛著某種長如繩索的東西。那東西隨風搖擺，發出金色的光。因為距離太遠，從這邊望過去就像是條繩子或緞帶。不過，考慮到晴空塔的大小，那實際上應該是一條粗大的工業電纜或電線之類的東西吧。或許是天線內部出現破損，導致原本該收納在裡面的電線外露了。

這麼說來，說不定會釀成什麼重大事故。

周圍的居民或塔內員工及維修人員不知道是否已經發現了呢？

話說回來，這真是匪夷所思的光景。

我眨了好幾次眼，想確定不是眼睛的錯覺。

再說，晴空塔頂端垂著一條繩狀發光體，這件事本身就很奇妙。就算是纜線，也無法解釋它為什麼會發光。問題是，它怎麼看也不像新型態的發光燈飾。

——那是幻覺嗎？

拜從河面上吹來的風所賜，腦中的薄霧逐漸散去。

絕對沒錯，那條發光的繩狀物連著晴空塔頂端的天線，掛在那裡緩緩搖擺。

我轉移視線，朝橋上其他人望去。前後各有兩三個行人，其中也有人不時轉頭眺望晴空塔。

然而，似乎沒有其他人像我一樣察覺異狀。

為什麼？

再度望向晴空塔，繩狀物搖擺的幅度更大了。與其說是風吹，不如說是那東西本身做出的動作。

不過，我好像在哪看過類似的影像。

這次立刻就想出來了。

是YouTube上看到的天堂樹蛇飛行畫面。

那隻會飛天的蛇，一遇到天敵蜥蜴，立刻從停駐的枝頭上舉高頭部，瞬間毫不遲疑地朝半空躍去。

我一想起這一幕，眼前的繩狀物竟然就像天堂樹蛇一樣，奮不顧身地朝夜空中躍去。

7. 樂園之樹：晴空塔的日文原名直譯應為「天空樹」。

我驚愕地望著眼前的景象。

脫離天線的發光體，身體像鞭子一樣柔韌擺動，在晴空塔周遭滑翔了一會兒之後，以驚人的速度往東方天際飛去。

36

四月十九日晚上接到聯絡，說是找到堀越夫妻了。

聯絡我的人不是警察，而是住在大津的三枝幸一。

三枝這人很注重禮數，每次聯絡我時打的都是家用電話。堀越夫妻失蹤後，我們也講過幾次電話，但他從來沒有直接打到我的手機過，這天響起的卻是我的手機。一看到螢幕上顯示「三枝幸一」的名字時，我不由得全身緊繃。

這天是星期天，我正一個人在繪島悠哉地享受獨酌。

「社長，找到堀越先生他們了。兩位都還活著，平安無事。」

輕觸螢幕，把手機拿到耳邊，立刻傳來三枝略顯激動的聲音。

一聽到這句話，緊繃的身體一口氣放鬆。

發現兩人失蹤，是去年的六月十五日星期天，過了將近十個月，總算確認他們平安無事。消失於星期天，又在星期天出現……

不知為何，腦中忽然浮現這念頭。

隨著時間的經過，對夫妻兩人安危與否的意見也開始出現分歧。一方認為既然沒有馬上找到遺體，表示他們一定還活在某處，另一方則認為都過了那麼久還沒找到人，肯定已經不在人世。

我一直堅持前者，堀越姊妹和花江則完全已傾向後者的意見。

雖然因為星期天也要工作，現在人不知道在哪，我還是立刻打了花江的手機，心想至少可以留言告訴她這個消息。不過，她親自接了電話。

「剛才三枝先生找到堀越夫妻了，他們目前在大津的三枝家，真奈美和小百合好像已經從名古屋趕過去了。總之，堀越先生和咲子夫人都很好。」

聽我這麼一說，花江默默楞了好半晌。

「那真的是太好了。」

過了一會兒才用鼻音這麼說。

「我們今天也快來喝兩杯慶祝這件事吧。」

「說的對耶，我還在新宿，馬上過去。」

告訴她我在老地方繪島喝酒後，暫且掛上電話。花江依然住在淺草橋的員工宿舍，只是最近不只神樂坂，我們也會在淺草橋或兩國附近一起吃飯喝酒。

展售中心的工作已完全上手，感覺得出她正逐漸從失去絹江的痛苦中站起來。

至於我，一過完年就正式對公司內外宣佈辭去社長工作，把職位交給大庭大作總經理。董事長席雖然空著，但我並不打算坐上去，等主持完六月的定期股東大會就功成身退。在年初的臨時董事會上，也已經將社長職務交給大庭，現在我的立場只是一介董事。話雖如此，眼前仍忙於交接複雜繁瑣的社長業務，並陪同新社長向各往來客戶、金融機構、政府機關和其他同業公司打招呼。不過，這些交接工作在三月中大致底定，進入四月之後，我已呈輕鬆的半退休狀態。

社長室也交接了，現在我暫時使用先前一直空著的董事長室。董事長室同樣在七樓，寬敞程度只有社長室的一半，也沒有小廚房等設備。我每天都將當天要喝的咖啡裝在保溫瓶裡帶來公司，反正也不需接待客人，不開董事會的日子，有時只要半天就能回家了，倒也不覺得有什麼不方便。

下定這是最後一年的決心後，本年度公司業績明顯上升。

確定可達成睽違數年之久的大幅盈餘，過去逐年縮減的股利也重回百分之百，連公司股價都急速回升。

尤其是對外宣佈將由大庭繼任社長的去年十一月，大量訂單湧入公司，一口氣提昇了盈餘預算。或許也因為如此，最近的大庭愈來愈有自信。

原來如此，島田富士子說得沒錯。我真心感謝她的建言。

我決定將自己手頭所有股份讓給公司。有了瑟拉爾那件事的前車之鑑，我改變了過去的想法。要是將股份讓給舜一，可想而知一定又會刺激宇崎的野心。只要把妻子和兒子的持股加起來，就不用像上次那樣借用大和銀行等第三者的力量，靠自己便足以搶奪德本產業。即使淳子阻止過他一次，考慮到兒子的將來，不排除她改變主意與丈夫聯手的可能。去年和她談過之後，我就有這種感覺。

淳子和宇崎一樣，打從心底強烈敵視我和美千代。

就繼承德本京介與美千代的遺志這點來說，維持德本產業的興盛是絕對最優先事項。一旦德本落入宇崎手中，想必連公司名稱都會改變。只要看他把兒子從出生用到三歲的名字「舜一」改掉，就能理解宇崎隆司這個男人心眼有多小。

我將自己的持股用券面價格賣給公司，取而代之的是依規定領取退職慰勞金。大庭歉疚地說「這樣太過意不去了」，我卻不肯讓步。話雖如此，擔任十年社長下來，領到的退職慰勞金也不是一筆小錢。

考慮到將來的生活，有這些錢我就能過得心滿意足了。

我和花江在四月二十二日星期三出發前往大津。原本想儘早去見堀越夫妻，為了配合花江的休假日，不得已只好延到這天。

我們直接約在九點四十分發車的新幹線希望號２１９次車上碰面，花江一臉緊張的樣子搭上車。

「我長這麼大，還是第一次搭幹線的綠色車廂呢。」

在窗邊的位置坐下，一開口說的竟是這句話。事前我已告訴過她，這次交通費由我支付。

「再過兩個月我也是無業遊民了，說不定是最後一次搭綠色車廂了吧。」

「社長先生果然是社長先生。」
花江莫名佩服地望向鄰座的我。
櫻花已散落，春寒料峭的時節結束，東京即將迎向盛春。我雖然穿了薄外套，溫暖的天氣還是讓身體出了一點汗。天氣預報東京都內傍晚將下雨，接下來要去的關西地方則是昨夜就雨過天青，今明兩天都是大晴天。
花江穿米色的春季大衣和一件常穿的棉質上衣，下半身則一如往常穿牛仔褲。因為預定在那邊停留一個晚上，我和花江都帶著小型行李袋。今晚住的是琵琶湖邊的「琵琶湖飯店」，我已經預約好了。原本說住宿費也由我支付，花江怎麼也不肯。訂的是隔鄰的兩間雙人房。
不知道是否為了答謝我出車錢，花江說她要準備便當。原以為她會買車站賣的鐵路便當，沒想到她從另一個手提紙袋裡拿出來的，是親手做的便當。
山藥蝦球、雞肉丸子、土當歸和四季豆的芝麻涼拌、高湯蛋捲配上竹筍飯。口味清淡但紮實，幾乎可說是專業廚師級的美味。我只吃過一次花江做的菜，就是在我家用海膽全席配燒酌下酒那次。當時就留下她擅長做菜的印象，看來果然沒錯。
「花江小姐，妳做的菜真好吃。」
我這麼說。
「因為一直都沒錢只好自己煮啊。奇妙的是，就算遇到再不開心的事，只要拿起鍋子或平底鍋就忘記了。不過，我煮的都是省錢料理所以完全不行，真正厲害的都是會煮豪華料理的人。」

「可是，這已經非常好吃了啊。」

「也是啦，今天這對我來說就是豪華料理了。」

說著，花江露出羞赧的笑容。

望著車窗外流動的景色，我慢慢品嚐花江做的便當。

「果然搭綠色車廂，連便當的味道吃起來都不一樣了。」

花江一邊動著筷子，一邊不時望向窗外。

「不是要去參加葬禮，真是太好了呢。」

停下筷子，她輕聲這麼嘟噥。

我也無言地用力點頭。

正午前抵達京都，從京都車站轉乘琵琶湖線。京都到大津只有兩站，不到十分鐘的距離。搭停在車站前的接駁車前往飯店，先把入住手續辦好。預約的入住時間是兩點，不過房間已經空出來了。

踏進十一樓那間寬敞的雙人房，正面有個大窗戶，窗外就可看到鏡子般閃閃發光的廣大琵琶湖。湖面的另一端本該看得見琵琶湖大橋，現在因為強烈日光照耀，大橋變得若隱若現。從靠近飯店這端開始，湖面呈現藍色、金色、銀色、白色的漸層。

在面對窗戶的沙發上坐下，立刻掏出手機聯絡三枝幸一。此時手錶顯示時間為十二點四十五分。只響了一聲，三枝就接了。

「您抵達了嗎？」
「對。剛到飯店房間。」
「我隨時都可以過去接您。」
「感謝，十五分鐘後好嗎？」
「一點對嗎？」
「不好意思，麻煩你了。」
「對了，社長您吃中飯了嗎？如果還沒的話，由我這邊來準備。」
「三枝先生你們吃了嗎？」
「我們也還沒吃。如果社長要吃的話，請務必和我們一起。」
「那我就不客氣了。」
「沒問題，太感謝了，堀越先生一定也很開心。」
「我才該好好謝謝你。」
「那麼，我會在一點時把車開到飯店玄關外。待會見。」
說著，三枝先掛上電話。

37

從滋賀銀行總行前的巷子往大津車站方向走兩百公尺左右，就能看到三枝幸一家。地址是中央二丁目。這一帶本是舊街區，房子多半散發歷史悠久的氛圍，不乏木板牆建築的日式家屋，其中唯有三枝家的寬敞豪宅與周遭格格不入，是一棟全新現代化建築。隔著中間的道路，對側是掛著「液晶背光燈的專家三枝電子工業株式會社」招牌的五層樓大樓，這就是三枝父親創辦的公司了。三枝在車上這麼說明：

「我是長子，原本該繼承公司，只是年輕時和父親因為各種事鬧得不愉快，後來選擇去東京上大學就一直沒回來。現在公司由父親過去的得力部下擔任社長，我和妹妹們只單純持股。」

雖然他特地開車來接，不到五分鐘就抵達三枝家寬敞的停車場了。

下車後，在三枝帶領下穿過大門，玄關門從內側打開，穿著拖鞋的堀越先生從裡面走出來。看到那張懷念的臉從玄關口的階梯走下來迎接我們時，我和花江忍不住停下腳步。

身穿白色馬球衫和灰色長褲的堀越先生瘦了一點，不過氣色還不錯，人看起來很有精神。臉上掛著穩重的笑容，對我們深深低頭鞠躬。

「好久不見了。」

我走向他，伸出雙手。抬起頭的堀越先生用力緊握我的手。

「高梨社長，真的給您添了太多麻煩，非常非常抱歉。聽女兒們說你把她們當自己女兒一樣照顧，我和咲子都不知道該怎麼道謝才好。」

儘管這麼說，堀越先生臉上依然掛著笑容。看不出悲愴感，遣詞用字也堅定有力。總覺得和以往堀越先生給人的印象不一樣。

「不管怎麼說，沒有比兩位平安無事更值得慶幸了。」

堀越先生深深頷首，鬆開手，朝站在我身後的花江走去。

「聽真奈美說絹江女士過世了。請節哀順變，沒能幫上任何忙，非常對不起。」

這時，他才首次露出哀戚的表情。

我們六個人聚集在三枝家寬闊的飯廳。咲子夫人正俐落地幫三枝太太章子夫人準備餐點。大張餐桌上放著桌上型油炸鍋，章子夫人和咲子夫人就用那個現炸天婦羅，眾人大快朵頤。在開始享用天婦羅前，所有人先乾杯慶祝了久違的重逢。氣候如初夏般晴朗，冰冷的啤酒沁人心脾。天婦羅的主角是近江牛里肌。切成長條塊狀的牛肉只沾一點麵衣下去炸，立刻就拿起來，撒一點鹽調味。

「好吃到快不行了。」

聽了花江這份感想，我也情不自禁點頭。

一起炸的還有幾種近江蔬菜，每一種都是滋味濃厚的絕品美味。其中尤以一種類似油菜的鮎河菜，莖的部份像花椰菜一樣柔軟清甜，是我從沒吃過的口感。最重要的是香氣非常迷人。鮎河菜的讀音是

「AIGANA」。

我還沒問堀越夫妻失蹤這段期間都做了什麼。電話裡三枝簡單提到「他們離開德本的員工宿舍後，好像在日本各地輾轉旅行了一陣子」。詳細情形，我原本就打算等當了面再說。

就算平安找到他們也不能完全放心。只因回到過去長年居住的這個城市，碰巧被昔日舊識的三枝先生找到，堀越夫妻內心真正的想法依然是個謎。不僅很可能再度趁隙消失，甚至可能做出我們最擔心的那種事。總之絕對不能大意，關於這點，特地安排他們住進自己家中的三枝應該也很清楚才是。

不過，實際見到他們兩人後，我立刻察覺內心的疑慮或許只是杞人憂天。從他們兩人身上，完全感覺不到想攜手自殺的氣息。

吃過飯，喝了幾杯啤酒，即使我們沒問，也陸續從堀越先生口中得知了許多事。失蹤的原因正如真奈美的推測。二女兒小百合從小被大兒子一再侵犯的事，直到那天趕去名古屋的醫院前，堀越先生和咲子夫人都是毫不知情的。

「兒子犯下那種案件，讓我們深知自己沒有資格為人父母，得知小百合的事後，更深刻體認到我們連做一個人都沒有資格。只要我們活著一天，不只被害人家屬，連自己的女兒都會繼續活在痛苦之中。這件事，我們是痛徹心扉地理解了。」

堀越先生這麼說。

「所以，這將近一年來，我們在日本上下找尋了結生命的地點。」

他又淡淡補充了這麼一句，一旁的咲子夫人安靜點頭。

「沒想到，說來丟臉，卻是怎麼也找不到這個最重要的地點。雖然這麼說有點任性，畢竟是生命中的最後一站，我們想多看幾個地方，從中找尋最適當的場所。十幾年來經歷了這麼多痛苦難過的事。至少死前想讓咲子留下美好的回憶。不過啊，像這樣實際走遍全國各地之後，我們發現人想死的時候，除了時機到了之外，也要剛好找到適當的地點才死得成，兩者同時兼備不是一件容易的事。以我們的情況來說，已經可以充分確定現在就是死的時機了，剩下的只是要找到那個地點。然而，一旦開始找，不管走到哪裡都找不到那個適當的地點……」

兩人最後得出的結論是，只能回到早已捨棄的大津。

「我和咲子一度在這個地方展開新的人生，最後的最後，也該把這裡當作轉世重生的地方才行。」

就這樣，兩人回到睽違十四年的大津，就在三枝先生發現他們的前一天晚上。

「我們住在市區內的商務旅館，隔天一大早就把行李留在房裡離開了。從點著常夜燈那裡進入渚公園，沿著湖畔慢慢走。天雖然亮了，雨還沒全停，只有琵琶湖邊偶爾看到幾個穿雨衣垂釣的人。朝近江大橋的方向前進，大概走三、四十分鐘就到陽光沙灘了。那時雨開始變大，沙灘上沒有半個人。這對我們來說正是個好機會。總之，我和咲子在第一眼看到琵琶湖時，心就定了下來，原本遲遲無法下定決心，那一刻也做好前所未有的心理準備。儘管彼此都沒說出口，但都非常肯定就是這裡了。我們果然只能死在這裡。毫不猶豫，沒有一絲躊躇。收起塑膠雨傘，脫下鞋子，緊緊牽著彼此的手，默默朝浪花走去。」

就在這之後，他們經歷了不可思議的事。

「一赤腳踩進湖水，湖面就忽然發光。那光芒非常刺眼，使我匆匆抬起頭看天空，因為以為是從雲層間照下的陽光。然而，不是那樣，天上依然覆蓋著一層烏雲，連一絲微弱的陽光都沒有。轉回頭，湖面依然閃閃發光。懷疑是自己眼睛的錯覺，我們忍不住對看了一眼。水很清澈，像是底下散落了無數閃爍的玻璃碎片似的。即使想再往前走，想再深入水中，卻辦不到了。那光芒太神聖，散發一股不准我們這種污穢人類進入的氣氛。兩人就這樣不知所措地站在水裡，大概站了五分鐘左右吧。連一步都無法前進，只能錯愕地盯著透明湖面看。然後，咲子低聲說『晚上再來吧』，我也這麼想。這一定是神明的指示，要我們等天黑後再來。」

堀越先生說到這裡，看了看咲子夫人。

「正如外子所說。」

接下來，則由咲子夫人繼續描述。

「於是我們先回飯店，因為不能被任何人發現，所以在房間裡待了大半天消磨時間，傍晚再次前往陽光沙灘。正好是日落時分，我們就靜靜待在湖邊草地上等天黑。雨已經停了，吹來一陣溫暖的風。和早上一樣，附近沒有人經過。嘗試脫下鞋子走入浪花，這次湖面不再發光了。我和外子都說果然應該晚上來才對。天好不容易變黑，算算時間差不多，我們便一起站起來，就在這時……」

「我叫住了他們。」

這次開口的人是三枝。

堀越夫妻同時用力點頭。

「我一星期會找兩三天去渚公園慢跑。平常都是晨跑，十九號那天因為早上下雨，到了傍晚才開始跑。因為不想跑在沙地上，通常在沙灘前就會回頭，那天卻不知哪根筋不對，心想好久沒去沙灘上看看，不如跑過去吧。太陽已完全下山，周遭只有十八號線上的路燈光線，沙灘上幾乎是伸手不見五指的狀態。為了不弄痛腳踝，我放慢速度跑上沙地，竟然看見兩個大人抱膝坐在湖邊草地上，目光望向湖面。那背影映入眼簾的瞬間，我忽然靈光一閃。」

「背後突然傳來聲音，喊的還是『堀越先生』，我和外子都嚇了一大跳。急忙站起來轉身看，穿著運動服的三枝先生站在那裡，臉上的表情好恐怖，更是把我們嚇得魂都飛了。」

咲子看著三枝這麼說，表情像是覺得有點好笑。

「嚇了一大跳的是我吧。」

三枝立刻反駁。

「他破口大罵『你們兩個在那裡幹嘛』，我都不知道怎麼回應才好。」

堀越先生也忍不住笑起來。

「總不能說，現在正要去跳琵琶湖自殺吧……」

咲子夫人露出意外嚴肅的表情低喃。

這時，堀越先生不知為何忽然轉過頭來，近乎瞪視地凝望著我：

「不過，當時三枝先生這聲當頭棒喝，把我和咲子都震醒了。」

說著，視線依然放在我身上，伸手舉起玻璃杯，將剩下的啤酒一飲而盡。

38

回到飯店時，已經超過下午三點。

久違的面對面，果然還是令人緊張。明明不記得自己喝了很多，回到房間時卻發現醉意相當深。為了醒酒沖了個澡，穿上飯店準備的浴袍坐在床邊。

窗外的日光柔和了幾分。湖水的顏色比早上離開房間時更藍。看得見湖面上隨波起伏的鴨子、零星分佈的小船和遠方白色的遊艇。

就這麼躺在床上，閉起眼睛。室內挺溫暖的，不覺得冷。

——一赤腳踩進湖水，湖面就忽然發光。

腦中閃過堀越先生這麼描述時那嚴肅的神情。

——水很清澈，像是底下散落了無數閃爍的玻璃碎片似的。

身旁的咲子夫人聽到丈夫這麼說時，臉上浮現一種恍惚的表情。

——那光芒太神聖，散發一股不准我們這種污穢人類進入的氣氛。連一步都無法前進，只能錯愕地盯著透明湖面看。

一邊回想堀越先生的話，意識逐漸模糊。

昨晚沒怎麼睡。要和堀越先生見面這件事，果然還是讓我產生某種緊張情緒。腦海中不經意地浮現堀越先生近乎瞪視我時的那張臉。

他為什麼會用那種眼神看我呢？

聽到湖面發光的事，我第一個想起的是和篤子最後一次吃飯那晚的事。

這件事和堀越先生那犀利的目光之間，是否有某種關聯？

「有時候啊，游泳池裡的水看起來會發光。」

聊到峇里島的海時，篤子忽然這麼說。

「這不是廢話嗎？」

我笑著回答。

「不是啦，不是反射某種光線，而是水本身發出的光，或說感覺就像水變成了發光體。並不是每次喔，只是那種時候，在水中的我就像全身被光籠罩，真心覺得再也不想從水裡離開。」

「什麼啊。」

感覺到篤子散發一股非比尋常的氛圍，我故意開玩笑帶過。

「哥哥，水這種東西啊，是有生命的喔。我想，我看過的一定是水的生命之光。」

篤子當時那陶醉的表情，到現在我仍能立刻回想起來。

睜開眼時，整個房間染成了橘黃色。

躺在床上環顧四周，再慢慢支起上半身。

現在幾點？

不知何時睡著了，而且好像睡了很久。

左右轉頭，擺動肩膀驅逐睏意。真想喝杯熱咖啡。

夢的殘渣還留在意識中。

夢裡，我在一間寬廣的寺院大殿聽誦經。眼前坐著一位身穿金色豪華袈裟，體格魁梧的師父，身邊圍著超過十個事務僧。不過，誦經的只有中央那位師父。這裡究竟在辦誰的法事？我想不起來。是美千代的嗎？還是篤子？或者是絹江的法事？參加法事的只有幾個人，我和花江、淳子和舜一，還有新任社長大庭。另外還有一個人，對了，一條龍鳳齋也一臉肅穆地坐在最後面的位置。

結束誦經，師父一行人就離開了。我們一起站起來，大得像間體育館的大殿有好多個門，每個人分別朝不同扇門走去。只有我一個人目送其他五人分散離去的背影。就在此時，穿灰色長褲和深藍色西式制服外套的舜一朝我轉頭，快步奔向我身邊。站在面前的舜一已經好大了。這也是理所當然的事，他早就上國中了。

「我還記得喔。」

帶著懇切的眼神，舜一這麼說。

「從來沒有忘記過。」

我不明白他想說什麼。見我露出疑惑的表情，舜一的聲音高了一度：

「爸爸，我從來沒有忘記你。」

說完，他緊緊擁抱我。

我驚訝得說不出話，承受了他的擁抱。他的身體單薄纖瘦，有沒有好好吃東西啊。這孩子小時候動不動就感冒，現在身體還好嗎？內心霎時充滿各種擔心的情緒。

「盡量依賴你母親沒關係喔，也不用顧慮你父親，想說什麼就說什麼。不要忍耐，不要壓抑，一點也不要。」

說著，我手臂使力抱緊他。他小時候，我不知道這樣抱過他多少次。

夢做到這裡就醒來了。

好久沒夢到舜一。為美千代守靈那晚以及葬禮上和舜一見面後，有段時間他經常出現夢中。最近一年則幾乎沒有夢到過。

我起床上廁所，洗把臉。時間正好五點。這麼算來，剛剛睡了將近兩小時。

換好衣服，感覺也清爽多了。和花江約好七點在一樓的日本料理店會合。中午已經在三枝家享用了近江牛，晚上我打算帶花江去吃她喜歡的壽司。距離七點還有充分的時間，在那之前，想先去個地方。

戶外光線還很明亮，湖畔吹來的風比白天涼爽。穿上外套剛剛好。飯店後方就是渚公園。水上警隊與飯店中間有個水泥廣場，以這裡為起點，往右有散步道、草坪和岩岸。按照我在飯店櫃台拿的觀光地圖，這個細長的公園總長將近五公里，整座公園裡分散設立各種運動設施和文化設施。

櫃台的人還說，只要順著圍繞整座湖不間斷鋪設的散步道往前走，大約四、五十分鐘就能抵達「陽光沙灘」。原來是這樣啊，我拿出地圖確認，遠遠可見的琵琶湖文化館前方就是「石場常夜燈」。

「從點著常夜燈那裡進入渚公園，大概走三、四十分鐘就到陽光沙灘了。」

先前堀越先生是這麼說的，以距離來看，差不多就是這樣了吧。來回需要將近兩小時，七點前應該回得來。

我穿過水泥廣場，朝湖岸前進。

站在岸邊看琵琶湖，感覺簡直就像站在海邊。湖面掀起的波濤，反覆湧上來拍打腳下的岩岸。即使今天不是假日，往湖心方向突出的甲板上仍有為數不少手握長長釣竿的釣客。

靠縣道這邊是一片綠意盎然的區域，設有整理得很好的林木、草坪以及花壇。花壇裡的芝櫻正是盛開的時候。

三枝說他一星期會來這裡慢跑兩三次。的確，很少看到比這條步道更適合慢跑的地方。以東京來說，多摩川邊或隅田川沿岸也整修得很不錯，但周遭的景色還是比不上這邊。

可以沿著岩岸悠閒地走，以散步途徑來說再好不過。

這週末，女兒們將來接堀越夫妻到名古屋住。

暫時落腳真奈美家，再慢慢思考今後的生活。

「一家人再也不要分開了。」

堀越先生說得很肯定。

在臨時董事會上把社長位子讓給大庭的隔週，我前往川崎。想去看看父親過去經營「樂園之樹」的地點，也想再去看看銀座街一角那棟曾開過「滿腹」的黃色建築。沒有什麼特別的原因，只是聽了香田美智子的話，忽然很想再次造訪那附近。

距離上次睽違二十八年的造訪，只不過相隔半年左右。

那一帶卻起了很大的變化。

首先，黃色大樓一樓的「步美刻印行」不見了，生鏽的鐵門拉下，上面貼著「待租」紙張。看看大樓入口處的信箱，還有很多空著沒租出去的物件。

最令我驚訝的，是那間改名為「海蛇」的愛情賓館被拆除了。原址現在成了一片圍著繩索的空地，看到時不由得當場愣住。

回公司後，我找了熟悉的不動產業者，請他幫忙調查那棟黃色大樓的權利義務關係，像是持有人是誰，委託哪裡的業者管理之類的。此外，也想知道租出去的店舖是些什麼樣的店。不到半個月，業者就送來回報。大樓所有者與管理者同為川崎市內的一家不動產公司。由於大樓歷史已久，預計今年四月前和所有房客中止租約，正考慮整棟拆除後，原址改建為付費停車場。

我立刻透過不動產業者轉達收購大樓的意願。因為很久以前母親在大樓裡開過餐館，所以希望能買下大樓，徹底翻修改裝，讓那家店在自己手中復活。這麼誠實告知對方，並開出高於市場行情的買價，很快就交涉成功了。放完黃金週的五月九日，大樓所有權就確定屬於我。按照進度，下週內會拿到一份合約書。我打算用賣掉公司股票的錢買這棟大樓，也把這件事告知大庭了。

翻修業者已經發包，和開「滿腹」時一樣，店面只使用一樓，二樓以上空間預定改裝成自己和員工的住處。

雖然島田富士子曾擔心我當了太久社長，或許不適合從事服務業。關於這點，我自己倒是很樂觀。開這間店既不以賺錢為目的，打理一間餐館也不會有太大問題。畢竟小時候我也有過幫父母顧店的經驗，並不是完全的外行人。

一如飯店櫃台人員所說，差不多走了五十分鐘後抵達陽光沙灘。從這裡開始，岩岸轉變為沙岸。日已西垂，天色卻還頗為明亮。沙灘上沒有其他人。看看手錶，差不多六點五分。大家都離開沙灘去吃晚餐了吧。

巨大的近江大橋就在眼前。橋上的車輛像串珠似地大排長龍，一定是趕著回家的人們。右邊的縣道車流量也不小，只是沙灘太遠，聽不到車聲。閉上眼睛，耳邊是夾雜風聲的琵琶湖水波聲。

差不多走到沙灘中央，我停下腳步。腳下長著稀疏的雜草，堀越先生他們就是抱膝坐在這裡等待日落的吧。

取出外套口袋裡的手機，打上關鍵字「琵琶湖日落時間」查詢，得到「十八點三十五分」的結果。還有三十幾分鐘。回程只要攔計程車就行了。

一屁股坐在草地上，抱著膝蓋眺望逐漸失去亮光的湖面。愈看愈覺得像海，連拍岸浪花的聲音都和海邊一樣。

大概坐了十五分鐘左右。

浪花翻湧的岸邊出現翩翩飛舞的小東西。那是什麼，我凝神細看。

是蝴蝶。黃色的小蝴蝶。雖然抵達這裡之前，路上連一次都沒看過，這個季節出現蝴蝶也是很正常的事。即使是沙灘，稀疏的草地上仍有看似蒲公英的花零星綻放。

蝴蝶朝我接近。我站起來，朝蝴蝶飛舞的方向走。

仔細一看，蝶翼上分佈細小的斑紋。大概是紋黃蝶。

蝴蝶像是看到了我，忽然翻轉身軀，隨風飄流一般，時而往左時而往右地飛回水波盪漾的岸邊。那姿態彷彿在邀請我跟上前。我脫掉外套放在沙灘上，脫下鞋襪，捲起褲腳，匆匆追上蝴蝶。

腳下傳來一陣暖意，曬了一整天的沙子積蓄了熱量。蝴蝶停止隨風飄流的飛舞方式，筆直朝湖心飛去。

我的目光怎麼也無法離開這隻蝴蝶。不顧腳下的沙子逐漸變涼，開始帶有濕氣，我只是仰著頭繼續追逐蝴蝶。感覺腳尖碰到水，冰冷的溫度令我渾身打哆嗦。

薄暮中的蝴蝶失去輪廓，成為一個在半空中搖曳的黃點。

這麼說來……

我停下腳步，湖水淹蓋過腳踝。

——這麼說來，好像有一種會渡海的徙蝶。

我想起來了。以前在電視上看過那種蝴蝶。沒記錯的話，即使從出生到死亡只有幾個月的生命，那種蝴蝶能夠移動兩千公里的距離，集體飛越一千公里的海洋。節目上是這麼說的。為什麼要飛這麼遠，蝴蝶們又是如何克服洶湧的大浪與暴風，依然是未解之謎。

那種蝴蝶叫什麼名字呢。眼前翩翩飛舞的黃色蝴蝶，就是那種蝴蝶嗎？

太陽無聲地沉落。

四下轉眼陷入一片漆黑。

看不到蝴蝶的身影了。我嘆口氣，仰頭望天。到處都沒看到月亮，唯一的光亮來自縣道上的路燈。即使如此，眼睛仍逐漸適應了黑暗。

朝湖面望去，似乎看到某種東西在發光。湖的表面確實有什麼微微閃爍。那究竟是什麼呢。是剛才的蝴蝶落水了嗎。不過，不可能有這種事。

再次仰望天空，想找出月光的方位。然而，儘管湖面波光粼粼，看似承受了月光照耀，天上卻怎麼也找不到月亮的身影。

不久，一個地方開始發光。我岔開雙腿站穩，彎腰將臉湊向湖面。仔細一看，水中有條細長扭動的繩狀物。發光的繩狀物一邊扭曲變形，一邊畫著圓圈游動。金色的光芒發自繩狀物本身。

星期天早上，堀越先生他們看見的會是這個嗎。

不用問我就知道不是。

我曾見過這繩狀物。

和島田富士子去貝尼尼吃飯那天晚上，回程時在兩國橋端看到的就是這個。

掛在東京晴空塔上搖擺的那東西，不就是這個嗎。

大小固然完全不同，形狀和顏色是一模一樣。

這到底是什麼？

這生物，這宛如金蛇一樣的生物到底是什麼？

金色的蛇慢慢靠近我。像鱔魚或海蛇那樣扭擺身軀，巧妙地游向我。游到還差一點就能伸手碰到的地方時，我清楚知道，這東西果然是蛇。毫無疑問，是身上覆蓋著金色鱗片的細長的蛇。蛇每一次扭擺，就會朝水中散播閃亮的小光點，那一瞬間，部份湖水就像撒落玻璃碎片般閃閃發光。游到眼前的蛇抖動尾巴，像剛才的黃色蝴蝶一樣邀請我。在不到兩公尺的前方漂動，像正發出「來吧，快跟上我」的邀請。

我下定決心，踏出一步。

原本淹過腳踝的水，轉眼間淹到膝蓋。

散發光芒穿梭於水波之間的蛇，一直游在我的前方。有時以為就要游到眼前了，卻又倏地游遠，然後再次游近。

再往前，就連捲起的褲管都要浸濕了。然而一旦開始前進，我就無法停止腳步。腳尖像抓住砂礫般一點一點地移動。

視線始終固定在金色的蛇身上。不但無法回頭看，連轉動脖子或稍微別過臉也辦不到。

在微波造成的閃爍感中，我想起美千代臨終時的事。

美千代死在我懷中。

那天晚上，寬敞的病房裡只有我和美千代兩人。即使已因痛苦而不停喘息，變得瘦弱單薄的胸口上下起伏，只要一睜開眼，美千代就會凝視我的臉。儘管她連說話的力氣都沒有了，還是不時掀動嘴唇，好像要對我說什麼。我總會將耳朵湊過去，努力辨識她想說的話。

最後來臨的那一刻，不知從哪裡擠出的力氣，美千代突然高舉雙手。我嚇了一跳，正想握住她的手時，她靜靜地發出制止，只對我輕輕做出招手的動作。

我立刻明白她想要的是什麼。

就像現在這樣，我脫掉外套，脫下鞋襪，上了病床。躺在狹窄的床上，輕輕環抱美千代瘦弱的身體，她偏過頭，把臉埋進我的胸口。

過了一會兒，她又把臉轉向我，張嘴彷彿要說什麼。

我用嘴型問「什麼？」她沒有回答，只是凝望著我，雙眼分別流下一道淚水。

就在這之後，美千代停止呼吸。

從那時起，我一直有個念頭。

其實我也在那一刻和美千代一起死了吧。

這個念頭至今不曾改變。

湖水冰冷的觸感遍及全身，我還是沒有停下來。身體緩緩沉入湖中，已經看不到那隻金色的蛇了。

跟丟了嗎？

或者，根本打從一開始就沒有那隻蛇？

怎樣都無所謂了。

我只是一個勁兒地在冰冷的水中前進。除此之外，什麼都不用去想。

「社長先生！」

耳邊傳來這樣的聲音。

「社長先生！」

是女人的聲音。同時，背後傳來激烈的水聲。

我急忙回頭看，此時水已淹到胸口。只要再往前走一點，腳掌就要從湖底騰空。

那個不知道是誰的人，吶喊著靠近我。

她是誰？

從什麼時候開始追上我的？

「社長先生！」

只有這聲音聽得非常清楚。在遠方路燈的微光中，追來的人影一片漆黑，看不真切。

伴隨她激起的水聲，湖岸景色一片朦朧。

駛過縣道的車燈。馬路旁的西裝店、加油站和便利商店的招牌……

我心想，那片海沒有光。

PLP0061

無光之海

作　者—白石一文
譯　者—邱香凝
編　輯—黃煜智
行銷企劃—張燕宜
內頁排版—綠貝殼資訊有限公司
董事長—趙政岷
出版者—時報文化出版企業股份有限公司
108019 台北市和平西路三段二四〇號七樓
發行專線—（〇二）二三〇六六八四二
讀者服務專線—〇八〇〇二三一七〇五
（〇二）二三〇四七一〇三
讀者服務傳真—（〇二）二三〇四六八五八
郵撥—一九三四四七二四時報文化出版公司
信箱—10899 台北華江橋郵局第九十九信箱
時報悅讀網—http://www.readingtimes.com.tw
思潮線臉書—https://www.facebook.com/trendage
法律顧問—理律法律事務所　陳長文律師、李念祖律師
印　刷—家佑實業股份有限公司
初版一刷—二〇一八年九月
初版二刷—二〇二三年十二月六日
定　價—新台幣三九〇元

時報文化出版公司成立於一九七五年，
並於一九九九年股票上櫃公開發行，於二〇〇八年脫離中時集團非屬旺中，
以「尊重智慧與創意的文化事業」為信念。

無光之海／白石一文著；邱香凝譯. -- 初版. -- 臺北市：時報文化，2018.08
320 面；14.8×21 公分
譯自：光のない海

ISBN 978-957-13-7444-4（平裝）

861.57　　107008885

HIKARI NO NAI UMI by Kazufumi Shiraishi

Published in Japan in 2015 by SHUEISHA Inc., Tokyo.
Chinese (in complex character only) translation rights in Taiwan arranged by SHUEISHA Inc. through THE SAKAI AGENCY and BARDON-CHINESE MEDIA AGENCY.

ISBN 978-957-13-7444-4
Printed in Taiwan